Friedrich Kalpenstein

# Sie haben ihr Ziel erreicht



TINTE & FEDER

## Das Buch

Justus, Erwin und Willi sind seit der Schulzeit Freunde. Gemeinsam begeben sich die drei Männer in den besten Jahren auf eine längst überfällige Reise in ein Wellnesshotel in Niederbayern. So war es zumindest geplant. Durch ein Missgeschick landen die Herren in einer Kuranstalt ein paar Ortschaften weiter. Notgedrungen lassen sie sich auf das Abenteuer ein. In erster Linie wollten die Freunde schließlich die Seele baumeln lassen. Doch die Woche entwickelt sich anders als gedacht und birgt einige Überraschungen. Willi hält den Hausmeister auf Trab. Erwin entdeckt verloren geglaubte detektivische Fähigkeiten, und Justus bleibt nichts anderes übrig, als sich seinen ganz persönlichen Problemen zu stellen.

Anstelle von Wellness finden die Freunde hier etwas viel Wichtigeres. Der vermeintlich falsche Ort entpuppt sich als ganz genau richtig.

Ein Roman zum Schmunzeln. »Sie haben ihr Ziel erreicht« ist der sechste Roman von Friedrich Kalpenstein.

## Der Autor

Friedrich Kalpenstein wurde 1971 in Freising bei München geboren und lebt heute in der Nähe von Freising im Ampertal.

Im Jahr 2012 veröffentlichte er sein erstes Kinderbuch mit sieben Kurzgeschichten als E-Book. Weitere Kinderbücher folgten.

Als Renner entpuppten sich Kalpensteins humorvolle Romane für Erwachsene. Darin erzählt er vom ganz normalen Wahnsinn des Alltags – die besten Geschichten schreibt immer noch das Leben selbst. Der erste Roman der erfolgreichen Herbert-Serie, »Ich bin Single, Kalimera«, erschien 2013 als E-Book im Selbstverlag und wurde im März 2015 von Amazon Publishing in einer neuen Version aufgelegt. Weiter unterhielt Kalpenstein seine Leser mit »Wie Champagner«, »Männerferien«, »Alpengriller« und »Das Leben ist kein Zweizeiler«.

# FRIEDRICH KALPENSTEIN

# SIE HABEN IHR ZIEL ERREICHT

ROMAN

TINTE & FEDER

Deutsche Erstveröffentlichung bei
Tinte & Feder, Amazon Media EU Sárl
5 Rue Plaetis, 2338 Luxembourg
Juni 2017


Umschlaggestaltung: bürosüd° München, www.buerosued.de
Illustration: © Oliver Wetter, www.fantasio.info
1. Lektorat: Karla Schmidt
2. Lektorat: Media-Agentur Gaby Hoffmann, www.profi-lektorat.com
Printed in Germany
by Amazon Distribution GmbH
Amazonstraße 1
04347 Leipzig, Deutschland

ISBN: 978-1-611-09923-2

www.amazon.de/tinteundfeder

# Prolog

Es war kurz vor Mitternacht, als Erwin seinen Computer startete. Er ging vorwiegend zu dieser späten Stunde ins Internet, in dem festen Glauben, dass auch Verbrecher irgendwann einmal schlafen müssen. Daher erschien ihm die Gefahr, sich im Netz einen Virus einzufangen, um diese Uhrzeit am geringsten.

Seit Erwins Frau vor zwei Jahren bei einem Fahrradunfall ums Leben gekommen war, vergrub er sich immer mehr zu Hause. Seine alten Freunde waren allerdings der Ansicht, dass er Kontakt zur Außenwelt halten müsse.

Darum hatte Justus auch seinen bevorstehenden sechzigsten Geburtstag zum Anlass genommen, Erwin aus seiner Höhle zu locken und gemeinsam mit seinen Kumpels aus Kindertagen zu verreisen. Erwins Aufgabe war es nun, sich um die Buchung zu kümmern.

Justus' Anweisung lautete: Bad Penzing in Niederbayern, *Ammersteiner Hof*, all inclusive, eine Woche, drei Einzelzimmer. Und er sollte ausschließlich über die hauseigene Webseite des Hotels buchen.

Doch Justus hatte die Rechnung ohne seinen Freund Erwin gemacht.

»Alles Verbrecher! Das geht bestimmt günstiger«, murmelte Erwin, während er mit seinem Gesicht gefährlich nah vor dem Bildschirm saß. »Na bitte! Da haben wir es schon!«

Erwin hatte ein Urlaubsportal gefunden, das Interessierte mit Angeboten und Restkontingenten lockte. Er machte sich eifrig daran, das Hotel über diesen Anbieter zu buchen. Der Zusatz »Nur noch vier Zimmer verfügbar« und die Tatsache, dass er seine Kontaktdaten eingeben sollte, setzten ihn unter Druck.

Er nahm das Smartphone, das er vergangenes Weihnachten von seinem Sohn bekommen hatte, und wählte Willis Nummer. Für Erwin galt stets: Wenn er wach war, waren es seine Freunde sicherlich auch.

»Willi? Ich buche jetzt! Bleib mal schnell dran! Ich hole noch Justus in die Leitung!«

»Erwin, es ist mitten in der Nacht. Ich kann ihn ja morgen anrufen. Das endet nur wieder im Chaos.«

»Quatsch! Meine Enkelin, die Melanie, hat mir gezeigt, wie das mit der Konferenzschaltung funktioniert.«

»Ach, Erwin! Du wirst es wohl alleine hinbekommen, drei Hotelzimmer zu buchen! Du musst doch nicht gleich eine Staatsaffäre daraus machen«, stöhnte Willi genervt.

»Klar! Was denkst du denn von mir! Ich wollte nur sichergehen!«

Willi seufzte und wartete geduldig in der Leitung.

Erwin wählte zwischenzeitlich die Nummer von Justus und schmiss dadurch Willi aus der Leitung. Dies führte dazu, dass der es jetzt bei Erwin versuchte. Dort ging natürlich ausschließlich die Mailbox ran, weil der damit beschäftigt war, Willi in die Leitung zurückzuholen. Kurzum: Es herrschte das von Willi prophezeite Chaos.

»Lass es gut sein, Erwin«, resignierte Justus irgendwann. »Ich kümmere mich dann sicherheitshalber morgen früh selbst um alles.«

Erwin war empört. Er legte auf und buchte. Wenig später schickte er den anderen beiden eine triumphale SMS.

Reise gebucht. Alles ok. Erwin

# Verbucht

»Das kann sich sehen lassen!«, rief Erwin, als er ausstieg und die Beifahrertür schloss.

Willi nickte zustimmend.

Justus stemmte die Hände in die Hüften. »Ich habe euch doch gesagt, dass dies ein erstklassiges Wellnesshotel ist. Wartet erst einmal, bis ihr den Schuppen von innen seht.« Justus verschloss seinen Wagen, stellte sich zwischen seine Freunde und haute beiden, links und rechts, kumpelhaft auf die Schulter. »Das ist er! Der Tempel. Wenn wir hier in ein paar Tagen wieder verschwinden, fühlt ihr euch wie neugeboren.«

Erwin ließ den Blick über die Fassade des *Ammersteiner Hofs* schweifen. Fünf Sterne. Ein regelrechter Palast, eingefasst von zwei stattlichen Türmen. Komplett saniert erstrahlte das Hotel in einer Pracht, die fast vergessen ließ, dass die Mauern hundert Jahre alt sein durften. Schon die Zufahrt durch die kleine Allee hatte Erwin ein wohliges Gefühl vermittelt. Der angrenzende Park würde das sicher noch toppen. Ganz zu schweigen von der großzügigen Poolanlage im orientalischen Stil, von der Justus die ganze Hinfahrt über geschwärmt hatte. Fünf sehr breite Stufen aus weißem Marmor, komplett überdacht, führten zum Eingang.

»Wollen wir nicht die Koffer gleich mitnehmen?«, fragte Erwin.

Justus schob seinen Freund Richtung Eingang. »In dieser Hotelkategorie werden dir die Koffer aufs Zimmer gebracht!«

Eine Drehtür aus getöntem Glas setzte sich in Bewegung, sobald Erwin sich ihr näherte. »Wirklich? Möchte man nicht meinen, bei dem Preis.« Erwin war verwirrt. Diese Art von Hotel war bisher nicht seine Kragenweite gewesen.

Justus schritt voran. Immerhin war er in diesem Haus schon einige Male gewesen. An der großen Drehtür wurden die Freunde von einem Pagen begrüßt, dem Justus zehn Euro und seinen Autoschlüssel in die Hand drückte.

»Parken Sie bitte das Schätzchen für mich. Die Koffer sind im Kofferraum und auf dem Rücksitz.« Die Augen des Pagen glänzten; er nickte freudig. Wann hatte man schon die Gelegenheit, einen komplett restaurierten SL zu fahren.

»Haha! Heilige Maria! Das lasse ich mir gerne gefallen. Wie es hier riecht!«, rief Erwin, als er die Lobby betrat.

Willi grinste mit ihm um die Wette.

Justus hatte offensichtlich seine helle Freude daran, seine Freunde so zu sehen. Beide standen da wie Kinder vor dem leuchtenden Weihnachtsbaum.

Inmitten der Empfangshalle plätscherte Wasser aus einem Füllhorn, das von zwei Engeln getragen wurde, in einen Brunnen. An den Seiten der Lobby saßen Gäste in riesigen Ledersesseln und tranken Kaffee oder Champagner. Der Marmorboden glänzte, sodass man sich fast darin spiegeln konnte. Von der sehr hohen Decke hingen an dicken Ketten große, goldene Kronleuchter.

»Was ist das?« Erwin konnte nicht aufhören, sich um seine eigene Achse zu drehen.

»Das Paradies.« Willi drehte sich mit seinem Freund.

»Kommt! Dort drüben ist die Rezeption. Wir melden uns

an, damit es endlich losgehen kann.«

Die Männer folgten Justus quer durch die Lobby.

Willi berichtete freudig einem Hotelgast, der seinen Weg kreuzte, dass er jetzt auch hier wohnen würde.

»Guten Tag. Wir haben reserviert auf die Namen Volz, Degen und Bach«, sagte Justus.

Willi bewunderte seinen Freund, wie weltmännisch und locker er mit den Leuten redete. Justus hatte schon immer nur so vor Selbstbewusstsein gestrotzt.

»Wie waren die Namen noch gleich?«, fragte die Dame an der Rezeption nach.

Justus wiederholte, und Erwin ergänzte, dass man Volz mit *V* schreiben würde.

»Das tut mir außerordentlich leid. Aber ich kann Sie im System nicht finden!« Die Rezeptionistin prüfte abermals ihren Bildschirm.

»Dann muss ein Fehler in Ihrem System vorliegen«, meinte Erwin. »Wissen Sie, Fräulein, das ist mir auch schon passiert. Jedenfalls habe ich vor fünf Wochen fest über das Internet gebucht.« Erwin fing an zu schwitzen. Schließlich war er mit der Organisation des Urlaubs betraut gewesen.

»Es tut mir sehr leid. Ich kann Ihre Namen wirklich nicht entdecken. Unter diesen Namen liegt mir leider keine Buchung vor.«

Justus wirkte angespannt. »So. Jetzt habe ich aber die Faxen dicke. Erwin, hol mal die Buchungsbestätigung raus.«

Willi blickte abwechselnd zwischen Rezeption und seinen Freunden hin und her.

Erwin löste die Hand aus der Schlaufe seines bordeaux-farbenen Herrentäschchens und öffnete den Reißverschluss. Er zog ein paar ausgedruckte Seiten heraus, die fein säuberlich an der linken oberen Ecke zusammengetackert waren. Gelocht hatte er sie auch noch.

Justus nahm die Papiere an sich und reichte diese feierlich an die Rezeptionistin weiter. Damit war der Fall für ihn abgeschlossen. Triumphierend sah er seine Freunde an, während er mit seinen Fingerspitzen auf den Tresen tippte.

»Na? Haben wir nun gebucht oder nicht?« Justus blickte die Dame mit hochgezogenen Augenbrauen an.

»Ja!«, rief sie aus. »Sie haben tatsächlich gebucht.«

»Na bitte. Wer sagt's denn!« Erwin fiel ein Stein vom Herzen.

»Nur nicht in diesem Hotel«, fuhr die Rezeptionistin fort.

»Was soll denn das heißen?« Justus riss ihr die Buchungsbelege aus den Händen und flog mit den Augen über die Zeilen.

Willi schaute mit auf die Buchung.

Erwin bewunderte weiter die Kronleuchter.

»Erwin! Was hast du denn da gebucht?«

»Na, den *Ammersteiner Hof.* Wie du gesagt hast. Wie schwer so ein Leuchter wohl ist?«

»Erwin, du hast uns Zimmer im *Kurhotel Erika* reserviert.«

Die Dame hinter dem Tresen konnte sich ein Schmunzeln nicht verkneifen.

»Wie bitte?« Erwin wollte sich selbst von seinem Missgeschick überzeugen und studierte aufgeregt die Zeilen. Er zog das Blatt nah an seine Augen heran, dann streckte er es wieder weit von sich.

»Sag mal, Erwin, hast du dir immer noch keine Brille zugelegt?«, wollte Willi wissen.

»Ach was! Ich brauche keine Brille. Ich habe heute einfach nur ein bisschen wenig getrunken.«

Justus drehte sich wieder zu der Rezeptionistin um und setzte sein charmantestes Lächeln auf. »Sie müssen entschuldigen. Wie es aussieht, ist meinem Freund da wohl ein kleines Malheur passiert. Jetzt kommen Sie ins Spiel. Eine gewiefte Frau wie Sie mit Ihrer Erfahrung kann uns sicher aus der Misere helfen. Gucken Sie doch mal schnell nach, ob Sie nicht drei nette Zimmer für uns haben!« Er bekräftigte sein Anliegen mit einem verschmitzten Augenzwinkern.

Willi und Erwin wähnten sich auf der Siegerstraße.

Die Rezeptionistin beugte sich leicht über den Tresen und zwinkerte zurück. »Auch wenn ich langsam nachsehe, muss ich Sie leider enttäuschen. Wir sind schon seit Wochen ausgebucht. Da kann ich leider nichts für Sie tun. Ich sehe aber gerne nach, ob wir im Herbst noch etwas für Sie frei hätten.«

Justus winkte ab. »Im Herbst? Sie wissen schon, dass der erst in ein paar Monaten sein wird?«

»Ja«, erwiderte sie knapp und lächelte wieder so souverän unverbindlich, wie sie es wahrscheinlich auf der Hotelfachschule gelernt hatte.

Erwin musste sich eingestehen, dass hier nichts mehr zu holen war. Also Zeit, die Segel zu streichen. »Wo ist denn nun dieses *Kurhotel Erika*?«, erkundigte er sich.

»Das liegt ein wenig versteckt, zwei Ortschaften weiter. Aber mit Navi gar kein Problem.« Ihr Lächeln wirkte inzwischen wie festgetackert.

»Mein SL ist ein Oldtimer!«, schnaubte Justus. »Der hat kein Navi. Zu der Zeit, als der gebaut wurde, wusste man noch, wohin man wollte, und kannte sogar den Weg!«

Da kam Erwin eine rettende Idee. »Justus, ich habe doch ein tragbares Navi dabei! Schau, du sagtest noch, das brauchen wir nicht!«

»Da wusste ich noch nicht, dass wir ins *Kurhotel Erika* fahren. Hierher kenne ich ja den Weg!« Justus wirkte angespannt.

»Wohin darf ich den Herren denn die Koffer bringen?«

Die drei Freunde drehten sich um und erkannten den Pagen, der in der Zwischenzeit den Wagen geparkt hatte.

»Wir nehmen sie gleich selbst. Vielen Dank für Ihre Mühe.« Justus drückte ihm einen Fünfer in die Hand, während Willi das Gepäck vom Kofferwagen wuchtete.

# Bad Kirschbach

Justus war ziemlich verärgert über Erwins Fauxpas. Es war an Peinlichkeit nicht zu überbieten, was sich gerade an der Rezeption abgespielt hatte. Niemals mehr konnte er sich im *Ammersteiner Hof* blicken lassen. Sich vom Pagen die Koffer holen zu lassen, um sie umgehend selbst wieder aus dem Hotel zu tragen! Was für eine Schmach!

Während Justus und Willi die Koffer im Wagen verstauten, saß Erwin bereits auf dem Beifahrersitz und programmierte eifrig sein portables Navi.

»Premiere!«, rief er Justus und Willi zu. »Aber ich habe es natürlich zu Hause getestet. Auf dem Weg vom Wohnzimmer in die Küche hat sich der Pfeil allerdings kaum bewegt. Es wird spannend!«

Justus verdrehte die Augen, schloss den Kofferraum und zog Willi ein wenig zur Seite. »Du denkst nicht wirklich daran, in diese Kuranstalt zu fahren, oder?«

»Na, was denn sonst? Vielleicht heimfahren?«, flüsterte Willi. »Siehst du nicht, wie er sich freut? Endlich haben wir ihn aus seiner Wohnung herausgeholt. Was meinst du, was los ist, wenn wir ihn jetzt heimfahren. Bestimmt ist es ihm peinlich, dass ihm das mit der Buchung passiert ist.«

»Zu Recht!«

»Pst!«

Justus atmete schwer aus und blickte durch die Seitenscheibe zu Erwin in den Wagen. Der hielt das Navi dicht vor seinen Mund und wiederholte fortwährend: »Zieleingabe!«

Das Gerät stellte jeweils in unüberhörbarer Lautstärke eine Gegenfrage, in allen Sprachen, nur nicht auf Deutsch.

»Na gut, meinetwegen«, lenkte Justus ein. »Wir machen dort aber wirklich nur Urlaub.«

Willi nickte ihm bestätigend zu und setzte sich in den Fond des SL.

»Und? Wie sieht's aus, Erwin? Habt ihr zwei den Weg gefunden, dein Navi und du?« Justus steckte den Zündschlüssel ins Schloss und startete den Wagen.

Erwin leckte über den Saugnapf der Halterung und befestigte diese an der Windschutzscheibe des SL.

Justus bekam Puls bei dem Anblick, ließ ihm diese Ungeheuerlichkeit aber durchgehen.

»Ich krieg das Gerät nicht auf Deutsch, aber die Pfeile sind gut zu sehen auf dem Dings.«

»Display«, verbesserte Justus.

»Genau. Fahr du einfach, ich sag dir, wohin.«

Justus sah in den Rückspiegel zu Willi, der sich ein Lachen verkneifen musste, und trat aufs Gaspedal.

»Bij het volgende kruispunt links afslaan«, ertönte es aus dem Navi.

Justus bremste so schlagartig, dass sich der Kies vor den vorderen Reifen zusammenschob.

»Was zum Teufel ist das denn?«

»Ich glaube, Niederländisch oder so. Ganz genau weiß ich es aber nicht. Irgendwas hat sich da verstellt. Jetzt ist das Menü auch in der Sprache.« Erwin drückte vorsichtshalber nochmals auf das Display.

»Hat das Gerät keinen Reset-Knopf?«

»Einen was?«

»Nichts. Gut, dann sag du mir, wo wir langfahren müssen. Die Pfeile werden ja wohl nicht in dieser Sprache sein.«

»Nein, die sind international!«

»Das war ein Witz!«

»Ich weiß.«

Justus ließ es dabei bewenden und gab Gas.

***

Für die nächsten Minuten herrschte, abgesehen vom Gebrabbel des Navis, Schweigen im Wagen. Aber Erwin wollte sich die Stimmung nicht verderben lassen. »Kinder, das war vielleicht ein schönes Hotel. Da müssen wir das nächste Mal unbedingt einmal hin.« Er schnallte sich an, blieb aber mit dem Kopf etwa mittig der Windschutzscheibe, um besser auf das Navi blicken zu können.

»Ich weiß, dass das Hotel schön ist. Deshalb hatte ich es auch vorgeschlagen.« Justus kurbelte seine Scheibe herunter, und der Fahrtwind fegte durch den Wagen.

»Ich habe das doch nicht mit Absicht gemacht. Das ist aber auch alles klein geschrieben in diesem Internet!«

»Lass nur, Erwin! Das kann den Besten passieren. Hauptsache, wir drei sind noch einmal auf Tour. Nicht wahr, Justus?«

»Klar. Schon gut, Erwin. Schaut mal. Hier ist ganz schön was los.«

Sie fuhren durch das Zentrum des niederbayerischen Kurortes. Außer Cafés, Bekleidungs- und Blumengeschäften gab es hier nichts.

»Verlaat de rotonde bij de tweede afslag.«

»Was will es?« Auch Justus stierte nun aufs Display.

»VORSICHT!«, brüllte Willi von hinten.

Justus riss das Lenkrad herum. Beinahe hätte er einen Rollator auf der Kühlerhaube gehabt. Samt älterer Dame.

»Ich glaube, es führt uns jetzt durch den Kreisverkehr dort vorne.« Erwin starrte gebannt auf das Display.

»Das ist aber ein großer Kreisverkehr. An welcher Abfahrt geht's denn weiter?«, fragte Justus.

»Das Ding hat nur Pfeile. Und der aktuelle ist krumm. Aber ich sehe es auf der Anzeige. Fahr du nur in den Kreisverkehr, ich sage es dir dann schon.«

Während Justus bereits das dritte Mal um den Kreisel fuhr, kaute Erwin auf seiner Unterlippe und kauerte nun noch näher mit zusammengekniffenen Augen vor dem Display.

»Verlaat de rotonde bij de tweede afslag.«

»Erwin? Wann, meinst du, wären wir so weit?«

»Jetzt, dann, gleich.«

Willi klopfte Justus ein paarmal beruhigend auf die Schulter und kam aus dem Grinsen überhaupt nicht mehr heraus, während sie weiter um den Kreisel kurvten.

»JETZT!«, schrie Erwin plötzlich, und Justus folgte ihm aufs Wort.

Die Reifen quietschten, und die Männer ernteten für dieses Manöver das Kopfschütteln der Passanten. Aber nach sieben Runden Kreisverkehr und einsetzendem Schwindelgefühl machten sie endlich Strecke.

Sie verließen den Kurort und folgten der Landstraße, die kaum befahren war.

»Seht mal, die Kühe. Sind die nicht herrlich?«

»Dein Ernst?«, sagte Justus trocken.

Entweder war Erwins Euphorie echt, oder aber er wollte seinen Fehler, den er bei der Buchung gemacht hatte, mit positiver Stimmung überspielen. Ein paar Meter hinter dem Kreisverkehr hatte er seinen Kopf aus dem Fenster gestreckt und behauptet, an der stark befahrenen Straße sei die Luft so frisch. Da hatte er vielleicht ein wenig übertrieben.

»Bij het volgende kruispunt de weg blijven volgen. Na honderd meter heeft u uw bestemming bereikt.«

»Habt ihr nicht auch das Gefühl, dass man die Tante in dem Kasten langsam, aber sicher versteht?«, bemerkte Willi gut gelaunt.

»Du kannst gerne vor deinem nächsten Mallorca-Urlaub mit dem Ding herumfahren und es auf Spanisch einstellen. Dann kannst du jedem Einheimischen den Weg erklären«, schlug Erwin vor.

»Aber trotzdem keine vernünftige Konversation betreiben«, fügte Justus hinzu.

»Außer mit dem dortigen Verkehrsminister!«, konterte Erwin. Alle mussten lauthals lachen. »Da vorne rechts!«

Mittlerweile waren sie fernab jeglichen Trubels, die Schlaglöcher im Asphalt wurden größer, und die Landschaft glich eher einer Einöde als einem Kurort. Weit konnte es jedenfalls nicht mehr sein, wenn man der Rezeptionistin des *Ammersteiner Hofs* und dem Navi Glauben schenken durfte.

Sie passierten das Ortsschild mit der Aufschrift *Bad Kirschbach*.

Justus folgte weiter den Anweisungen des Navigationsgerätes. Wenig später bog er in die Kurstraße ein und blieb abrupt stehen. »Sagt mir bitte, dass es das nicht ist.«

»I wo. Das Navi hat noch nicht …«

»U heeft uw bestemming bereikt!«, plärrte die Frauenstimme.

Sie standen vor einem lieblos senfgelb angestrichenen Kasten, der seine guten Zeiten längst hinter sich hatte. Sofern es diese jemals gegeben hatte.

Willi dämmerte nun, warum der Preis für die Woche äußerst günstig war.

»Ist es nicht herrlich still?«, sagte Erwin fröhlich. »Da können wir uns ganz auf uns konzentrieren. Vorhin in diesem Schickimicki-Schuppen war es ganz schön laut.«

Justus drehte sich zu seinem Nebenmann. »Wenn du mit ›laut‹ das Klirren der Champagnergläser meinst oder etwa das Plätschern des Wassers im Springbrunnen, hätte ich mich damit hervorragend arrangieren können. Was meinst du, Willi?«

»Jetzt parken wir erst einmal und sehen uns das Ganze von innen an. Vielleicht ist es gemütlicher, als es von außen aussieht.«

Willi befürchtete, dass er für die nächsten Tage die Rolle des Puffers zwischen Justus und Erwin übernehmen müsste. Vielleicht war Justus aber auch nur ein bisschen angespannt von der ganzen Fahrerei.

Sie parkten den Wagen auf den Rasensteinen, zwischen denen das Unkraut wucherte.

»Viel Wert scheinen die wohl nicht auf die Pflege ihrer Außenanlage zu legen«, meinte Justus.

»Ist doch schön, wenn sich die Natur an einem solchen Ort entfalten darf. Wo gibt es so etwas denn heute noch?«, fand Erwin und schaltete sein Navi aus.

Die drei Männer passierten den geteerten Weg zum Haupteingang der Kuranstalt. Der Eingangsbereich des Gebäudes, das aus den späten Siebzigern stammen durfte, war eher schlicht gehalten. Anstelle einer getönten Drehtür gab es zumindest eine elektrische Schiebetür, die aber leider für Willi zu spät reagierte: Er fluchte und hielt sich die Nase.

»Zu Hause im Baumarkt gibt's Vogelaufkleber für solche Glasscheiben«, sagte Erwin.

# Kasseler mit Kraut

»Das ist wie in einem Krankenhaus!«, klagte Justus, als sie das Kurhotel betraten.

»Ach, Justus, gib dem Haus eine Chance! Schau, Willi, dort drüben können wir uns anmelden.« Erwin ging voran.

Justus fiel ein bisschen zurück, weil ein Herr mit Krücken seinen Weg kreuzte.

Der Empfangsbereich war in Terrakotta gefliest; überall standen weiße Pflanzkübel aus Plastik mit Gummibäumen in Hydrokultur. Die Wände schrien förmlich nach einem neuen Anstrich. Immerhin gab es links neben dem Eingang einen kleinen Laden für das Nötigste. Darüber stand: *Das kleine Kaufhaus.*

Justus verlangsamte seine Schritte und beobachtete die Verkäuferin, wie sie neben den Zeitschriften das Duschgel ins Regal sortierte, bevor sie den Ständer mit dem Obst davorstellte. Neben dem Laden befand sich ein Friseursalon namens *Uschi*, gegenüber ging es zur Fußpflege.

Willi stoppte vor zwei Münzfernsprechern und prüfte einen davon, ob es aus dem Hörer tutete.

Erwin bremste auf dem Weg zur Rezeption an einer großen Wand mit unzähligen Zetteln und Plakaten. »Seht mal, was die alles anbieten. Wassergymnastik, Töpferkurs, Musikabend, alles da.«

Justus kam näher und blickte ebenfalls auf die Wand. »Stimmt, Erwin. Nicht zu fassen. Die leben hier ihren Traum. Das ist ja alles für alte Leute.«

»Wie, alte Leute? Du vergisst wohl, dass auch du in ein paar Tagen sechzig wirst, mein Lieber. Jetzt tu mal was für deine Gesundheit! Immer der viele Wein und das Rauchen.«

»Ich rauche vielleicht zweimal im Monat eine Zigarre.«

Willi schob seine Freunde weiter in Richtung Anmeldung. »Nun streitet euch nicht! Wir beziehen jetzt erst einmal unsere Zimmer, dann sehen wir weiter.«

Justus kniff die Lippen zusammen. Willi befürchtete wohl, dass er doch noch einen Rückzieher machen könnte.

»Aber wer streitet denn? Ich meine es nur gut mit euch. Willi, für dich ist bestimmt auch was dabei. Dann kannst du endlich mal was für deine Hüfte tun.«

Willi blieb stehen. »Erwin, meiner Hüfte geht es hervorragend.«

»Ich meine, gesehen zu haben, dass du seit ein paar Monaten ein bisschen schief gehst.«

»Und das siehst du ohne Brille?«

»Wenn ich genügend getrunken habe, sehe ich ausgezeichnet«, verteidigte sich Erwin.

»Ich sehe da eigentlich immer alles doppelt!«, witzelte Justus und klopfte seinem Freund auf die Schulter.

»Ich rede von Wasser!«

»Ah!«

Justus' Laune hob sich schlagartig, als er die hübsche Dame an der Rezeption erblickte.

Völlig vertieft in ihre Arbeit saß sie am Computer und fegte mit ihren Fingern über die Tastatur.

Justus lehnte sich auf die breite, leicht abgewetzte Holzauflage. Auf den beiden dahinterstehenden Schreibtischen stapelten sich Mappen, die darauf warteten, abgearbeitet zu werden. Auf dem Tresen stand ein Namensschild mit der Aufschrift *Claudia Michel.*

»Entschuldigen Sie?«

»Ach, tut mir leid. Ich habe Sie gar nicht bemerkt.«

Justus lächelte sie an. Zeitlebens hatte er eine Schwäche für das weibliche Geschlecht gehabt. Seine Schwäche war so groß, dass er gleich zweimal heiraten musste. Leider war er mittlerweile auch zum zweiten Mal geschieden.

»Wie kann ich Ihnen denn weiterhelfen?«

»Ach, Frau Michel, sehen Sie bitte einmal in Ihrem System nach. Es müsste eine Reservierung für uns vorliegen.«

»Sagen Sie doch bitte Claudia. Welche Krankenkasse?«

Justus stutzte. »Wofür brauchen Sie denn meine Krankenkasse?«

»So finde ich Sie schneller im System.«

»Wir sind privat hier! Also, nicht zur Kur.«

»Ach, Sie sind das! Schön, dass Sie unsere Präventionswoche in Anspruch nehmen.«

»Präven… was?«

»Präventionswoche! Wehret den Anfängen!«

Claudia sah strahlend an Justus vorbei zu Erwin und Willi.

Willi ging inmitten der Empfangshalle auf und ab, wahrscheinlich, um Erwin zu beweisen, dass mit seiner Hüfte alles in Ordnung sei.

»Wissen Sie, die meisten Gäste werden von ihrem Hausarzt überwiesen. Gäste, die uns von sich aus aufsuchen, haben wir eher selten. Verraten Sie mir bitte Ihre Namen?«

»Volz, Degen und Bach.«

Erwin drängelte sich neben Justus. »Volz mit *V*!«, betonte er, »ich grüße Sie!« Er streckte seine Hand über den Tresen, die jedoch von Claudia aufgrund ihres konzentrierten Blickes auf den Bildschirm nicht wahrgenommen wurde.

Sie entdeckte die Namen und holte die Zimmerschlüssel.

»Wir haben für Sie drei Zimmer nebeneinander in der dritten Etage. Die Formalitäten können wir später ausfüllen. Ich würde sagen, Sie gehen erst zum Mittagessen und beziehen dann Ihre Zimmer.«

Justus nahm die Schlüssel entgegen.

»Fein«, freute sich Willi. »Ich bin an einen bestimmten Rhythmus gewöhnt. Pünktlich um zwölf Uhr bekomme ich Hunger.«

Claudia wies ihnen den Weg zum Speisesaal im ersten Stock.

Der Saal wirkte nicht sonderlich einladend, hatte eher das Flair einer Krankenhauskantine.

Justus musste unweigerlich an den Speisesaal im *Ammersteiner Hof* denken. Stoffservietten, zwei Tischdecken übereinander, Kerzen und Pianomusik, die sanft durch den Raum säuselte.

Hier hingegen säuselte nichts. Auf den Tischen lagen Plastiktischdecken mit bunten Motiven. Darauf Behälter für das Besteck, pro Tisch ein Glas mit einem Teelicht, das in Kaffeebohnen eingebettet war. Daneben ein kleiner Tischmülleimer. An der Fensterfront fanden die Freunde einen leeren Tisch und setzten sich.

Erwin schnappte sich eine der beiden Flaschen Wasser, die schon bereitstanden, und goss Justus und Willi ein.

»Also, eines steht jetzt schon fest. Eine Neptunplatte oder Crème brûlée werden wir mit aller Wahrscheinlichkeit nicht bekommen.« Justus legte bedrückt seinen Kopf zwischen seine Hände.

»Jetzt warte doch erst einmal ab! Nur weil es keine Sterneküche ist, muss es nicht schlecht sein«, versuchte Willi, seinen Kumpel zu beruhigen.

Eine beleibte Dame in weißer Schürze kam mit einem Servierwagen an den Tisch, auf dem sie drei Teller hatte.

»So, die Herren. Sie sind also die Neuen. Da haben Sie sich einen schönen Tisch ausgesucht. Die Claudia von unten hat mich gerade informiert. Normalerweise können Sie beim Frühstück Ihr Essen für den Tag aus verschiedenen Gerichten wählen. Da Sie aber heute noch nicht beim Frühstück waren, habe ich die Wahl für Sie übernommen. Sie können sich freuen. Heute gibt es Kasseler mit Sauerkraut. Sie essen bestimmt alle Fleisch, oder?«

Einstimmiges Kopfnicken.

»Gut. Wissen Sie, es greift immer mehr um sich, dass die Leute kein Fleisch essen.« Die Serviererin verteilte die Teller. »Ich sag mal so«, fuhr sie fort, »wären wir in der Nahrungskette einen Platz weiter hinten, ich glaube nicht, dass so ein Schwein sagen würde: ›Ach, heute esse ich vielleicht lieber einmal einen Apfel.‹« Sie lachte schrill. »So, nun haben wir aber genug miteinander geschwätzt. Essen Sie, es wird ja alles kalt. Guten Appetit!«

Justus schnappte sich den Salzstreuer, würzte vorsichtshalber das Kraut und schaute sich um. »Also, eines steht fest. Ich bin eindeutig der Jüngste im Saal.«

Willi verschluckte sich fast am Wasser und stellte sein Glas ab. »Mit Abstand, Justus. Mit Abstand. Wenn dich jemand fragt: Ich bin dein Vater und Erwin dein Onkel. Wir sind mit dir hier, weil du gerade volljährig geworden bist.«

Erwin lachte und sägte wild an seinem Kasseler. »Schmeckt wirklich nicht schlecht. Was stellen wir denn nachher an?«

»Ich gehe nach dem Essen erst einmal auf mein Zimmer und sehe nach, ob ich WLAN habe.« Justus würzte nochmals nach.

Willi sah ihn besorgt an. »Ich hatte mir vorhin schon gedacht, dass du ein bisschen blass um die Nase bist.«

»Mensch, Willi! Der Justus ist nicht krank. WLAN ist wie

eine Leitung, nur ohne Kabel.« Erwin putzte sich mit der Serviette den Mund ab und trank einen Schluck.

Willi zuckte mit den Schultern. »Ach, ihr wisst doch, dass ich mit dem ganzen Computerzeug nichts am Hut habe. Ich bin eben noch ein klassischer Handwerker. Das Handy habe ich nur deinetwegen angeschafft, Erwin. Unser Telefon daheim hat nach wie vor eine Schnur und steht im Flur.«

Justus und Erwin grinsten.

»Da könnt ihr schon lachen. Dafür wissen wir immer, wo es ist. Ich sehe das bei meinem Schwager. Wenn es klingelt, sind die ständig am Suchen. Eva sagt dann jedes Mal, dass uns so ein neumodisches Teil nicht ins Haus kommt.«

»Ah!«, machten Erwin und Justus.

»Was heißt da *Ah*?«

»Du darfst dir kein Schnurloses kaufen, weil deine Frau das nicht erlaubt«, zog Erwin seinen Freund auf.

»So ein Quatsch! Ich dürfte mir jederzeit so ein Funkdings holen, wenn ich wollte. Will ich aber nicht. Außerdem habe ich im Fernsehen gesehen, dass die Dinger strahlen.«

»Ich ziehe dich doch bloß auf«, lachte Erwin. »Gäbe es meinen Sohn nicht, wäre ich, was Technik angeht, auch nicht auf dem neuesten Stand.«

Willi war einfach ein Tüftler fürs Grobe. Für Computer hatte er nichts übrig. »Da schauen dir die Leute nur ins Wohnzimmer«, meinte er stets.

»So, die Herrschaften. Hat es geschmeckt? Dann ist es recht.« Die Servicekraft wartete keine Antwort ab. »Mögen die Herren noch einen Nachtisch? Natürlich mögen Sie den, nicht wahr? Schauen Sie, ich habe schon was dabei. Einen leckeren Schokopudding für Sie.« Sie stellte Justus eine kleine Glasschüssel an den Platz. »Und die beiden anderen Herren sollen natürlich auch nicht leer ausgehen. So! Jetzt essen Sie brav auf, damit morgen die Sonne scheint!«

Sie ging und räumte auf dem Weg zur Küche noch zwei weitere Tische ab.

Erwin machte sich über den Klecks Sprühsahne her, der auf dem Pudding thronte.

Willi hingegen verrührte eifrig alles miteinander, während Justus vorsichtig um die Sahne herum aß. Beim Essen war er heikel.

***

»Hat Ihnen das Essen geschmeckt?«

»Also, Fräulein Claudia, das war das beste Kasseler, das ich seit Langem gegessen habe.« Erwin schloss kurz die Augen, um seinem Lob ein wenig mehr Dramatik zu verleihen.

»Na, das freut mich aber. Ich habe Sie drei gleich für morgen früh um acht Uhr bei Prof. Dr. Mahler eingeschrieben.«

»Wieso das?« Justus klang verwundert.

»Na, wegen des Check-up. Der ist in Ihrem Paket inbegriffen. Ist das nicht toll? Wenn Sie keine Fragen mehr haben, könnten Sie eigentlich Ihre Zimmer beziehen. Vielleicht wollen die Herren gleich in die Therme? Abendessen gibt es um 18 Uhr.«

»Ach, sagen Sie …«, setzte Justus zur Frage an, »könnte Ihr Page unser Gepäck aus dem Wagen holen?«

Claudia schmunzelte.

Erwin zuckte zusammen. Sicherlich hatte sie an ihrem Arbeitsplatz tagtäglich schon so einiges gehört, aber diese Frage dürfte ihr im *Kurhotel Erika* zum ersten Mal gestellt worden sein.

»Tut mir leid, unser Hausmeister ist gerade im Garten hinter dem Haus beschäftigt und …«

»Na, das wäre ja noch schöner!«, schaltete Erwin sich schnell ein. »Das können wir selbst holen. Tut uns mal ganz gut und stärkt die Muckis. Nicht wahr, Willi?«

Der nickte und versuchte weiterhin, wie bereits seit dem Verlassen des Speisesaals, ein Stück Kasseler zwischen seinen Schneidezähnen zu entfernen.

Justus zwinkerte Claudia zu. Er klopfte zweimal mit seinem Zimmerschlüssel auf den Tresen.

Willi ging voraus, während Erwin den Drang verspürte, Justus unbedingt maßregeln zu müssen.

»Weißt du, Justus, du könntest dich wirklich mal nach einer Frau in deinem Alter umsehen. Das arme Ding! Was soll die denn von uns denken?«

»Ach, Erwin, lass mich doch. Ich flirte lediglich ein wenig. Das hält mich jung.«

»Das macht ein Waldspaziergang auch. Du immer mit den Frühlingsfrauen!«

»Was bitte sind denn Frühlingsfrauen?«

»Kennst du nicht? Es ist noch nicht alles da, aber es kommt noch. 'ne richtige Hüfte zum Beispiel. Die kommt bei den meisten Frauen erst um die vierzig. Glaub mir, ich weiß, wovon ich spreche.«

Justus winkte ab, während sich Willi im Gehen nach hinten drehte: »Könnt ihr vielleicht mal ein bisschen schneller …«

»Willi! Vorsicht!«

Willi drehte sicherheitshalber den Kopf nach vorne. Leider zu spät. Er war einfach zu schnell für diese automatische Schiebetür, und mit einem lauten Knall donnerte er abermals dagegen. Kurz danach ging die Tür auf.

»Willi! Ist dir was passiert?« Erwin spurtete mit Justus zu seinem Freund, der in gebückter Haltung seine Nase hielt.

»Diese Scheißtür! Was ist bloß mit dem Ding los?«

Justus vergewisserte sich, ob Willi Nasenbluten hatte. Negativ. »Du musst einfach ein wenig langsamer machen. Die Tür hat bei deiner Geschwindigkeit doch überhaupt keine Chance.«

»Die ist wirklich nur für Senioren«, schimpfte Willi.
»Ach ja? Und was bist du dann?«, fragte Erwin.
»Ich bin fünfundsechzig.«

***

Erwin schloss die Zimmertür hinter sich und warf seinen Koffer aufs Bett. Es war das erste Mal, dass er verreist war und allein auspacken musste. Früher hatte das stets Renate erledigt. Doch seit ihrem Tod hatte er das Haus lediglich für das Nötigste verlassen.

Erwin und Renate hatten sich mit größeren Ausgaben zurückgehalten. »Damit wir es später einmal schön haben«, hatte seine Frau stets gesagt. Große Reisen waren ausgeschlossen gewesen, höchstens mal ein Wochenende an der Ostsee. Jeder Cent wurde benutzt, um das Haus noch vor Beginn der Rente abzubezahlen und das Studium ihres Sohnes zu finanzieren. Als Innenrevisor bei einer Bank hatte Erwin ganz ordentlich verdient. Dennoch wurde an jeder Ecke gespart. »Wenn mal was ist«, meinte Renate immer.

Natürlich konnte niemand ahnen, dass nur zwei Monate nach Erwins Pensionierung dieses Unglück geschehen würde. Seit Renates Tod überkamen Erwin oft Momente der Reue. *Hätten wir bloß …*, dachte er häufig und verwarf dann schnell diese Gedanken. Willi war ihm eine große Stütze gewesen. Die beiden kannten sich seit dem Sandkasten. Justus war erst später hinzugekommen. Da er damals in derselben Nachbarschaft gewohnt hatte, kannte man sich vom Schulhof. Auch wenn er fünf Jahre jünger war – selbstredend auch heute noch. Erwin musste grinsen. Ach, was wäre der als kleiner Bub verprügelt worden, wenn er und Willi nicht gewesen wären. Heute wollte Justus natürlich nichts mehr davon wissen. Er glaubte, er hätte sich damals ganz alleine durchgeschlagen.

Erwin stellte seinen Kulturbeutel ins neu geflieste Badezimmer. Direkt neben der Toilette war die Duschkabine. Schade, keine Wanne! Wo er so gerne badete. Er betrachtete im Spiegel seine beginnende Glatze. Ob er seine restlichen Haare wachsen lassen sollte, um die kahle Stelle damit zu verdecken? Er drehte sich ins Profil und klopfte auf seinen Bauch.

»Ist auch ein bisschen mehr geworden«, murmelte er und versuchte, ihn einzuziehen. Vielleicht sollte er ab und an Sport treiben.

Er ging zurück in das spärlich möblierte Zimmer. Sicherlich hatte das Hotel schon bessere Tage gesehen. Vor zwanzig Jahren oder so. Die Wand neben dem Bett war holzgetäfelt und der Bettkasten fest mit der Wand verbunden. Zwischen Wandschrank und Bett stand ein Nachtkästchen. Darüber hing eine kleine Leselampe mit einem gläsernen Schirm, der an einer Stelle abgeschlagen war. Auf dem gegenüberliegenden Schreibtisch befand sich eine Vase mit einer einzelnen Tulpe. Aus Plastik. Das Zimmer war alles andere als gemütlich. Von der abgewetzten Teppichstelle vor der Zimmertür ganz zu schweigen. Aber es war sauber.

Während Erwin seine Sachen im Kleiderschrank verstaute, vernahm er Stimmen auf dem Flur. Nicht dass Erwin neugierig war. Dennoch war es besser, die Tür vorsichtig einen Spalt zu öffnen und zu lauschen, was da vor sich ging. Es hätte ja sein können, dass man seine Hilfe benötigte.

Zwei Damen unterhielten sich. Die eine erzählte, dass sich Birchermüsli auf ihren Organismus äußerst positiv auswirkte. Die andere Frau konnte das so nicht bestätigen. Sie würde davon spätestens nach zwei Stunden Durchfall bekommen.

Erwin schloss die Tür. Das war mehr Information, als er haben wollte. Er musste an seine Kindheit zurückdenken, als er mit Willi und Justus scheinbar unlösbare Fälle im Ort aufgeklärt hatte. Etwa, wo der Hund der Nachbarn geblieben war.

Oder, warum Frau Berger, die zwei Häuser weiter wohnte, immer so früh am Morgen das Haus verließ. Dass sie Zeitungen austrug, konnte ja niemand ahnen. Die Angewohnheit, hinter allem eine Verschwörung zu sehen, hatte Erwin bis heute nicht verloren. Einmal hatte er in der Bank seine Kollegen ausspioniert. Dieses Getuschel auf den Gängen und die Heimlichtuereien machten ihn stutzig. Sie zwangen ihn förmlich dazu, seine Erkenntnisse mit dem Abteilungsleiter Koller zu teilen. Als herauskam, dass die Kollegen eine Überraschungsparty zu Herrn Kollers fünfzigstem Geburtstag planten, war das äußerst peinlich für Erwin gewesen. Ebenso peinlich wie der Fauxpas mit dieser Buchung. Aber das würde er sich nicht anmerken lassen. Außerdem konnte man jetzt ohnehin nichts mehr an der Situation ändern.

Erwin stieg in die gelbe Badehose, die er vor Jahren auf Kreta gekauft hatte. Seit damals hatte er ein paar Pfund zugelegt, weswegen die Hose unterhalb des Nabels ein wenig stramm saß. Dennoch schnürte er das Band zu einer Schleife und zog seinen alten Bademantel aus den späten Siebzigern aus dem Koffer. Erwin hatte ihn ewig nicht getragen und stellte jetzt fest, dass er – vermutlich beim Waschen – kleiner geworden war. Er warf ihn zurück in den Koffer und streifte das hauseigene Exemplar über. Das gefiel ihm sowieso besser, und es passte wie angegossen.

# Prickelnde Düsen

»Da bist du ja endlich. Wir warten schon auf dich. Hast du etwa noch die Wände da oben gestrichen?«, frotzelte Erwin.

Er und Willi warteten neben der Rezeption auf Justus, der als Letzter kam. Dieser hatte natürlich seinen eigenen Bademantel angezogen und machte sich über seine Freunde lustig.

»Gab es die nicht mit euren Namen?«, foppte er sie.

»Wieso?«, wunderte sich Willi.

Er deutete auf Willis Brust. »Weil bei euch beiden da *Erika* eingestickt ist.«

Sein Mantel glich eher einem Kimono und war aus feiner, dunkelblauer Baumwolle.

»Man muss ja nicht immer gleich auffallen. Ich habe auch meinen eigenen Bademantel dabei. Ich weiß gar nicht, was du hast. Der ist doch flauschig?«, verteidigte sich Erwin. »Für mich ist der gut genug.«

Justus wechselte das Thema. »Ziemlich verwohnt, der Bunker. Mein Teppich löst sich schon in einer Ecke.«

»Ich kann mir das später einmal ansehen. Vielleicht brauche ich nur …«

»Willi, du machst überhaupt nichts auf meinem Zimmer.

Weißt du noch, wie du damals an meinem Heizkörper bloß das Ventil festschrauben wolltest?«

»Das war aber auch billig gemacht. Aber die Luft war nachher aus dem ganzen Kreislauf raus!«

»Ja, die Luft war wirklich danach raus. Inklusive des gesamten Wassers.«

Für Willi war das Gespräch offenbar beendet, er sagte nichts mehr.

Außerdem näherte sich Claudia vom Empfang. »Gefallen Ihnen die Zimmer?«

»Jaaa!«, machte Erwin.

»Sehr gut!«, sagte Willi.

»Absolut gemütlich!«, pflichtete Justus bei. Er wollte sich wohl seinen kleinen Flirt nicht ruinieren.

Willi war es wahrscheinlich weitestgehend egal.

Erwin traute sich ohnehin nicht, irgendetwas zu bemängeln.

Claudia freute sich über die positive Rückmeldung. Dennoch wirkte sie überrascht über so viel Zuspruch. »Gut. Zur besseren Orientierung habe ich hier noch unseren Hausprospekt für Sie.«

Justus hob die Hand und meldete sich. »Ich hätte eine Frage. Ich habe auf meinem Zimmer kein WLAN. Kann Ihr Hausmeister da mal gucken kommen?«

»Oh, das ist Absicht«, erklärte Claudia. »Wissen Sie, wenn unsere Gäste nur auf ihren Zimmern sind, geraten die sozialen Kontakte völlig in den Hintergrund. Erwiesenermaßen sind jedoch gerade die unglaublich wichtig für den Heilungsprozess. Wir behandeln auch auf psychosomatischer Ebene. Sie können aber jederzeit mit Ihrem Notebook im Empfangsbereich kostenlos unser WLAN nutzen. Ich gebe Ihnen gerne nachher einen Zugangscode.«

Justus nickte frustriert.

Willi warf ein: »Ich möchte auch so einen Code!«

»Wieso denn du?«, staunte Justus, als Claudia weitergegangen war.

Willi zuckte die Achseln. »Na, wenn der kostenlos ist?«

»Du hast doch nicht mal einen Laptop.«

***

»Justus, du musst unbedingt reinkommen. Das Wasser ist herrlich!« Erwin stieß sich von den Fliesen ab und paddelte ziellos umher, während Willi mit den Beinen im Wasser am Beckenrand saß und den Hausprospekt studierte.

Justus legte seinen Bademantel über eine Liege und setzte sich neben Willi.

»Also, Erwins Euphorie in allen Ehren, aber ich finde, das ist ein ganz normales Hallenbad. Mit der Besonderheit, dass einige der Fugen zwischen den Fliesen erheblich vergilbt sind und das Wasser unwahrscheinlich warm ist. Spinnen die? Die können doch das Wasser nicht so aufheizen. Wie soll man bei der Hitze denn seine tausend Meter herunterreißen?«

Willi hielt den Prospekt vor Justus' Gesicht. »Sieh her! Das ist ein Thermalbad. Da reißt man keine tausend Meter runter. Das hat stramme vierzig Grad. Das ist gut für die Gelenke und deine Schleimbeutel. Hier, lies!«

Justus lehnte ab, rutschte ganz ins Wasser und näherte sich Erwin.

»Erwin, hast du gehört, das Wasser hat vierzig Grad. Pass bloß auf, dass dir deine Badehose nicht einläuft.«

»Du musst gerade reden! Wenn deine Hose noch ein bisschen einlaufen würde, wäre überhaupt nichts mehr da. Also weißt du! Ein Mann in deinem Alter!«

»Pst!«, zischte Willi vom Beckenrand her.

Erwin schaute rüber.

»Kommt mal her!« Willi winkte sie zu sich heran.

Erwin und Justus paddelten gemächlich zum Beckenrand.

Willi beugte sich verschwörerisch zu ihnen runter. »Augen auf halb acht«, raunte er. »Aber unauffällig.«

Erwins Blick fiel auf eine attraktive Dame Mitte fünfzig.

»Ihr beide steht seit geraumer Zeit unter Beobachtung«, fuhr Willi fort.

Die Dame dümpelte vor einer Unterwasserdüse auf der anderen Seite des Beckens, die mit hartem Strahl ihren Rücken massierte. Ihre brünetten Haare hatte sie hochgesteckt.

Erwin merkte erst, dass er glotzte, als plötzlich Willi neben ihr auftauchte und sich vor einer weiteren Düse platzierte, während er seinen Prospekt eifrig studierte. Wie hatte er das jetzt so schnell gemacht?

»Justus! Erwin! Kommt her! Das tut gut!«, schrie Willi quer durch das Becken.

Justus ließ sich das nicht zweimal sagen und kraulte zu Willi. »Was ist denn?«

»Das musst du versuchen. Die Düse presst dir die Parasiten aus den Poren.« Willi gab seine Düse für Justus frei.

»Oh ja, das ist angenehm.« Justus drehte sich vor der Düse einmal um die eigene Achse und kam zum Stehen.

»Zwei Düsen weiter wird es richtig prickelnd!«, sagte eine kehlige Stimme neben ihm.

Justus schaute nach rechts und war augenblicklich von dem, was er zu sehen bekam, angetan.

Die attraktive Frau verharrte mit geschlossenen Augen im Wasser am Beckenrand und hatte den Kopf nach hinten gelegt. Ihr Mund war leicht geöffnet, durch den ihr hin und wieder ein leichtes *Ah* entwich, bevor sie ihre Position abermals um einige Zentimeter korrigierte. Das warme Wasser, eine Düse und diese

Frau! Dieses Trio war das Erotischste, was Justus in den letzten Monaten zu sehen bekommen hatte. Und das mochte was heißen! Für ihn waren Frauen über vierzig eigentlich zu alt. Ganz zu schweigen von dieser Dame. Dennoch war er so positiv überrascht, dass er ein paarmal schlucken musste, bevor er einen Satz herausbekam. »Wie meinen Sie?«, stammelte er.

»Ich meinte, die Düsen sind in unterschiedlicher Höhe angebracht. Die rechts neben mir ist ein wenig tiefer.« Jetzt erst öffnete die Frau ihre Augen, drehte den Kopf und sah Justus an.

Für Willi war klar: Wer bremst, verliert. Also machte er sich auf zur besagten Düse. Er hängte sich rücklings an den Beckenrand und ließ sich von dem Wasserstrahl seinen unteren Lendenwirbelbereich massieren. Er grunzte zufrieden.

»Sie sind neu hier, oder?«

»Woher wissen Sie das?« Justus hatte sich gefangen und seine innere Sicherheit zurückgewonnen.

»Sie wären mir schon längst aufgefallen. Gucken Sie sich einmal um!«

Justus nahm das als Kompliment und wollte ihr natürlich ebenso schmeicheln. Dies bot sich selbstredend auch deshalb an, weil diese Fremde der erste Lichtblick des Tages für ihn war. Abgesehen von Claudia.

»Na, Sie passen auch nicht unbedingt hierher.« Justus rückte ein wenig näher auf und war ihr nun so nah, dass er ihr feines, blumiges Parfum riechen konnte. »Wie heißen Sie denn, wenn ich fragen darf?«

»Iris. Iris Biber.« Sie streckte ihm die Hand entgegen.

»Ich heiße Justus Bach. Sehr angenehm. Also, Frau Biber, was verschlägt Sie in diese triste Kuranstalt?«

»Ich bin abgehauen.«

»Abgehauen?«

»Ja. Sagen Sie es aber niemandem weiter«, flüsterte sie.

Auch Justus flüsterte nun. Iris gefiel ihm. Anscheinend hatte sie Humor. Damit konnte eine Frau bei ihm gut und gerne fünf Jahre gutmachen.

Iris blickte sich spaßeshalber geheimnisvoll um. »Ich bin vor meinem Lebensgefährten und der ganzen Schickimicki-Sippe geflohen. Eigentlich war ich im *Ammersteiner Hof.*«

Nun hatte sie Justus' volle Aufmerksamkeit. »Ach, da ist es schön!«

»Das ist relativ. Kommt am Ende wahrscheinlich darauf an, mit wem man dort absteigt.«

»Da haben Sie natürlich vollkommen recht«, stimmte Justus zu. Er wagte es nicht, ihr zu widersprechen.

»Hoppla!«, schrie auf einmal Willi.

Iris wandte sich ihm zu, während Justus die Augen verdrehte, weil sein Freund die aufsteigende Romantik extrem störte.

Wie sich umgehend herausstellte, hatte die Störung einen gewissen Unterhaltungswert. Nicht allein für Justus und Iris, sondern ebenso für alle anderen Kurgäste, die freudig im warmen Wasser umherpaddelten: Der intensive Wasserstrahl hatte sich in die Gesäßtasche von Willis Badehose verirrt. Dies hatte zur Folge gehabt, dass er Willi kurzerhand die Hose ausgezogen hatte. Damit nicht genug, entfernte sich die Hose mehrere Meter und kam vor einer Dame, die sich mit ihrer geblümten Badekappe durch das Becken kämpfte, an die Oberfläche.

Sie quiekte erschrocken und katapultierte mit der Hand das Textil aus dem Wasser zum gegenüberliegenden Beckenrand auf eine Liege. Schöner hätte man sie zum Trocknen nicht drapieren können.

»Ach Gott, ist das peinlich!« Willi drehte sich hektisch von einer Seite zur anderen.

Justus kriegte sich nicht mehr ein vor Lachen.

Erwin versuchte zu ergründen, worum es ging. Er hatte von

alledem offenbar nichts mitbekommen, da er eine Schwimmnudel ergattert hatte und damit beschäftigt war.

»Willi, darf ich dir Frau Biber vorstellen?«

»Äußerst ungünstiger Zeitpunkt, Justus.« Willi wusste natürlich genau, dass sein Freund die Situation schamlos auskostete.

Iris spielte mit und streckte ihm die Hand entgegen. »Hallo, ich bin Iris.«

»Angenehm«, entgegnete Willi, gab ihr aber nicht die Hand, weil er sich mit der einen am Beckenrand festhielt und mit der anderen den Bereich verdeckte, den er der Allgemeinheit der Badenden nicht offenbaren wollte.

»Justus! Wärst du bitte so freundlich und würdest endlich meine Hose holen?«

»Sag das doch gleich!« Lachend stemmte Justus sich hoch und verließ das Becken.

Direkt über Willi erschien derweil ein Bademeister. »Das sehen wir hier aber nicht so gerne«, kritisierte er und blickte finster drein.

»Sie müssen entschuldigen, aber der Strahl war so hart.«

Der Bademeister bemühte sich mit aller Kraft, ernst zu bleiben, was ihm aber nur mäßig gelang. »Guter Mann, kaufen Sie doch bitte nächstes Mal die Badehose in Ihrer Größe. Oder schnüren Sie die Hose wenigstens oben zu.«

Willi wusste, wann es Zeit war, klein beizugeben, und bedankte sich recht herzlich für die brauchbaren Tipps.

Endlich war Justus mit der Badehose zurück und reichte sie ihm ins Wasser.

Willi versuchte umgehend, mit beiden Beinen gleichzeitig hineinzuschlüpfen. Dazu musste er kurzzeitig untertauchen. Dabei kam sein Gesäß der Wasseroberfläche unangenehm nahe, weshalb er hektisch zu strampeln begann.

Endlich erschien auch Erwin mit einem älteren Herrn im Schlepptau, bei dem er sich mit seiner Schwimmnudel eingefädelt hatte. »Nanu?«, sagte er nur.

Willi hatte keine Lust, darauf zu antworten.

Nach etwa dreißig Minuten Anwesenheit hatten er und seine Freunde einen Bekanntheitsgrad in der Kuranstalt erreicht, den man für gewöhnlich erst nach ein bis zwei Wochen genoss.

***

»Darf ich Sie auf einen Kaffee einladen?«

Iris nahm Justus' Einladung in die Cafeteria nickend an und verließ das Becken lasziv über die Leiter. Jede Dreißigjährige wäre auf sie neidisch gewesen. Ihre Figur war makellos; ihre Haut schimmerte seidig, während das Wasser in kleinen Tropfen von ihr abperlte.

Justus musste unweigerlich an seinen SL denken, nachdem er drei Wachsschichten auf den Lack aufgetragen hatte. Danach perlte der Regen auch erstklassig von seinem Wagen herab.

Sie trug einen schlichten schwarzen Badeanzug, der an den Hüften weit nach oben ausgeschnitten war. Dadurch verlängerten sich ihre Beine optisch um ein paar Zentimeter, was der Erotik dieser Frau nochmals einen kleinen Kick gab. An ihrer Liege angekommen richtete sie den Badeanzug an ihrem Po, bevor sie ihre Arme mit dem Handtuch trocken tupfte.

»Wie ich sehe, geben Sie gut auf sich acht«, bemerkte Justus etwas uncharmant, während er seinen Bademantel überstreifte und sich das Handtuch um den Hals legte.

Iris nahm es zum Glück als Kompliment und bedankte sich wortlos mit einem kleinen Lächeln.

»Mit Milch?«

»Nein, danke, ich trinke ihn schwarz.«

Justus stellte die Tassen auf den kleinen, runden Tisch und setzte sich zu ihr.

Iris nippte an ihrem Kaffee und bedeckte ihr linkes Bein mit dem Bademantel, nachdem sie es über das andere geschlagen hatte.

»Sie sagten, Sie seien vor Ihrem Lebensgefährten geflohen?« Justus konnte nicht umhin, seiner Neugier nachzugeben.

»Ach, das ist eine lange Geschichte.«

»Ich habe nichts vor!«

Iris musterte Justus, als wolle sie prüfen, ob er es wert war, Einblicke in ihr Privatleben zu erhalten.

»Wissen Sie, normalerweise rede ich nicht über mich. Aber … Sie wirken irgendwie vertrauenswürdig.«

Justus fühlte sich geschmeichelt. »Sie meinen, so vertrauenswürdig, wie man in Badehose und Badesandalen eben wirken kann?«

Iris lächelte. »Mein Lebensgefährte ist sehr damit beschäftigt, dazuzugehören. Ich meine damit die oberen Zehntausend. Da bleibt man als Frau gerne mal auf der Strecke.«

Justus begriff, dass diese Frau nicht die Aufmerksamkeit erhielt, die sie von einem Mann erwartete. Und er war der Auserwählte, der die Versäumnisse ihres Partners wettmachen konnte. Da das Angebot an präsentablen Männern in dieser Kuranstalt eher mager ausfiel, wollte er allerdings nicht zu viel in die Geschichte hineininterpretieren. Dennoch musste er sich eingestehen, dass er sich zu Iris hingezogen fühlte.

»Wie kamen Sie ausgerechnet auf das *Kurhotel Erika*? Ich meine, eine Frau wie Sie …«

»Ganz einfach. Er würde mich nie in so einem Haus vermuten. Also, Robert. Ich meine, mein Lebensgefährte. Waren Sie denn schon einmal im *Ammersteiner Hof*?«

Justus überlegte, ob es nicht besser wäre, den Durchschnittsmann zu mimen. Immerhin hatte auch er Zeit seines Lebens versucht, ganz oben mitzuspielen. Doch sein Ego siegte.

»Natürlich. Schon oft!« Er klang etwas überheblich. »Eigentlich hatten wir auch dort gebucht. Das heißt, mein Freund sollte dort für uns buchen. Kurzum: Wir sind hier gelandet.«

»Meinen Sie den Nackten?«

»Nein, den mit der Nudel.«

»Ah!«

Iris trank den Rest ihres Kaffees aus und machte Anstalten, aufzustehen.

Justus legte eine Hand auf ihren Arm. »Wollen Sie schon gehen?«

»Ich muss. Ich habe in einer halben Stunde eine Massage gebucht.«

Fast hätte er sich dazu hinreißen lassen, ihr dahingehend seine Dienste anzubieten. Leichte Panik durchfuhr ihn. Er konnte sie nicht so einfach gehen lassen. Zumindest musste es ein Anschlusstreffen geben.

»Was machen Sie denn heute Abend?«, platzte es aus ihm heraus.

Iris stand auf und schob ihren Stuhl unter den Tisch. Sie legte den Kopf zur Seite und visierte Justus an. Es wirkte, als wolle sie abwägen, ihm von den Plänen des Abends zu erzählen. Oder sie überlegte, ob er es wert war, weiter Zeit mit ihm zu verbringen.

»Ich gehe in den kleinen Kursaal zu einem Infoabend.«

»Und über was wird man dort informiert?«

»Es geht um Anti-Aging-Produkte, die dort präsentiert werden. Ich denke, das ist weniger etwas für Sie.« Sie zwinkerte.

»Warum denn nicht? Auch wir Männer pflegen uns. Wir leben schließlich nicht mehr in der Steinzeit.«

»Na dann«, meinte sie. »Vielleicht sieht man sich.«

Justus sah ihr nach. Er war wirklich angetan von dieser Frau. Aber seine Souveränität, die er bei jüngeren Frauen an den Tag legte, war bei Iris wie weggeblasen. Er holte tief Luft. Zwischenmenschliches auf Augenhöhe war er irgendwie nicht gewohnt.

Gerade als auch er die Cafeteria verlassen wollte, bogen seine Freunde um die Ecke.

»Da bist du! Wir haben dich schon gesucht.« Erwin hielt ihm den Hausprospekt vor die Nase und deutete auf das Kursangebot. »Sieh mal, Justus, was es für tolle Sachen gibt. Töpferkurs, Yoga, Pilates, Massagen, Heubad … Sogar ein Eisbecken und einen Fitnessraum haben die. Ist das nicht fantastisch?«

»Unwahrscheinlich, Erwin. Ich habe auch was für euch. Heute Abend gehen wir zu einer Infoveranstaltung in den kleinen Kursaal. Na, was sagt ihr?«

Willi war skeptisch. »Um was geht's?«

»Um eure Schönheit. Besser gesagt, um Cremes und Salben.«

»Das trifft sich gut«, frohlockte Willi. »Meine Latschenkiefersalbe geht zur Neige.«

»Ach, die nehme ich auch immer«, rief Erwin begeistert. »Lieber noch als Franzbranntwein. Wenn ich so schwere Beine habe. Was machst du denn dagegen, Justus?«

Justus blickte ratlos zwischen seinen Freunden hin und her. »Also, manchmal habe ich das Gefühl, wir wären zwanzig Jahre auseinander. Latschenkiefer, Franzbranntwein … Ich glaube es nicht! Wenn ich schwere Beine habe, lege ich sie hoch und schenke mir einen Cognac ein.«

»Nun tu mal nicht so, als ob du der Jungspund von uns wärst. Übermorgen wirst auch du sechzig, mein Lieber.«

Das hatte Justus bisher erfolgreich verdrängt. Er hoffte insgeheim, der Tag würde einfach so vorübergehen. Aber das konnte er sich offenbar abschminken. Wie es schien, war dieses Datum bei seinen Freunden sehr präsent.

»Egal. Wie sieht's aus? Ihr kommt mit, oder?«

Die beiden verdrehten die Augen, was Justus als eindeutiges »Ja« wertete.

»Ich kaufe euch auch eine Creme. Dann könnt ihr gut und gerne fünf Jahre wettmachen.«

»Ich brauch nur was für meine Füße«, blieb Willi hartnäckig und trieb seine Freunde an, auf die Zimmer zu gehen. Immerhin war in einer Stunde Abendessenszeit.

# Haben Sie Melkfett?

»Also, unter einem Abendessen stelle ich mir in meinem Urlaub etwas anderes vor«, klagte Justus.

»Ich mag Würstchen mit Kraut«, verteidigte Erwin das Essen und verließ als Erster den Speisesaal. Erwin hatte noch nie verstanden, warum es für seinen Freund immer Sterneküche sein musste. Hausmannskost konnte auch lecker sein. Besonders dann, wenn sie von seiner Frau gekocht worden war. Renate hatte die besten Kohlrouladen aller Zeiten gezaubert. Die hätte er niemals gegen einen Hummer oder Kaviar eingetauscht. Kaviar hatte Erwin noch nie in seinem Leben gegessen. Aber er wusste, dass er ihn nicht mögen würde.

Sie näherten sich dem kleinen Kursaal, an dessen Tür ein gut aussehendes Paar stand und die Gäste begrüßte. Beide waren schick gekleidet. Er mit einem dunklen Anzug, darunter ein graues T-Shirt mit V-Ausschnitt. Sie trug einen knielangen Rock und eine geblümte Bluse. Um den Hals hatte sie ein Seidentuch drapiert, das ihr Outfit perfekt abrundete. Ihre langen, pechschwarzen Haare ließ sie locker über eine Schulter nach vorne fallen, während er mit einer perfekt geschnittenen Kurzhaarfrisur glänzte.

»Hier sind ja fast nur Frauen«, fiel Willi auf.

»Ist doch egal«, winkte Erwin ab.

»Besser nur Frauen als nur Männer. Seht, da vorne ist Iris«, freute sich Justus und beschleunigte seine Schritte.

Ebenso wie im Badeanzug machte sie auch in Jeans und weißer Bluse eine gute Figur.

»Ich hätte nicht gedacht, dass Sie wirklich kommen!« Iris schmunzelte.

»Ich schon! Ist hier noch frei?« Justus setzte sich, ohne eine Antwort abzuwarten.

Auch Erwin und Willi nahmen Platz. Willi streckte sich an seinen Freunden vorbei.

»Ach, Fräulein Iris, ich möchte mich nochmals für das kleine Malheur heute in der Therme entschuldigen. Das war mir wirklich äußerst unangenehm.«

»Ich fand das eigentlich ganz amüsant«, lachte Iris.

»Justus, was genau ist denn nun passiert?«, ging Erwin dazwischen. »Da passiert mal was, und ich kriege es nicht mit!«

Justus wäre in diesem Moment gerne alleine mit Iris gewesen.

»So! Guten Tag, meine sehr verehrten Damen und natürlich auch Herren. Schön, dass auch Sie unserer Einladung gefolgt sind. Warum auch nicht?«

Justus nickte dem Redner zu, während Erwin aufstand und sich vor den restlichen Zuhörern verbeugte.

»Wenn wir uns kurz vorstellen dürfen? Das ist meine Frau Julie, und ich bin Jean Belmont. Wir haben uns auf exklusive Anti-Aging-Produkte spezialisiert und können Ihnen versprechen, dass sich dieser Abend für Sie lohnen wird.«

Jean Belmont trug richtig dick auf, erntete aber sogleich viele Ahs und Ohs von den anwesenden Damen.

»Haben Sie denn auch Melkfett?«, wollte Willi wissen.

Justus hielt sich die Hand vor sein Gesicht und rutschte auf dem Stuhl ein wenig tiefer.

Iris konnte sich einen Lacher nicht verkneifen.

»Damit können wir leider nicht dienen. Wir verwenden ausschließlich hochwertige Enzyme und Coenzyme. Vorweg möchte ich Ihnen auch mitteilen, dass unsere Produkte hauptsächlich bei Frauen Anwendung finden.«

»Wie! Dann haben Sie nichts für Männer?«, protestierte Erwin.

»Mitnichten, mein Herr«, verkündete Jean in ruhigem Ton. »Wissen Sie, das Hautbild eines Mannes und auch sein Fettgewebe haben eine ganz andere Struktur.«

»Die haben nur nichts für uns, weil die genau wissen, dass wir uns nicht so leicht solch ein Zeug aufschwatzen lassen«, flüsterte Erwin Willi zu.

Der wiederum bekam von Justus den Ellbogen zu spüren.

Julie nahm einen Cremetiegel vom Tisch und stöckelte damit durch die Reihen. »Diese Produkte, die wir Ihnen heute zeigen, können Sie nicht im Handel erwerben. Sie haben die Gelegenheit, nein, das Privileg, direkt von jahrelanger Forschungsarbeit unserer Labors zu profitieren!«

Jean klickte derweil durch eine stümperhaft zusammengeschusterte Power-Point-Präsentation. Gezeigt wurden typische, nachbearbeitete Vorher-/Nachher-Bilder, die eine jüngere Haut versprachen.

»Warum gibt es denn diese Produkte nicht im Handel?«, erkundigte sich eine Dame aus der vorletzten Reihe.

Diese Frage stellte sich auch Erwin. Er unterstützte die Fragende mit einem zustimmenden »Ja, genau« und drehte sich zu Julie.

Man sah ihr an, dass sie auf diese Frage absolut vorbereitet war. Sie ging nach vorne zu ihrem Mann und bedankte sich bei der Dame für diese kritische Frage. Sie platzierte die Creme auf dem Tisch, wendete sich dem Publikum zu und faltete ihre Hände vor der Brust: »Wir vertreiben diese Produkte nicht über den Handel, weil Sie, unsere Kunden, uns wichtig sind. Wissen Sie, durch unseren direkten Vertriebsweg können wir Ihnen diese hochwertigen Produkte zu einem sensationellen Preis anbieten.« Sie baute sich vor Erwin auf und blickte zu ihm herab. »Wie ich sehe, sind Sie ein Mann, dem man nichts vormachen kann, nicht wahr?«

Erwin stimmte zu.

»Was glauben Sie, wer im Handel das meiste Geld verdient?«

Er sah zur Decke und grübelte kurz, bevor er stolz seine Antwort präsentierte. »Na, der Händler.«

»Richtig. Ich wusste es, dass ein Mann wie Sie das System durchschaut hat. Und nun noch eine letzte Frage an Sie, Herr …«

»Erwin. Sagen Sie einfach Erwin!«

»Gerne. Also, Erwin, wer, glauben Sie, zahlt die Differenz, die der Händler verdient?«

Ein paar Zuhörer fühlten sich anscheinend in ihre Schulzeit zurückversetzt, weil sie sich meldeten und mit den Fingern schnipsten.

Doch Erwin kam ihnen zuvor: »Na, wir!«

»Können Sie das bitte etwas lauter nochmals wiederholen, Erwin? Damit es alle hören.«

»WIR!«, bellte er, nachdem er aufgestanden war und sich dem Publikum zugewandt hatte.

Willi zog ihn auf seinen Stuhl zurück und blickte ihn skeptisch an. Es gefiel ihm gar nicht, dass sich sein Freund, ohne es zu merken, derart vor den Karren spannen ließ.

Die anderen Kurgäste applaudierten und stimmten ihm zu.

Julie lächelte zufrieden. »Danke, Erwin. Ich sehe schon, Sie kennen sich aus. Und die anderen im Saal: Wollen Sie nicht auch erstklassige Ware erhalten und nebenbei sparen?«

Wieder klatschten alle, nickten und stimmten brummelnd zu.

Willi konnte dennoch nicht umhin, an der moralischen Integrität dieses Paars zu zweifeln.

Justus hingegen war fasziniert. Nicht dass er das, was Julie von sich gab, für bare Münze nahm. Aber ihr Geschick, in weniger als zehn Minuten einen ganzen Raum auf ihre Seite zu ziehen, verdiente höchsten Respekt. Als Immobilienmakler hätte er dieses Talent gut gebrauchen können. Besonders in den letzten Jahren. Er konnte nicht anders, als ihr ebenfalls zu applaudieren.

Die Belmonts holten sich Iris als Testperson nach vorne. Immerhin war sie auch ohne hochwertige Pharmaprodukte bereits schön genug, um die teuren Cremes ins rechte Licht zu rücken. Iris war es den Spaß wert. Sie folgte dem Aufruf von Jean Belmont, sich zur Verfügung zu stellen.

Behutsam trug Julie ihr auf eine Gesichtshälfte eine sündhaft teure Feuchtigkeitscreme auf, während Jean über die Inhaltsstoffe referierte. Von Provitamin B5 über Coenzym Q10 bis hin zu erlesenen Essenzen war alles dabei.

»Sagen Sie mal«, rief Erwin kritisch in Richtung Bühne. »Gibt es da einen Beipackzettel oder wenigstens eine Broschüre dazu? Sie können uns ja viel erzählen!«

Julie blieb cool. »Nein. Wissen Sie warum, meine Damen und Herren?«

Gespanntes Schweigen.

»Ärgert es Sie nicht auch, wie viel Papier sich in Ihrem Haushalt tagtäglich ansammelt? Wir haben es uns zur Aufgabe gemacht, die Umwelt – ja, Ihre Umwelt – zu schützen. Deshalb zeigen wir Ihnen lieber vor Ort unsere tollen Produkte. Weil Sie uns wichtig sind!«

Die Kurgäste applaudierten wie wild, während sich Erwin

ärgerte, diese Frage laut ausgesprochen zu haben.

»Jetzt hat sie es dir aber gezeigt, was?«, frotzelte Justus Erwin und applaudierte ebenfalls überschwänglich.

Julie massierte Iris' linke Gesichtshälfte, bis die Creme vollständig eingezogen war. Dieser Vorgang besaß eine gewisse Erotik.

Gebannt saßen die Kurgäste auf ihren Stühlen, als würden sie vor einem Kreißsaal darauf warten, dass jemand mit den Worten herauskam: »Es ist ein Junge!«

»Sagen Sie«, unterbrach Willi, »aber diese Cremes können sicher auch Männer benutzen, oder?«

»Wie mein Mann am Anfang schon sagte, haben wir keine reinen Herrenprodukte. Jedoch haben wir auch bei Männerhaut bereits sehr gute Erfolge damit erzielt. Mein Mann benützt sie täglich, da es auch für ihn nichts Vergleichbares auf dem Markt gibt.« Julie ließ von Iris ab und streckte Willi die Hand entgegen. »Kommen Sie, mein Herr. Überzeugen Sie sich.«

Willi grinste, und Erwin begriff, dass er sein Ziel erreicht hatte: Auch er wollte sich von der hübschen Julie die Creme einmassieren lassen. Als er sich neben Iris setzte, erntete er für seinen Mut kräftigen Applaus.

Während Julie mit einem Spatel ein wenig Creme auf seine rechte Gesichtshälfte auftrug, holte Jean ein futuristisches Gerät aus einem Alukoffer und schaltete es ein.

»Liebe Damen, liebe Herren, Sie werden nun Zeuge der hervorragenden und außergewöhnlichen Wirkung dieses Produkts. Sie haben Glück, denn diesen Scanner haben wir erst gestern aus den USA erhalten. Mithilfe dieser Technologie sind wir in der Lage, die Faltentiefe umgehend und hier im Raum zu bestimmen.«

Es wurde still im Saal.

Jean fuhr mit dem Gerät zuerst über Iris' unbehandelte Gesichtshälfte, dann über die andere. Dabei glitt ein roter

Lichtstreifen über ihre Haut. Spannung lag in der Luft.

Erwin rutschte auf Willis Stuhl, um direkt neben Justus zu sitzen.

»Ich kann Ihnen mitteilen, dass sich die Faltentiefe dieser attraktiven Dame bereits nach fünf Minuten um die Hälfte reduziert hat!«

Nun standen sogar die Damen auf, die mit Krücken oder Rollator in den Raum gekommen waren, und applaudierten fleißig.

Erwin registrierte, wie sich die Belmonts zuzwinkerten.

»Da ist bestimmt was faul«, flüsterte Erwin Justus zu.

»Ach, du! Lass die beiden ihre Geschäftchen machen. Wir sind in einer Kurklinik. Meinst du, die würden den beiden diese Räume geben, wenn an der ganzen Sache nichts dran wäre?«

Erwin blieb dennoch skeptisch und beobachtete Willi, der sich bewundernd über die behandelte Wange fuhr.

Anscheinend war dies für alle Anwesenden Beweis genug.

Julie kam mit dem Verkauf der Cremes nicht mehr hinterher.

Jean beruhigte die Damen: »Nur langsam, die Herrschaften! Es ist genug für alle da. Wir sind noch die ganze Woche im *Kurhotel Erika*. Testen Sie auch unsere Körperpflege!«

***

Erwin warf ein paar Euro in den Automaten in der Empfangshalle. Nachdem er seine Wahl getroffen hatte, holte er die drei Bier aus der unteren Klappe und griff sich den Öffner, der an der Seite des Automaten provisorisch an einer Paketschnur befestigt war.

»Du kannst sagen, was du willst«, beschwor Erwin seinen Freund Willi, während er die Flaschen verteilte und sich dazusetzte. »Irgendetwas ist da faul an diesen Belmondos.«

»Belmonts!«

»Wie?«

»Die heißen Belmont«, wusste Willi und prostete der kleinen Runde zu.

»Egal. Auf jeden Fall bin ich mir sicher, dass da was faul ist im Staate Dänemark.«

»Hör schon auf!« Justus stellte seine Flasche vor sich auf den Boden. »Du mit deiner ewigen Detektivspielerei! Nicht hinter allem steckt eine Verschwörung. Viel wichtiger ist die Frage, warum es hier keine anständige Bar gibt.«

Justus sah sich um und wirkte bedrückt. Er hatte sich nach wie vor nicht mit der Situation abgefunden, in dieser Kuranstalt gestrandet zu sein.

»Justus, es muss nicht immer Glamour sein.« Erwin trank von seinem Bier. »Es tut dir mal ganz gut, ein wenig kürzer zu treten. Das Leben hält mehr bereit, als jeden Abend um die Häuser zu ziehen. Schau, wären wir nicht hier, hättest du dieses nette Mädel nicht kennengelernt. Wo ist die denn eigentlich hin?« Erwin trank von seinem Bier.

»Also, erstens wären im *Ammersteiner Hof* auch tolle Frauen gewesen. Dort kam sie nämlich ursprünglich her. Und zweitens ist die Frau um die fünfzig und sicherlich kein Mädel mehr.«

»Das sagt man doch nur so. Und, wo ist sie?«

»Auf ihrem Zimmer. Sie hat wohl morgen um sechs Uhr früh eine Yogastunde. Gutenmorgengruß, oder so.«

Willi prostete den beiden abermals zu.

Alle drei nahmen einen Schluck.

»Auf jeden Fall wäre die endlich mal in einem angemessenen Alter«, urteilte Willi. »Dauernd die jungen Dinger! Weiß sowieso nicht, wie lange du das noch durchhältst.«

Justus verschluckte sich fast. »Wie meinst du denn das?«

»Na, du wirst auch nicht jünger, mein Lieber. Dann helfen die ganzen Cremes auch nichts mehr. Ich sage nur: blaue Pille!«

»Spinnst du? Ich brauche doch noch keine Pillen.«

Erwin fand, dass das Gespräch in eine falsche Richtung lief. Er hatte nicht vor, sich über die Frauengeschichten seines Freundes auszutauschen. Für ihn gab es viel wichtigere Themen. »Apropos Cremes, zurück zum Thema! Was wollen wir denn nun gegen diese Bande unternehmen?«

»Erwin, welche Bande?«

»Na, diese Bel… Bel…«

»Belmonts!«, erklang es im Duett.

»Genau. Also, wie wollen wir vorgehen? Ihr habt ihn gehört. Die sind die ganze Woche hier.«

»Erwin, mach, was du nicht lassen kannst, aber ich habe Besseres zu tun.«

»Jetzt komm schon, Justus. Wie früher. Wir drei. Die Detektive. Das wird super. Ich sage euch, die beiden sind kriminell.«

Auch Willi winkte ab. »Erwin, ehrlich gesagt glaube ich auch, dass du dich da in was verrennst.«

Jemand räusperte sich neben ihnen, und Erwin fuhr erschrocken zusammen.

Ein Wachmann in hauseigener Uniform ragte über ihnen auf. »Meine Herren, in einer halben Stunde ist Nachtruhe. Ich darf Sie bitten, Ihre Stimmen zu dämpfen.«

»Wie? Nachtruhe?« Justus guckte auf die Uhr. »Es ist gerade mal 22 Uhr.«

»Ganz genau. Sie vergessen, dass dies ein Kurhotel ist und kein Club. Also, meine Herren, wenn ich Sie bitten dürfte. Angenehme Nachtruhe.«

Für Erwin war dies für gewöhnlich zu Hause eh Schlafenszeit, und Willi hatte nach dem letzten Schluck auch schon gegähnt. Er stellte das Leergut neben dem Automaten in den Träger.

Allein Justus gab sich fassungslos. »Das kann doch nicht

wahr sein! Wir sind erwachsene Männer mitten im Gespräch, keine …«

Erwin legte ihm beschwichtigend eine Hand auf den Arm. »Lass nur, wir greifen das Thema morgen noch mal auf.«

***

Vor den Zimmern angekommen, sperrten alle drei gleichzeitig ihre Türen auf.

»Männer, vergesst morgen den Arzttermin nicht«, erinnerte Erwin seine Kumpels.

»Was macht der morgen mit uns?«, argwöhnte Justus.

»Nur ein kleiner Check-up. Nichts Aufregendes. Sei froh, wenn mal jemand guckt.«

»Wenn ihr meint. Ich bin jedenfalls in meinem Urlaub noch niemals bei einem Arzt gewesen.«

»Dann gewöhn dich mal schnell daran, mein Lieber.«

Justus verabschiedete sich wortlos mit Handzeichen und schloss hinter sich die Tür.

Er warf das Sakko aufs Bett und sah auf sein Handy. Das Display zeigte, dass drei E-Mails eingegangen waren. In letzter Zeit war er froh, wenn niemand etwas von ihm wollte. Kein Wunder, da fast jede zweite Nachricht eine Mahnung war. Mittlerweile waren sogar die Spams und Werbemails eine willkommene Abwechslung. Aber morgen hatte er einen wichtigen Telefontermin mit seinem Bankberater.

Um nicht unvorbereitet zu sein, warf er sein Notebook an und wollte seine Konten checken. Da es kein WLAN auf dem Zimmer gab, blieb ihm nichts anderes übrig, als sich in den Empfangsbereich zu begeben.

Justus streckte den Kopf aus der Tür, um zu überprüfen, ob die Luft rein war. Dann schlich er leise mit seinem Notebook unterm Arm Richtung Rezeption. Er kam sich ziemlich bescheuert dabei vor mit seinen fast sechzig Jahren. Das letzte Mal, dass er sich so verstohlen aus seinem Zimmer entfernt hatte, war bestimmt fünfundvierzig Jahre her. Damals war er im Schullandheim und auf dem Weg zu den Mädels gewesen.

Als er sich ins WLAN eingewählt und mit seinen Zugangsdaten die Seite seiner Hausbank geöffnet hatte, wechselte Justus' Gesichtsfarbe. Auch dies geschah immer häufiger in letzter Zeit. Justus schob seine Minusbeträge zwischen den Konten hin und her, in der Hoffnung, dadurch für ein paar Tage flüssig zu bleiben.

Ein Blick auf den Bildschirm verriet allerdings, dass das Ende der Fahnenstange bald erreicht sein würde.

So, wie das Geld reinkam, so brachte Justus es umgehend unter die Leute. Dabei war er auch gern großzügig zu seinem Umfeld. In den Kreisen, in denen er verkehrte, gab er sich als erfolgreicher Immobilienmakler aus. Dies war er lange Zeit gewesen, bis vor Jahren die Finanzkrise den Immobilienmarkt in die Knie gezwungen hatte. Justus hatte sich eingeredet, es handele sich dabei lediglich um eine vorübergehende Krise. Aber ein Mann in seinem Alter hätte eigentlich seine Schäfchen im Trockenen haben müssen. Und jetzt hatte er die Kontrolle über seine Finanzen verloren.

Er wandte den Blick vom Bildschirm ab und klappte frustriert sein Notebook zu.

# Der erste Lichtblick

»Während des Urlaubs im Wartezimmer eines Arztes mit meinen zwei besten Kumpels. Geht's eigentlich noch schlimmer? Fehlt nur noch eine Darmspiegelung!«

»Justus, jetzt lass es gut sein! Warum kommst du eigentlich so spät? Warst du vielleicht noch in der Bar?«, lachte Erwin hämisch. »Guck, Willi war schon drin. Hat überhaupt nicht wehgetan.«

Justus setzte sich den beiden gegenüber. »Und? Was hat er gesagt?«

»Nicht viel. Bewegung, Sport, Schwimmen, das Übliche.« Willi zeigte auf ein Blatt, das er von Professor Mahler bekommen hatte.

»Solange er dich nicht zu irgendeiner Gruppentherapie schickt.« Justus spähte auf die Uhr.

»Herr Volz, bitte!«

Erwin sprang mit einem Satz von seinem Stuhl. »So, das bin dann ich. Wartet ihr auf mich?« Hastig verschwand er im Arztzimmer.

»Du, ich habe noch schnell was zu erledigen«, sagte Willi. »Es stört dich doch nicht, Justus, wenn du kurz alleine …«

»Hau schon ab! Ich komme klar!«

Justus' Handy vibrierte; er zog es aus der Tasche. Der Name seines Bankberaters leuchtete auf. Mit einem Handzeichen beruhigte er zwei aufgeregte Damen, die auch im Wartebereich saßen und nun wohl befürchteten, er würde sie mit seinem Mobiltelefon verstrahlen.

Im Hinausgehen nahm er das Gespräch an. »Herr Völkers, ich grüße Sie. Ich habe gesehen, Sie haben es bei mir gestern versucht«, sang er in die Leitung, während er die Tür eines Nebeneingangs öffnete.

»Guten Tag, Herr Bach. In der Tat habe ich es gestern versucht, weil es ein paar unglückliche Kontobewegungen bei Ihnen gab.«

»Ich weiß, Herr Völkers. Die momentane Finanzlage zwang mich dazu, dass …«

»Die Finanzlage wird sich nicht sonderlich ändern, Herr Bach«, fiel ihm sein Berater ins Wort. »Wir müssen uns etwas einfallen lassen. Lange kann ich Ihre Außenstände bei meinem Vorgesetzten nicht mehr vertreten.«

»Herr Völkers, ich bitte Sie! Erhöhen Sie doch bloß für kurze Zeit meinen Dispo. Ich versichere Ihnen, dass ich mein Konto bald ausgleichen kann. Ich stehe vor einem großen Abschluss!«

***

»Da bist du endlich. Der Professor hat dich schon zweimal aufgerufen«, schimpfte Erwin, als Justus zurückkehrte.

»Ich bin ja schon da.«

»Was telefonierst du denn schon wieder? Ich habe dem Professor bereits gesagt, dass er dich ganz genau ansehen soll. Immer dieser Stress!«

»Du, der Immobilienmarkt schläft nicht. Geschäfte gehen vor.« Justus steckte sein Handy zurück in seine Tasche.

»Na ja, wenn es Geld in die Kasse spült. Aber du hast doch

genug. Du weißt ja: Das letzte Hemd hat keine Taschen. Jetzt komm, der Professor wartet schon«, drängte Erwin und stand auf.

»Wo willst du denn hin?«, wollte Justus wissen.

»Na, ich gehe mit rein.«

»Das glaube ich aber nicht!«

»Gut, ich warte auf dich, bis du rauskommst. Und erzähl ihm von deinem hohen Blutdruck.«

Justus blickte Erwin verwundert an, weil er selbst keinen Schimmer von seinem Blutdruck hatte. Ach, Erwin machte sich einfach zu viele Gedanken.

Nachdem auch Justus beim Professor vorstellig geworden war, verließ er mit Erwin den medizinischen Bereich, um sich auf die Suche nach Willi zu machen. Justus war der festen Überzeugung, dass diese Untersuchung unnütz gewesen war und er sie sich auch hätte sparen können. Allerdings hatte Professor Dr. Mahler bemerkt, dass er ein bisschen wenig Farbe im Gesicht hätte. Kein Wunder, selbst nach zwei Wochen Badeurlaub wäre er nach diesem Telefonat mit dem Bankberater bleich gewesen.

»Schau, Justus! Dort vorne ist Willi. Was macht er denn auf der Leiter?«

Auch Justus entdeckte nun seinen Freund, der in der Eingangshalle auf einer Leiter vor der großen Schiebetür stand und oberhalb am Sensor herumschraubte.

Dabei wurde er von einem Mann in blauer Latzhose und Schiebermütze, der ihn keifend umkreiste, am Hosenbein gezogen.

Weitere Kurgäste hatten sich vor und hinter der Schiebetür versammelt, da ein Durchkommen aufgrund der Leiter nicht möglich war.

»Willi! Was machst du denn da?« Erwin zupfte jetzt am anderen Hosenbein.

Willi ließ sich nicht beirren und schraubte freudig weiter am Sensor.

»Ist das Ihrer?«, schnaubte der Mann in Arbeitskluft Erwin an.

»Was ist denn passiert?«

»Noch gar nichts. Es wird aber gleich was passieren, wenn der da nicht sofort von meiner Leiter verschwindet.«

»Wer sind Sie denn überhaupt?«

»Ich bin hier der Hausmeister. Wirth. Werner Wirth. Und das da ist meine Leiter. Und der Herr hat überhaupt nicht die Befugnis, im Haus an Dingen herumzufummeln, die ihn nichts angehen. Noch dazu mit mitgebrachtem Werkzeug von zu Hause! So etwas habe ich noch nie erlebt!« Der Hausmeister reckte den Hals und brüllte zu Willi rauf: »Ich komme auch nicht zu Ihnen nach Hause und schraube dort an allen möglichen Sachen herum!«

»Da werden Sie auch nichts finden, mein Lieber. Ist alles intakt. Weil ich darauf achte, dass alles funktioniert.« Willi schraubte weiter.

»In diesem Haus funktioniert auch alles.«

»Das habe ich gemerkt. Gestern bin ich zweimal gegen diese Tür gerannt. Wissen Sie eigentlich, was mir alles hätte passieren können? Ich könnte jetzt tot sein!«

Erwin schwieg. Stattdessen zerrte er in regelmäßigen Abständen an der Hose seines Freundes.

»Dann muss man einfach ein bisschen langsam machen. Sie sind schließlich selbst schuld, wenn Sie so rennen. Das ist immerhin eine Kuranstalt und keine Bahnhofshalle.« Der Hausmeister ging einen Schritt zurück und bedeutete Justus, dass er seinen Freund endlich zur Vernunft bringen solle.

»Was ist denn hier los?« Eine Frau drückte sich durch die Schaulustigen hindurch und blieb zwischen Justus und Erwin stehen.

»Ach, Iris, schön, dich zu sehen!« Justus freute sich. Der erste Lichtblick für ihn an diesem Tag. »Willi repariert die Tür.«

»Mit Verlaub!«, protestierte der Hausmeister. »*Reparieren* müsste man, wenn was kaputt wäre. Ist es aber nicht.«

Iris stellte sich neben die Leiter und blickte zu Willi nach oben. »Na, Sie lassen aber auch keine Gelegenheit aus, sich in den Mittelpunkt zu rücken.«

»Ah, Fräulein Iris. Schön, Sie zu sehen! So, jetzt geht das Ding wieder«, erklärte Willi und stieg hinunter.

Diese Chance nutzte der Hausmeister, um seine Leiter zurückzuerobern. Er klemmte sich beim Zusammenklappen den Finger, was ihn zum Fluchen veranlasste.

Erwin entdeckte währenddessen einen neongelben Zettel an der Infotafel, für den er sich interessierte.

Zur Freude der übrigen Kurgäste war inzwischen der Eingangsbereich geräumt. Leider funktionierte die Schiebetür nun überhaupt nicht mehr.

»Was haben Sie denn da gemacht?«, tobte der Hausmeister.

»Ich? Die Tür ging doch vorhin schon sehr zögerlich auf!«, verteidigte sich Willi.

»Die Tür funktionierte wunderbar, bevor Sie da oben herumgepfuscht haben!« Der Hausmeister ging näher an die Tür heran und betrachtete den Bewegungssensor. »Kein Wunder, dass die Tür jetzt nicht mehr funktioniert. Sie haben ja die Stromzufuhr unterbrochen.«

»Das wüsste ich aber!«, konterte Willi entrüstet.

»Klar. Sehen Sie doch. Da oben das Kabel! Das ist jetzt lose.«

Willi warf einen prüfenden Blick in Richtung Sensor. »Das ist aber auch sehr billig gemacht da oben. Das kommt davon, wenn man am falschen Ende spart«, versuchte sich der Heimwerker aus der Affäre zu ziehen.

Iris klopfte Willi und Justus auf die Schulter. »Na, Männer, dann lasse ich euch mal alleine. Ich nehme den Nebeneingang!«

Der Hausmeister klappte seine Leiter wieder auf, rückte sie vor der Schiebetür zurecht und kletterte ein paar Sprossen hinauf, um das Malheur zu begutachten.

Dies machte wiederum Willi nervös.

Justus hielt Iris auf. »Was haben Sie denn heute vor?«

»Ich gehe jetzt ein wenig spazieren und nachmittags zum Nordic Walking. Und Sie?«

»Ja, Nordic Walking habe ich auch schon in Betracht gezogen. Vielleicht sehen wir uns?«

»Wäre nett!« Iris zog den Reißverschluss ihrer Steppweste ein wenig weiter nach oben und verschwand durch die Tür seitlich des Haupteingangs nach draußen. Sie blickte sich nochmals um und ertappte Justus dabei, wie er ihr nachblickte.

Schnell wandte er sich Willi zu, der den Hausmeister mit Argusaugen dabei beobachtete, wie der den Sensor wieder zum Laufen brachte.

Als sich die Tür sanft öffnete, stieg der Fachmann von seiner Leiter und klappte sie erneut zusammen. »Und lassen Sie die Finger von den Gerätschaften. Von allen!«

Willi entgegnete nichts, und Justus kam nicht umhin, Herrn Wirth innerlich recht zu geben. Er wollte aber seinem Freund nicht in den Rücken fallen und verkniff sich einen Kommentar.

Während der Hausmeister mit seiner Leiter das Weite suchte, kam Erwin von der Infotafel zurück. »Habt ihr schon gesehen? Heute Nachmittag ist dieses Nordic Dings!«

»Walking!«

»Genau.« Erwin trabte auf der Stelle, als wolle er sich bereits aufwärmen.

»Ich weiß nicht.« Willi wirkte alles andere als begeistert. »Dafür konnte ich mich noch nie erwärmen. Eva hat mich letztes Jahr ständig damit genervt, weil die Damen vom Turnverein sich jeden Dienstag treffen. Was meint ihr, was daheim los ist, wenn die erfährt, dass ich hier mit euch …«

»Du musst deiner Frau ja nicht alles erzählen.«

»Du hast gut reden als Single! Jetzt sag bloß, dass gerade du dich in der Gruppe sportlich betätigen willst?« Willi blickte Justus überrascht an.

»Wieso denn nicht? Etwas anderes bleibt uns sowieso nicht übrig.«

»Ganz genau«, freute sich Erwin. »Meine Rede! Außerdem brauchst gerade du einen Ausgleich zu deinem ganzen Stress. Stell dir vor, Willi, vorhin habe ich ihn schon wieder beim Telefonieren erwischt.«

»Wirklich? Was gab es denn so Dringendes? Mensch, du hast Urlaub! Mach mal das Ding aus!«

»Tja, Geschäfte«, verteidigte sich Justus. »Der Immobilienmarkt ist heiß umkämpft. Wenn du da mitspielen willst …«

»Ich habe dich immer schon bewundert, mein Freund. Was du aus deinem Leben gemacht hast«, lobte ihn Erwin.

Willi pflichtete ihm bei. »Ja, das muss ich auch sagen. Aber willst du denn nicht mal kürzertreten? Du hast sicher schon mehr als genug. An deiner Stelle könnten die mich alle mal. Wenn ich die Möglichkeit gehabt hätte, ich wäre früher in den Ruhestand gegangen.«

»Ach, wisst ihr, der Nervenkitzel. Ich brauch das einfach. Gut möglich, dass ich noch zehn Jahre dranhänge.« Justus schob seine Freunde an. »Kommt, lasst uns essen gehen. Ist schon wieder Zeit.«

»Mensch, die vergeht aber wie im Flug«, staunte Erwin. »Darum dauert eine Kur mehrere Wochen, weil man sonst nichts mitkriegt. Und, machen wir das jetzt mit dem Nordic Dings?«

Justus und Willi nickten wortlos.

»Was hat der Arzt eigentlich bei dir gesagt, Justus?«, wollte Erwin wissen.

»Alles bestens. Puls und Blutdruck wie bei einem Zwanzigjährigen.«

»Wer's glaubt!«

***

Michael Pfaff, der Physiotherapeut und Fitnesstrainer der Kuranstalt, war schon eifrig dabei, die Stöcke an die Kurgäste zu verteilen. Er war einer von der Sorte, an die sich besonders die Damenwelt noch Wochen nach der Kur gern erinnerte. Sportlich, durchtrainiert und stets gut gelaunt. Mit seinen blonden Locken und leicht gebräunter Haut hätte er auch den typischen Tennis- oder Skilehrer abgeben können.

Auch Iris stand schon in der Reihe, als Justus, Willi und Erwin sich der Gruppe näherten.

»Huhu! Iris!«, rief Justus, als er sie erblickte.

Iris drehte sich um und lächelte die drei Sportskanonen an.

Willi und Erwin waren vor Reiseantritt von Justus angewiesen worden, unbedingt Sportklamotten einzupacken, da im *Ammersteiner Hof* der Fitnessraum einfach legendär wäre.

Während Justus selbstverständlich von oben bis unten in Hightech gekleidet war, trugen seine Freunde etwas, das man gerade noch so als Sportbekleidung definieren konnte. Willi hatte einen Trainingsanzug an, der farbtechnisch jeden Harlekin vor Neid hätte erblassen lassen. Um dem Ganzen die Krone aufzusetzen, hatte er Schweißbänder aus Frottee an den Handgelenken, die farblich mit dem Stirnband aus selbigem Material harmonierten.

Erwin war das genaue Gegenteil. Er trug einen dunkelblauen Trainingsanzug aus den späten Siebzigern. Gut zu erkennen an den zwei weißen Streifen an den Ärmeln und der seitlichen Hosennaht. Um den Hals trug er bereits ein weißes Frotteehandtuch, dessen beide Enden er vorne in seine Trainingsjacke gestopft hatte.

»Ah! Drei neue Gesichter! Herzlich willkommen. Ich heiße Michael und bin für Körper und Geist zuständig. So, diese Länge müsste Ihnen passen. Gerade angekommen?«

»Gestern!«, antwortete Justus und nahm die Stöcke entgegen, die ihm Michael Pfaff reichte.

Auch Willi und Erwin wurden versorgt, nachdem er die richtige Stocklänge in seinem Lager für die beiden gefunden hatte.

»Kleiner Tipp, Herr …«, sagte Erwin.

»Michael. Sagen Sie einfach Michael.«

»Angenehm, Erwin. Da gibt es diese Stöcke, die Sie in der Höhe verstellen können. Damit tun Sie sich leichter.«

Justus sah Willi an und presste die Lippen zusammen, um sich einen Kommentar zu verkneifen.

»Ja, da haben Sie recht. Die gibt es in der Tat.« Michael schloss die Lagertür hinter sich. »Jedoch eignen sich diese Stöcke eher zum Wandern. Wissen Sie, für den Einsatz als Sportgerät ist es wichtig, dass die Stöcke aus einem Guss sind. Auch das Material spielt eine große Rolle. Ich sage nur: Karbon. Die verstellbaren Stöcke traumatisieren viel zu sehr Ihre Gelenke am Ellbogen und im Schulterbereich. Das merken Sie erst abends. Sport soll ja Ihre Gesundheit unterstützen und nicht belasten, nicht wahr?«

»Ah!« Erwin betrachtete ehrfürchtig die Stöcke, während Michael Pfaff den Rest der Gruppe freundlich anwies, einen großen Kreis auf der angrenzenden Wiese zu bilden.

»Na, Erwin, hast du unseren Fitnessprofi gut beraten?«

»Du, Justus, ich sage dir, der kennt sich aus. Guter Mann!«

»Klar kennt der sich aus«, funkte Willi dazwischen. »Meinst

du, der macht hier sein Praktikum? Das war vielleicht peinlich!«

»Du musst gerade reden. Bringst Werkzeug mit zur Kur!«

»Geplant war auch ein Hotel!«, konterte Willi.

»Und das macht es besser, oder was?«

»Jungs, jetzt hört auf«, stiftete Justus Frieden. »Lasst uns lieber rüber zu den anderen gehen. Wir sind mal wieder die Letzten.« Er winkte Iris zu, die bereits Arme und Beine dehnte.

»So! Sind wir komplett? Nochmals für alle, die mich noch nicht kennen, ich bin Michael und in der Kuranlage … ich sag mal so, für Körper, Geist und Seele zuständig.«

»Der ist so in seiner Mitte, ich glaube, der meditiert sich schon morgens in den Tag hinein«, flüsterte Willi Erwin zu, der aber zu sehr mit den Handschlaufen seiner Stöcke beschäftigt war, um den Lästereien seines Freundes zu folgen.

Als sich die Runde gemächlich in Bewegung setzte, nutzte Justus die Gelegenheit, um sich Stück für Stück an Iris heranzupirschen.

Erwin und Willi bildeten das Schlusslicht. Keiner der beiden hatte jemals mit solchen Stöcken zu tun gehabt. Erwin hatte sich zwar vor Jahren mal das linke Bein angebrochen und musste wochenlang auf Krücken gehen, das konnte man aber nicht vergleichen. Erwin und Willi gaben sich gegenseitig Tipps, und während Erwin den Anschein erweckte, als wolle er mit einem Stock Müll aufsammeln, konnte man bei Willi annehmen, er wäre ein Abfahrtsläufer, der sich am Startpunkt abstoßen wollte. Statt die Stöcke abwechselnd einzusetzen, hackte er gleichzeitig so stark damit neben sich in den Kies, dass er ständig alle Mühe hatte, die Dinger wieder herauszubekommen. Dies führte dazu, dass die beiden stetig weiter zurückfielen. Glücklicherweise führte die Aufwärmrunde einmal um das Kurgebäude. Somit dauerte es nicht lange, bis die beiden von den anderen Teilnehmern überrundet wurden.

»Das läuft aber noch nicht rund bei Ihnen. Das erste Mal mit Stöcken unterwegs?« Der Therapeut blieb neben Erwin und Willi stehen, während Justus mit Iris und dem Rest der Gruppe freudig an den beiden vorbeiklapperte. »Sehen Sie, ich mache es Ihnen vor. Sie müssen die Stöcke abwechselnd einsetzen. Immer entgegengesetzt zum Fuß.«

Willi versuchte, das Gezeigte zu realisieren. Voller Elan setzte er sich in Bewegung, jedoch wollten seine Stöcke nicht so, wie er sich das vorgestellt hatte.

»Ja, das ist manchmal eine Sache der zwei Hirnhälften. Aber mit ein wenig Übung kriegen Sie das bestimmt schnell raus. Wichtig ist, dass wir uns überhaupt bewegen. Auch wenn es nicht auf Anhieb klappt. Machen Sie weiter! Das wird schon.«

»Das denke ich auch«, pflichtete ihm Willi bei. »Aber muss das unbedingt mit Stöcken sein? Ich sag immer, das kommt noch früh genug.«

Michael Pfaff ging nicht auf Willis Aussage ein und versuchte stattdessen, den Rentner mit all seiner positiven Aura für diese Aktivität zu begeistern.

Für Erwin gab es unterdessen Wichtigeres. Er entdeckte seitlich des Kurgebäudes hinter einem Busch die Belmonts, die hitzig miteinander diskutierten. Er redete wild gestikulierend auf sie ein, während sie sich ständig von ihm abwendete. Dies war für Erwin die Chance, vielleicht ein bisschen mehr über die beiden zu erfahren.

»Ich muss mal schnell zur Toilette. Geht ihr ruhig weiter, ich hole euch schon ein.«

Willi hatte den Trainer so sehr unter Beschlag, dass beide nur kurz nickten, bevor sie sich wieder dem optimalen Stockeinsatz widmeten. Justus war bereits nicht mehr zu sehen und sowieso mehr an Iris interessiert.

Erwin drehte auf der Stelle und entfernte sich von der Gruppe. Er nahm beide Stöcke in eine Hand, um sich ungehindert den Belmonts nähern zu können. Die zwei waren so sehr mit sich beschäftigt, dass sie Erwin gar nicht bemerkten. Auf Zehenspitzen und vornübergebeugt schlich er sich an das streitende Paar heran und hockte sich hinter einen Rhododendronbusch.

»… nur noch dieses eine Mal.«

»Das hast du letztes Mal auch schon gesagt und davor auch. Irgendwann ist Schluss.« Julie wollte sich abwenden, doch Jean packte sie schroff am Kinn und zwang sie, ihn anzusehen.

»Wenn es aber darum geht, auf die Bahamas zu fliegen, dann ist es dir auch recht«, zischte er.

Sie wehrte seine Hand ab und drehte sich weg.

Erwin kniete mittlerweile, weil sich die Hocke ungünstig auf seinen Schleimbeutel im linken Knie auswirkte. Mit offenem Mund versuchte er, die Worte, die er aufschnappte, zu deuten. Noch konnte er sich keinen Reim auf das Gehörte machen. Deshalb drückte er seinen Kopf ein wenig näher an den Busch.

»Wie sollen wir denn den Lebensstil von Madame aufrechterhalten? Möchtest du etwa in der Drogerie Ware einsortieren? Dann ist es aber schnell vorbei mit deinen Designerklamotten.«

Julie hielt inne und kaute auf ihrer Unterlippe, während sie mit ihren lackschwarzen Pumps den Kies hin und her schob. »Ich habe es langsam satt«, keifte sie, ohne ihn anzusehen.

»Ich weiß. Glaubst du, mir macht das Spaß? Ich will doch auch, dass es uns besser geht. Momentan sehe ich aber keine andere Möglichkeit.« Er nahm sie an den Hüften und zog sie näher an sich heran. »Schau, was sollen denn die alten Leute sagen? Wir haben versprochen, dass wir die ganze Woche hier sind.«

Julie gab klein bei. »Dann brauchen wir aber Nachschub. Hast ja gesehen, wie die uns das Zeug gestern aus den Händen gerissen haben.«

»Das läuft. Ich habe vorhin telefoniert. Wir können alles jederzeit abholen.« Sein Ton wurde sanfter. »Na, meine Schöne? Alles gut?«

Sie zog einen Schmollmund, der ihn dazu einlud, ihr einen Kuss zu geben. »Ich sag dir was. Wenn das vorbei ist, unternehmen wir was ganz Tolles.«

Sie stieß ihn von sich weg. »Genau! Wie letztes Mal. Da sind wir in den Harz gefahren.«

»Pst! Nicht so laut. Ich meine, richtig weit weg. Wirst schon sehen. Lass dich überraschen!« Er zog sie erneut zu sich heran. Die beiden küssten sich und schlenderten Arm in Arm zum Nebeneingang. Er kniff ihr in die Pobacke, was ihr einen kurzen Schrei entlockte, den er mit einem weiteren Kuss erstickte, dann verschwanden sie im Hotel.

Erwin wartete noch eine Weile hinter dem Busch. Er kniff die Augen zusammen und sah in den Himmel. Auf diese Weise konnte er besser überlegen. Außerdem machten das die Ermittler im Fernsehen auch immer. Also, was sollte das? Um was ging es bei den beiden genau? Erwin versuchte, das Gehörte im Geiste zusammenzufassen. Er war sich sicher, dass die etwas im Schilde führten. Wem sollte er davon erzählen? Seine Freunde hatten am gestrigen Abend nicht den Anschein erweckt, als würden sie seinen Verdacht gegenüber dem Cremepärchen teilen. Außerdem hatte die Zuverlässigkeit seiner Spürnase in den letzten Jahren ein wenig gelitten. Justus nahm seine Vermutungen sowieso nie ernst, und Willi … der machte meist nur mit, weil er Abwechslung vom Alltagstrott suchte.

»Was machen Sie denn da? Sind Sie ein Spanner?«

Erwin wurde jäh aus seinen Gedanken gerissen. Als er sich umdrehte, stand eine ältere Dame mit ihrem Rollator hinter ihm und musterte ihn grimmig.

»Nein, nein. Ich habe nur meinen Schnürsenkel gebunden.«

»So lange bindet niemand seine Schnürsenkel. Ich glaube, ich liege richtig. Sie sind ein Spanner!« Sie wurde lauter.

»Mit Verlaub, gute Frau. Was unterstellen Sie mir denn da?!« Erwin wollte aufstehen. Dummerweise war sein rechtes Bein eingeschlafen, die Durchblutung hatte sich durch die unglückliche Körperhaltung verabschiedet, wodurch es ihm unmöglich war, sich aufzurichten.

Die Dame parkte ihre Gehhilfe neben dem Weg, zog einen Gehstock aus einer Halterung an ihrem Gefährt und kam näher.

Erwin rechnete mit allem. In dieser Lage, in der er sich befand, war er dieser Frau restlos ausgeliefert.

Sie beugte sich zu ihm runter. »Kommen Sie nicht mehr hoch?«, flüsterte sie und quälte sich ein Lächeln ins Gesicht. »Sagen Sie das doch gleich! Da braucht man sich nicht zu schämen. Wir werden alle nicht jünger. Schauen Sie mich an!«

Erwin dachte, er hörte nicht richtig. Hatte diese Dame sich eben altersmäßig mit ihm auf eine Stufe gestellt? Diese Frau war gut und gerne zwanzig Jahre älter als er! Da er sich aber in einer misslichen Lage befand und in diesem Moment auf ihre Hilfe angewiesen war …

»Ach, Sie sind doch nicht alt. Sie sind höchstens Mitte bis Ende fünfzig«, flunkerte er.

»Na, Sie sind mir aber einer! Kommen Sie, ich helfe Ihnen. Halten Sie sich an meinem Stock fest. Ich ziehe Sie hoch.«

Unkontrolliert fuchtelte sie mit der Gehhilfe gefährlich nah vor seinem Gesicht herum. Schnell griff Erwin das Ende und hielt sich fest.

Die Frau setzte sich nun rückwärts in Bewegung.

*Wenn das jetzt einer sieht, der denkt, wir streiten uns um den Stock*, schoss es Erwin durch den Kopf. Nach einer peinlichen Weile stand er wieder auf beiden Füßen. Zwar noch wacklig, aber er stand.

»Da haben Sie aber was gut bei mir!«, bedankte Erwin sich artig. »Gut, dass Sie gerade vorbeigekommen sind.« Er schüttelte sein Bein aus und spürte, dass sich das Blut langsam bis in die Zehenspitzen verteilte.

»Vergessen Sie Ihre Stöcke nicht. Was haben Sie denn, wenn ich fragen darf?«

»Ich? Ich bin kerngesund.«

Sie deutete auf seine Stöcke.

»Ach so. Das ist Sport«, lachte Erwin und schüttelte weiter seine Beine aus.

Die Frau verstaute den Gehstock in der Halterung ihres Rollators. »Dann üben Sie also schon für später? Das ist klug. Ich hab mich anfangs so schwer damit getan!« Damit setzte sie sich gemächlich in Bewegung und schob ihren Rollator weiter über den Kiesweg.

Erwin winkte der Dame freundlich hinterher, bis sie außer Sichtweite war. Dies dauerte.

Er seufzte. Was also führten die Belmonts im Schilde? Für ihn stand fest: Nichts Gutes. Aber Willi und Justus würden seine Vermutungen sicherlich ins Lächerliche ziehen. Aus diesem Grund beschloss er, sie fürs Erste für sich zu behalten. Wenigstens, bis er mehr Beweise hatte.

# Cremes im weltweiten Netz

»Melanie? Hallo?«

Erwin tigerte mit seinem Handy durchs Zimmer, als wäre es eine Wünschelrute, mit der er nach einer Wasserader suchte.

»Hallo?«

»Melanie?«

»Opa! Du bist es! Und? Wie ist das Luxushotel?«

»Wunderschön, Mäuschen. Vom Feinsten.«

Erwin liebte seine Enkelin. Für sie war er alterslos. Natürlich verwöhnte er sie nach Strich und Faden. Schließlich war sie sein einziges Enkelkind. Und Melanie war stolz auf ihren Opa. Einmal wollte sie ihn sogar mit in die Schule nehmen und ihn der Klasse zeigen. Da war sie allerdings noch jünger gewesen und nicht zwanzig.

»Ich möchte auch einmal in ein teures Hotel.«

»Das wird total überschätzt. Aber jetzt zu etwas ganz anderem, mein Kleines.«

»Opa, sag nicht immer *Kleines*. Ich bin größer als du.«

»Ach, du wirst immer meine Kleine bleiben. Sag mal, hast du deine Maschine an?«

»Was denn für eine Maschine?«

»Deinen Computer.«

Erwin konnte an ihrer Stimme hören, dass sie grinste. »Klar, Opa. Der ist ständig an. Alle Generatoren laufen auf Hochtouren.«

Er mochte es nicht, wenn sie ihn auf den Arm nahm, wollte sich in dem Moment aber auf keine Diskussion einlassen. Immerhin gab es Wichtigeres.

»Dann such mal das weltweite Netz nach Gesichtscremes ab.«

»Opa, du bist ganz schlecht zu verstehen. Sagtest du gerade *Gesichtscremes*?«

Erwin marschierte zum Fenster und blieb dort stehen, weil das Display an dieser Stelle mehr Balken anzeigte. »Ja, Gesichtscremes.«

»Was genau willst du denn wissen?«

»Ob es da Wundermittel gibt und so.«

»Opa, das kann ich dir auch so sagen, weil ich im letzten Jahr ein Referat über Kosmetikartikel für die Schule geschrieben habe.«

Erwin setzte sich auf die Bettkante und sah durch das Fenster, dass seine Freunde sich mit Stöcken bewaffnet und in rasanter Geschwindigkeit dem Hotel näherten.

»Und?«

»Das einzige Wunder, das du da erwarten kannst, ist der Glaube daran.«

»Na, ein paar Unterschiede wird's schon geben, oder? Was ist denn mit diesem Q…, Q…«

»Q10, B5, Provitamine, Ingwer, Kirschkern, kannst du alles vergessen.«

Erwin beobachtete, wie Justus versuchte, Willi beizubringen, die Stöcke abwechselnd einzusetzen.

»Aber Kind, die dürften das bestimmt nicht draufschreiben, wenn es nicht stimmen würde. Schließlich gibt es Gesetze!«

»Es stimmt ja auch. Die Falten werden geringer. Aber mit

dem bloßen Auge kannst du das nicht erkennen.«

»Meine Augen sind immer noch gut. Jetzt fängst du auch noch an.«

»Opa! Für alle Augen!«

»Aber das ist sicherlich alles klinisch getestet.«

»Und? Was sagt das aus? Genauso gut könnte dort stehen: ›Von meinem Opa getestet‹.«

Erwin grunzte und musste lachen. Das gefiel ihm. *Von Opa getestet.* Die Schlagfertigkeit hatte sie von ihrem Vater. Fürs Erste genügten ihm die Informationen, die seine Kontaktperson übermittelt hatte. Er musste bloß noch überlegen, was er mit den neu gewonnenen Erkenntnissen, die er ohnehin schon vermutet hatte, anfangen konnte.

»Kind, schau mal noch schnell, ob du etwas über den Namen Belmont findest.«

Melanie tippte den Namen in ihre Suchmaschine und wartete auf Ergebnisse. »Da kommt nur ein Belmondo. Jean-Paul. Schauspieler. Ist der auch bei euch im Hotel?«

»Nein, Kind. Das war nur so.«

»Opa? Schnüffelst du schon wieder rum?«

»Quatsch. Ich doch nicht. Sag aber Papa nichts. Und mach die Maschine aus. Das kostet alles Strom.«

Erwin verabschiedete sich und legte sein Handy auf das gehäkelte Deckchen auf den Tisch. Er stemmte die Hände in die Hüften und überlegte. Weit kam er allerdings damit nicht, weil es an seiner Tür klopfte.

»Wo warst du denn?« Willi schwirrte ohne zu fragen und restlos verschwitzt in Erwins Zimmer.

»Du, ich habe mir auf dem Klo so dumm die Wade gezerrt …«

»Auf dem Klo?«

»Ja, ganz schlimm. Macht aber nichts. Und? Wie war's?«

»Das hat wirklich Spaß gemacht!«

»Lass das nur deine Eva nicht hören.«

Erwin musste seinem Freund hoch und heilig versprechen, Willis sportliche Aktivitäten mit ins Grab zu nehmen.

»Wo ist denn Justus?«, wollte er wissen.

»Der ist duschen. Ich soll dir ausrichten, dass wir uns beim Abendessen treffen. Der macht vielleicht ein Fass auf mit dieser Iris. Die hat ihm ja mächtig den Kopf verdreht.«

»Lass ihn doch! Endlich mal eine in seinem Alter.«

Willi nickte wohlwollend und öffnete seine Trainingsjacke. »Ich gehe auch duschen. Bis später.«

Nachdem sein Freund das Zimmer verlassen hatte, trieb es Erwin ebenfalls unter die Dusche. Er hatte sich zwar nicht körperlich betätigt, aber sein Nacken und der Kopf juckten. Wahrscheinlich vom Busch.

***

»Da bist du ja wieder.« Justus war gestriegelt und für das Ambiente des hiesigen Speisesaals absolut overdressed.

»Wie siehst du denn aus?« Erwin war entsetzt.

»Tut mir leid, nicht mein Fehler. Ich habe mich beim Packen auf eine andere Umgebung eingestellt.«

»Aber das Einstecktuch. Ist das nicht ein wenig viel?« Erwin zupfte an Justus' Tuch, bis der ihm auf die Hand klopfte.

»Finger weg! Das ist ägyptische Seide. Außerdem wird heute noch was geboten.«

»Ach ja? Wiener Opernball? Vielleicht wirst du ja im Helikopter zur Berlinale geflogen!«

»Besser«, meinte Justus und hob den Zeigefinger. »Bingo!«

»Justus meint, dass es da immer um viel Geld geht«, raunte Willi und war offensichtlich alles andere als begeistert von den Plänen für den Abend.

»Alles Verbrecher, Justus.« Erwin schnappte sich die Wasserflasche vom Tisch und goss sich und seinen Freunden ein. »Da gewinnt nur einer, und das ist die Bank.«

»Erwin, das ist immer noch ein Kurhotel und kein Casino«, widersprach Justus. »Hast du überhaupt schon mal Bingo gespielt?«

»Nein, aber Lotto. Da habe ich auch nichts gewonnen.«

»Ich habe beim Lotto auch noch nichts gewonnen«, mischte sich Willi ein. »Allerdings spiele ich auch nicht.«

»Ihr seid mir vielleicht zwei Abenteurer.« Justus wirkte enttäuscht, weil seine Mitstreiter nicht in Euphorie über seinen Vorschlag verfielen. »Einfach mal was riskieren!«

»Ich bin stets besser damit gefahren, wenn ich mir schön was auf die Seite gelegt habe. Glücksspiel ist nur was für Leute, die eh schon genug haben.«

»Willi! Wir reden nicht von Roulette oder Black Jack. Das ist Bingo. Das spielen sie jede Woche im Altenheim.«

»Und was gibt's zu gewinnen?« Erwin zeigte absichtlich ein wenig Interesse, damit die Stimmung am Tisch nicht kippte.

»Weiß nicht. Bestimmt Geld. Ich habe auf jeden Fall auf dem Weg hierher schon mal dreißig Bingoscheine gekauft. Am Ende sind alle weg, und ich kann nicht mitspielen.«

»Du hast was? Und was kostet so einer?«, forschte Erwin.

»Das ist unwichtig. Also, wie sieht es aus? Seid ihr dabei?«

»Du, sei mir bitte nicht böse«, meinte Willi, »aber ich gehe nach dem Abendessen noch eine kleine Runde und dann aufs Zimmer. Das Gerenne mit den Stöcken hat mich ein wenig geschlaucht.«

»Und weil dich das Nordic Walking *geschlaucht* hat, gehst du nachher noch eine kleine Runde? Deine Logik möchte ich irgendwann einmal kapieren. Du wirst alt, mein Lieber. Erwin, was ist mit dir?«

Erwin erbarmte sich. »Na, einer muss wohl am Ende des Tages auf dich aufpassen.« Außerdem war er viel zu neugierig, ob beim Bingo alles mit rechten Dingen zuging.

***

Willi traf nur auf wenige Gleichgesinnte, die sich wie er nach dem Essen noch ein wenig die Beine vertreten wollten. Da es am Spätnachmittag kurz geregnet hatte, war das Wetter an diesem Abend auch nicht sonderlich einladend für einen Spaziergang. Willi hatte gerade den Schotterweg, der das Kurhotel mit der Parkanlage verband, erreicht, als er Julie Belmont vor dem geöffneten Kofferraum eines kleinen Lieferwagens stehen sah.

Willi war am ersten Abend von Julie sehr angetan gewesen. Umso mehr freute es ihn, sie anzutreffen. Er wunderte sich allerdings ein wenig über ihre Kleidung. Statt in Designerklamotten steckte ihr makelloser Körper in einem Overall, der ihr sicherlich zwei Nummern zu groß war. Gerade als er sich ihr nähern wollte, kam ihr Mann mit zwei großen Eimern aus einem Hintereingang, neben dem »Warenanlieferung« stand. Auch er trug einen Overall.

Willi machte einen Satz zur Seite und suchte Schutz hinter einer großen Trauerweide. Er musste unweigerlich an Erwin denken. Alles, was es hier zu sehen gab, waren zwei Menschen, die Eimer aus einem Haus in ihr Auto luden. Tagtäglich auch auf Baumarktparkplätzen zu beobachten. Dennoch hatte Willi das Gefühl, dass irgendetwas faul an der Sache war. Zumal sich Julie nervös umsah. So, als wollte sie bei ihren Machenschaften nur ungern gestört werden. Willi hätte zu gerne gewusst, was sich in den Eimern befand. Vielleicht Farbe? Was, wenn die beiden Material vom Hotel entwendeten? Nein. Nicht Julie! Sie war eine Frau von Welt. New York, Paris, Mailand. Eine Frau wie sie jettete zwischen diesen Orten hin und her. So jemand klaute nicht abends heimlich Farbe aus einer Kuranstalt. Andererseits …

»Jetzt mach hin!«, zischte sie ihren Jean an, der mittlerweile zum zweiten Mal mit Eimern das Haus verließ und sie in den Kofferraum lud. Dann knallte er die Heckklappe zu.

Beide stiegen ins Auto, der Motor startete, und sie fuhren zügig davon.

Willi verließ sein Versteck und schaute dem Wagen hinterher, bis er ihn nicht mehr sehen konnte. Am liebsten hätte er sofort Erwin davon erzählt. Der hätte allerdings höchstwahrscheinlich eine Großfahndung eingeleitet und wäre nicht mehr zu bremsen gewesen. Zum Schutz aller Beteiligten war es besser, das Ganze erst einmal für sich zu behalten.

***

Im Zimmer angekommen, bemerkte Willi auf dem Handydisplay, dass seine Frau angerufen hatte. Es war Jahre her, dass er ohne Eva ein paar Tage Urlaub gemacht hatte. Willi war froh gewesen, unter dem Vorwand, Erwin endlich mal aus dem Haus zu locken, verreisen zu können. Zu Hause fiel ihm nämlich seit Beginn des Ruhestands die Decke auf den Kopf.

Statt zurückzurufen, wusch er sich im Badezimmer das Gesicht und betrachtete sich im Spiegel, während das Wasser von seinem Kinn ins Becken tropfte. Das Gefühl, auf dem Abstellgleis zu stehen, machte ihn traurig. Er hatte es geliebt, mit den Kollegen frühmorgens auf eine Baustelle zu fahren und Wasserrohre zu verlegen. Nun wartete er entweder im Auto auf dem Supermarktparkplatz, während seine Frau einkaufte, oder er suchte sich etwas in den eigenen vier Wänden, das er reparieren konnte. Besonders Elektrizität faszinierte Willi. Auch wenn Eva neulich mit feuchten Haaren ins Theater fahren musste, weil Willi eine überflüssige Isolierung entfernt hatte und plötzlich der Strom weg gewesen war.

Willi trocknete sich das Gesicht ab. Über vierzig Jahre lang war alles in Ordnung gewesen. Dann kam der Ruhestand. Willi fiel ein, wie begeistert Erwin von der Idee war, die Belmonts könnten Schlimmes im Schilde führen. Es war zu beneiden, mit welcher Leidenschaft er alles anging. Bei ihm selbst hingegen schien die Luft raus zu sein. Vielleicht sollte er doch daheim anrufen? Zu spät war es noch nicht, und Eva würde bestimmt vor dem Fernseher sitzen. Glücklich, weil sie die alleinige Macht über die Fernbedienung hatte. Als Willi das Handtuch zurück an den Haken hängte, bemerkte er, dass die Leuchtstoffröhre über dem Spiegel leicht flackerte. Was konnte das sein? Ein defekter Starter? Oder war die Röhre nicht mehr die Jüngste? Vielleicht war aber auch nur ein Kabel locker?

Willi hastete zum Kleiderschrank, holte seine Rolltasche mit dem Werkzeug ins Badezimmer und breitete sie auf dem gefliesten Boden aus. Alles vorhanden: normale Schraubenzieher in allen Größen, Kreuzschlitz, Phasenprüfer, Seitenschneider, Multimeter, ein kleiner Lötkolben sowie das dazugehörige Lötzinn. Ein paar Steckschlüssel, eine Wasserpumpenzange und eine Auswahl an Isolierbändern rundeten sein Sortiment ab. Dies war natürlich nur die Notfalltasche für Reisen. Es machte ihn glücklich, das Werkzeug so vor sich liegen zu sehen.

Einmal wöchentlich fuhr er alleine los, um durch den nahe gelegenen Baumarkt zu schlendern. All die Angebote und Neuheiten! Willi ließ sich in diesen Märkten inspirieren. Er sah ein Werkzeug und wusste sofort, was er damit zu Hause reparieren konnte.

Er holte einen Schraubenzieher aus seiner Rolltasche und schaute sich im Zimmer um. Irgendeine Schraube musste sicherlich nachgezogen werden, dachte er sich und sah zur Deckenlampe. Willi war sich sicher, er wäre ein prima Elektriker geworden. Außerdem gab es mit Strom immer was zu tun. Ein Wasserrohr oder eine Gasleitung zu verlegen, dabei hatte er während der letzten Jahrzehnte bei Freunden und Bekannten eher selten helfen müssen. Aber Strom …

# Massage mit Obstkorb

»Alles Gute zum Geburtstag, mein Lieber!« Willi drückte Justus an seine Brust.

»Von mir auch. Dass du noch lange fit bleibst! Schau, Justus, zur Feier des Tages habe ich dir schon eine Butterbrezel geschmiert. Die magst du doch so gerne.« Erwin zog einen Stuhl beiseite, zu dem Willi Justus geleitete.

Seine Freunde wirkten aufgeregter als er selbst.

»Setz dich!«

Erwin und Willi gingen ans andere Ende des Tisches und stellten sich wie ein stark reduzierter Knabenchor vor Justus auf. Willi pustete in eine Stimmpfeife, die er sich wohl aus dem Musikzimmer organisiert hatte.

Justus ahnte, dass dies nichts Gutes bedeuten würde. Vorsichtshalber kniff er die Augen zusammen.

Willi legte mit einem beherzten »Happy Birthday to you« los, und Erwin stieg ein wenig versetzt mit ein. Er hatte den Einsatz verpasst. Dafür glänzte er mit einer sehr tiefen Stimmlage, die wunderbar mit der höheren von Willi harmonierte.

Da andere Kurgäste freudig mit einstimmten, bot es sich an, einen zweiten Durchlauf zu starten. Lediglich an einer Stelle wurde es ruhiger, da außer den Freunden und Iris niemand Justus' Namen kannte.

Justus schrumpfte in seinem Stuhl zusammen und wischte mit der Hand verlegen über die geblümte Plastiktischdecke.

Ein paar Übereifrige aus den hinteren Reihen wollten eine dritte Runde, wurden aber vom allgemeinen Applaus im Speisesaal überstimmt.

Justus stand auf, verbeugte sich dankend in alle Richtungen. Im *Ammersteiner Hof* hätte er sich gern so viel Aufmerksamkeit gefallen lassen. In diesem Kurhotel fühlte er sich jedoch wie in einem Krankenhaus. Und dort wollte man alles andere als feiern.

»Habe ich was verpasst?« Iris, mit einem leichten Sommerkleid bekleidet, stand plötzlich vor Justus und streckte ihm die Hand entgegen.

Justus ergriff sie und wollte sie begrüßen, als ihm Willi dazwischengrätschte.

»Justus hat heute seinen Runden!«

»Ach nein. Und welchen?«

Abermals wollte Justus ansetzen, um etwas zu äußern.

Dies verhinderte diesmal Erwin. »Sechzig Lenze zählt der gute Mann heute. Ist das nicht schön? Jetzt gehört er auch zum Club der alten Haudegen. Nicht wahr, Justus?« Erwin haute Justus auf den Rücken und lachte schallend. »Setzen Sie sich doch zu uns«, bat er Iris.

Sie willigte ein, ließ es sich aber nicht nehmen, zuvor dem Geburtstagskind mit drei Wangenküssen zu gratulieren.

»Ach, Fräulein Biber, da hätte ich aber auch gerne Geburtstag!«, frotzelte Willi und erntete dafür von Erwin zustimmende Blicke.

»Sagt mal, Männer, wollen wir uns nicht duzen? Außerdem sagt man *Fräulein* schon seit hundert Jahren nicht mehr.«

»Hört, hört!«, freute sich Erwin. »Darauf muss angestoßen werden. Champagner!«, rief er, als würde er in einem Sternelokal sitzen. Niemand reagierte auf seine Bestellung. »Ich geh mal schnell zur Küche und organisiere was.« Erwin klopfte zweimal auf den Tisch und schlängelte sich durch die Tischreihen davon.

»Also, ich heiße Iris.«

»Justus.«

»Willi.«

»Da hättest du aber gestern mal was sagen können«, meinte Iris.

»Ach«, Justus lehnte sich zurück. »So wichtig ist das nun auch nicht. War keine große Leistung. Bin ich schließlich automatisch geworden.«

Erwin kehrte mit einem Piccolo an den Tisch zurück. »Das ist blöd. Die haben keinen Champagner. Nicht mal eine anständige Flasche Sekt. Sie würden uns den hier überlassen. Die Köchin hat ihn vor ein paar Wochen von einem Kurgast bekommen, als der abgereist ist.«

Justus verdrehte die Augen. »Die werden wohl noch einen anständigen Sekt haben.«

»Das habe ich ihr auch gesagt. Sie meinte nur: ›Wir sind ein Kurhotel und keine Oben-ohne-Bar.‹«

Willi übernahm und drehte den Schraubverschluss ab. »Das können wir am Nachmittag in der Cafeteria nachholen. Seien wir froh, dass wir überhaupt etwas haben.«

»Darf man auch gratulieren?« Eine ältere Dame im Trainingsanzug näherte sich von hinten und streckte dem Jubilar ihre Hand entgegen. »Wie alt sind Sie denn geworden?«

»Sechzig!«, ertönte es von Erwin und Willi im Chor.

Iris war sichtlich amüsiert.

»Na, dann haben Sie ja noch ein paar gute Jahre!«

Willi pflichtete ihr bei und forderte sie auf, ihr Glas zu holen, damit auch sie mit dem Jubilar anstoßen könne.

Erwin unterstützte die Aufforderung seines Freundes. Gastfreundschaft ging schließlich vor.

Dumm nur, dass dies auch weitere Gäste des Hauses mitbekamen und sich umgehend genötigt fühlten, ebenfalls zu gratulieren. Vorsichtshalber brachten sie ihre Gläser gleich mit an den Tisch.

Für Erwin bestand nun die Herausforderung darin, null Komma zwei Liter ungekühlten Sekt auf etwa achtzehn Gläser zu verteilen. Am Ende reichte es gerade dazu, sich mit dem guten Tropfen die Lippen zu befeuchten. Als klar war, dass die Bar wieder geschlossen hatte, ersparten sich die meisten Nachzügler, überhaupt noch zu gratulieren.

Endlich kehrte Ruhe im Saal ein, und die Lage entspannte sich für Justus. Willi und Erwin erzählten Iris Schoten aus vergangenen Jahren, die sie zu dritt erlebt hatten.

Justus ließ den beiden den Spaß und köpfte nebenbei sein hart gekochtes Ei.

»Ach, das hätten wir fast vergessen. Wir haben noch ein Geschenk für dich«, sagte Erwin.

»Stimmt. Wo hast du es denn?«

Erwin griff unter den Tisch in eine Tüte und holte ein kleines Päckchen heraus. »Hier, mein Freund. Das ist von Willi und mir. Alles Gute noch mal.«

»Was ist es denn?«, fragte Justus, während er gerührt das Geschenk in Empfang nahm.

»Pack aus!«, forderte ihn Willi auf.

Er und Erwin freuten sich wie kleine Jungen. Sicherlich hatten sich beide große Gedanken gemacht und sich überlegt, was sie einem Mann schenken sollten, der in ihren Augen alles hatte.

Iris trank von ihrem Kaffee und beobachtete, wie Justus die Schleife auseinanderzog. Er zelebrierte den Vorgang extra langsam und entfernte behutsam jeden Klebestreifen.

»Du packst aus wie meine Frau«, bekundete Willi. »Die fummelt auch Ewigkeiten an so einem Päckchen. Dann legt sie das Papier vorsichtig zusammen und packt es in eine Kiste, auf der *Geschenkpapier* steht. Wir haben neulich eine zweite Kiste gekauft. Noch nie haben wir so ein gebrauchtes Papier noch mal verwendet. Eva sagt dann immer so was wie: ›Bei Rudi müssen wir schon ein neues Papier kaufen. Wie sieht das denn aus?‹«

Niemand reagierte auf Willis Klage.

Endlich hatte Justus das Päckchen von der Verpackung befreit. Zum Vorschein kam eine kleine Schachtel, auf die bunte Luftballons aufgedruckt waren.

»Schau uns nicht so an! In der Größe gab es nichts anderes.«

Justus hob den Deckel an und sah auf ein Stück Metall, das in einem Wattebett lag.

»Eine Krawattennadel?« Justus ergriff das Geschenk und holte es aus der Schachtel.

»Ach was! Krawattennadel. Die sind total aus der Mode. Das ist eine Geldscheinklammer.« Erwin klatschte sich mit Willi ab. »Und? Freust du dich?«

»Wie kommt ihr denn da drauf?« Justus hielt das Ding vor sein Gesicht und drehte es in alle Richtungen.

»Na, ein erfolgreicher Mann wie du kann nicht ständig seine Geldbörse zücken. Wie sieht das denn aus? Komm, probier sie gleich aus! Ist echtes Sterlingsilber.«

Justus kramte seine lederne Geldbörse aus der Gesäßtasche und guckte in das Geldscheinfach.

»Blöd. Jetzt habe ich keinen Schein hier.«

Erwin und Willi durchsuchten ebenfalls ihre Taschen nach einem Scheinchen. Ebbe.

Justus wollte jedoch unbedingt das Geschenk würdigen. Er war sich sicher, dass seine Freunde tagelang gesucht hatten, um das Richtige zu finden.

»Hier!«, unterbrach Justus schließlich die Stille. »Ich könnte eine Kreditkarte dazwischenklemmen.«

Die Männer waren sich einig, dass dies auch ginge.

Iris konnte sich ein Lachen nicht verkneifen. »Ist so eine Klammer nicht dafür gedacht, mehrere Scheine zusammenzuhalten?«

Justus reagierte umgehend und steckte noch eine weitere Karte sowie einen Fünfzig-Cent-Gutschein einer Raststätten-Toilette dazu.

»Na, ist das was? Vielen Dank, meine Freunde. Das ist wirklich ein schönes Geschenk. Das kann ich gut gebrauchen.«

Erwin und Willi fühlten sich offenbar geschmeichelt und lehnten sich stolz zurück.

Iris erhob sich.

»Musst du schon los?«

»Leider! Ich habe gleich Pilates. Feiert noch schön den Sechzigsten.«

»Wenn du das sagst, hört sich das so alt an.« Justus erhob sich, ganz Gentleman, um Iris gebührend zu verabschieden. »Was machst du denn heute Abend?«

»Warum?«

»Ich dachte, wir feiern ein bisschen. Die Straße runter ist so ein Tanzlokal.«

Iris lachte. »Du weißt schon, dass dieses Lokal als Kurschattenbörse bekannt ist?«

Erwin und Willi folgten der Unterhaltung mit viel zu wachen Blicken, wie Justus fand.

»Nein, das wusste ich nicht. Aber es ist nun mal das einzige Lokal weit und breit. Na, wie sieht es aus?«

»Na gut, dann also nach dem Abendessen.«

Erwin und Willi nickten eifrig.

Iris verließ den Speisesaal.

»Da will wohl heute noch einer den Biber vom Fräulein Biber sehen, was?«

»Ach, Willi! Ich finde sie nett. Außerdem habt ihr selbst gesagt, ich solle mich mehr mit Frauen in meinem Alter abgeben.« Justus legte die Geldscheinklammer samt Kreditkarten und Toilettengutschein zurück in die Schachtel. »Ach, und Willi: *Fräulein* sagt man wirklich nicht mehr.«

»Ich weiß. Ich zieh dich nur auf. Sag mir lieber, wie es gestern beim Bingo lief.«

Erwin haute auf den Tisch. »Ha! Das war was.«

Justus konnte Erwins Enthusiasmus nicht teilen. Er schob seine Schachtel auf dem Tisch hin und her und wollte nicht näher auf Willis Frage eingehen.

Erwin schon. »Abgeräumt hat er!«, rief er begeistert aus.

Justus warf ihm einen warnenden Blick zu.

»Wie bitte? Und das sagt ihr mir erst jetzt?«

»Nicht der Rede wert.« Justus trank den Rest seines Kaffees auf ex und machte Anstalten aufzustehen.

Dies ließ Willi nicht zu, griff über den Tisch hinweg nach Justus' Schulter und drückte ihn zurück auf den Stuhl. »Jetzt sag schon! Was hast du gewonnen? Ist es viel?«

Erwin rutschte freudig auf seinem Stuhl hin und her. »Darf ich? Komm schon! Lass es bitte mich sagen!«

»Wenn es dir Freude macht.«

»Justus hatte den Jackpot! Sozusagen den ersten Preis. Willi, ich trau mich gar nicht, es auszusprechen. Quatsch, ich trau mich. Eine Massage hat er gewonnen. Und einen Obstkorb aufs Zimmer!« Erwin hatte Tränen in den Augen. »Ich hätte mich kaputtlachen können. Du hättest ihn sehen sollen, wie er aufgesprungen ist und BINGO gerufen hat! Zum Schießen!« Erwin rieb sich die Augen und holte ein Taschentuch aus seiner Hosentasche, in das er kräftig hineinschnäuzte.

Willi versuchte, Justus aufzuheitern. »Das ist toll! Mensch, Justus, eine Massage! Vielleicht von einer hübschen Blondine!«

»Blond stimmt.« Erwin hatte sich gefangen. »Aber die *Sie* ist ein *Er*. Der Pfaff knetet die müden Muskeln von unserem Sechziger. Weißt schon, Willi, der vom Nordic Walking.«

Justus stand auf, schob seinen Stuhl unter den Tisch. »Hauptsache, du hattest deinen Spaß. Können wir gehen?«

Erwin erhob sich ebenfalls. »Ich hör ja schon auf. Aber du musst zugeben, dass es schon komisch für uns andere ausgesehen haben muss, wie du da mit deinem Sakko samt Einstecktuch nach vorne gerannt bist, während die meisten im Trainingsanzug an den Tischen saßen.«

»Ich finde das klasse«, schwärmte Willi. »Das Obst ist bestimmt bio.«

Sie waren die Letzten, die den Speisesaal verließen. Erwin bedankte sich bei der Köchin für den wirklich ausgezeichneten Tropfen und drückte ihr die leere Flasche in die Hand. Die drei nahmen die Treppe, weil der Aufzug länger als gewöhnlich auf sich warten ließ.

»Was willst du denn an deinem Ehrentag unternehmen?« Erwin hielt Justus die Tür zum Empfangsbereich auf. »Kannst dir was wünschen. Wir sind zu allen Schandtaten bereit. Nicht wahr, Willi?«

Der nickte.

»Ach, ich weiß auch nicht. Die Möglichkeiten sind sehr begrenzt.«

Erwin zog seinen Freund zur Infotafel. »Was heißt denn bitteschön begrenzt!« Er deutete wild von einem Zettel zum nächsten. »Schau, hier gibt's eine Fahrradtour. Dort gibt's eine Wanderung. Oder möchtest du vielleicht ein wenig Aquajogging machen? Tut deinen alten Gelenken bestimmt gut.«

»Erwin, zum letzten Mal! Ich bin gesund, habe weder Probleme mit meinem Rücken, der Hüfte noch mit meinen Gelenken. Körperlich bin ich so um die vierzig. Da, PMR. Was ist denn das?«

»Weiß nicht. Ich glaube, was Postmenstruales.«

»Quatsch«, meinte Willi. »Wenn überhaupt was Prämenstruelles. Ich glaube, dass das eher was für Frauen ist.«

»Das bedeutet *Progressive Muskelrelaxation*«, sagte eine bekannte Stimme aus dem Hintergrund.

Simultan drehten die Männer sich um.

»Iris! Ich dachte, du wärst beim Pilates.«

»Das dachte ich auch. Leider ist die Lehrerin krank; es fällt aus. Und ihr?«

»Wir überlegen noch«, meinte Erwin und nutzte die Gunst der Stunde, nochmals ein wichtiges Thema aufzugreifen: »Was wollen wir nun eigentlich wegen der Belmonts unternehmen?«

Justus warf in gespielter Hilflosigkeit die Hände in die Luft. »Erwin, ich würde sagen, wir fallen jetzt sofort über die beiden her, sperren sie in dein Zimmer und fesseln sie. Dann darfst du sie so lange bearbeiten, bis sie endlich gestehen, was auch immer sie im Schilde führen.«

»Meinst du nicht, dass das ein bisschen zu übertrieben ist?«

»Natürlich ist das übertrieben! Das war auch nur ein Scherz. Lass mal die Leute in Ruhe!«

Iris wurde neugierig. »Wieso? Was ist denn?«

»Ach, Erwin hat da so eine Verschwörungstheorie.«

»Echt? Wie aufregend! Was denn für eine?« Iris zog Erwin zu einer nahe gelegenen Sitzgruppe. »Ich will alles ganz genau wissen.«

Willi setzte sich daneben, während Justus demonstrativ stehen blieb und ungeduldig mit einem Fuß wippte.

Erwin freute sich über Iris' Interesse und berichtete, was er am Vortag vom Busch aus beobachtet hatte.

»Aha. Das war also deine Zerrung!« Justus setzte sich nun auch dazu.

»Ja, Zerrung hin oder her. Auf jeden Fall haben die sich gestritten. Und er hat immer so was gesagt wie: ›Nur noch das eine Mal.‹«

»Das kann alles bedeuten. Vielleicht ist er ein Spieler. Oder er würde gerne mit ihr verreisen.«

»Quatsch, verreisen. Justus, wenn du das gesehen hättest, wie der auf sie eingeredet hat, da ging es bestimmt nicht um eine Woche Bali oder Kärnten. Ich sage euch, da ist was oberfaul.« Erwin lugte über seine Schulter, um sicherzugehen, dass niemand sonst mithörte. Das verlieh seiner Geschichte auch optisch mehr Dramatik.

»Hirngespinste!«, schnappte Justus.

»Also, ich will ja nichts sagen«, mischte sich Willi ein, »aber ich habe die beiden gestern auch beobachtet. Rein zufällig natürlich. Ich kann mir da überhaupt keinen Reim drauf machen.«

»Worauf denn?«, fragte Iris.

Willi erzählte von den Overalls und den mysteriösen Eimern.

Iris und Erwin lauschten gespannt, und auch Justus musste sich nun eingestehen, dass dies alles mehr als merkwürdig war.

»Wir müssen die Polizei rufen!«, rief Iris aus. »Immerhin sind das anscheinend Kriminelle!«

Erwin schüttelte den Kopf. »Es ist von allergrößter Wichtigkeit, besonnen vorzugehen.«

Willi pflichtete ihm bei. »Es muss fein säuberlich ermittelt werden. Wir brauchen Beweise.«

Das erschien offenbar auch Justus logisch, denn er nickte. »Richtig«, stimmte er zu. »Beweise. Sonst verrennt Erwin sich wieder in irgendwas.«

Erwin war empört. Er verrannte sich doch nicht!

»Was kann ich tun? Ich möchte auch etwas machen«, warf Iris ein.

Dies überforderte Erwin, weil er sich bis vor fünf Minuten nicht darüber im Klaren gewesen war, dass sich soeben ein Krisenstab gebildet hatte.

Justus übernahm das Wort: »Jetzt passt mal auf, ihr drei.

Wenn ihr unbedingt meint, dass an den beiden was faul ist, sollten wir der Sache nachgehen. Aber wenn schon, dann in aller Ruhe.«

Erwin starrte Willi ungläubig an.

Der quittierte das mit Achselzucken.

»Ich würde vorschlagen, dass wir morgen Abend bei den beiden an ihrem Verkaufsstand ein wenig schnüffeln. Iris, du könntest dich für die Cremes interessieren und ein paar Fragen zu den Produkten stellen.«

»Oh ja. Oberflächlicher Smalltalk. Das kann ich gut. An der Seite meines Lebensgefährten ist das an der Tagesordnung.«

Zu Erwin und Willi sagte Justus: »Ihr haltet einfach Augen und Ohren offen. Vielleicht verplappern sich die beiden.«

Willi und Erwin erklärten sich damit einverstanden.

»Und was machst du?«, erkundigte sich Erwin.

»Ich passe auf euch zwei auf, damit ihr mir keinen Blödsinn macht. Und jetzt gehe ich schwimmen. Immerhin ist heute mein Geburtstag. Den möchte ich nicht neben der Rezeption verbringen.«

Iris erhob sich zusammen mit Justus. »Ich mag Männer, die das Ruder in die Hand nehmen.«

Justus zog ein betont cooles Gesicht. »Einer muss es schließlich tun. Kommst du mit?«

»Ins Wasser? Nein. Das ist mir heute zu nass. Außerdem ist zu viel Chlor nicht gut für meine Haut. Wir sehen uns heute Abend.«

Justus blickte ihr nach. Als sie außer Sichtweite war, drehte er sich zu seinen Freunden um.

Die stierten ihn wortlos an.

»Was ist?«

»Woher der Sinneswandel?«, wollte Erwin wissen.

»Erwin, soll ich nun mitmachen oder nicht?«

»Ich meine ja nur. Erst bist du vehement dagegen, und auf

einmal spielst du den Einsatzleiter. Kann es vielleicht sein, dass da ein gewisses Fräulein Biber dahintersteckt?« Erwin stieß Justus den Ellbogen in die Seite.

»Jetzt kommt, ich will ins Wasser«, erwiderte Justus nur.

***

Willi hängte seinen Bademantel an einen Haken an der Fliesenwand. »Sagt mal, Jungs, geht bei euch im Badezimmer das Licht über dem Spiegel auch nicht?«

»Willi, Hand aufs Herz. Hast du wieder an Sachen herumgespielt, von denen du nichts verstehst?«

»Erwin, ich schwöre, ich habe nichts angefasst.« Sicherheitshalber kontrollierte Willi noch mal, ob er seine Badehose gut verschnürt hatte.

»Ruf einfach den Hausmeister! Der weiß, was zu tun ist«, schlug Justus vor.

Willi schüttelte den Kopf und duschte sich kurz ab, bevor er die breiten Stufen ins große Becken passierte.

Erwin war damit beschäftigt, einen geeigneten Platz für seine Badesandalen neben dem Becken zu finden. Dies erwies sich als schwieriger als gedacht, da er sich für Sandalen in Dunkelblau entschieden hatte, wie sie etwa fünfundneunzig Prozent der anderen Kurgäste ebenfalls trugen. Unter keinen Umständen wollte er seine Latschen unbeobachtet am Beckenrand platzieren. Er ließ sie einfach an und nahm die seitlich angebrachte Einstiegsleiter ins Becken.

Justus schwamm ein paar Züge leicht versetzt hinter Willi. »Sag mal, Willi, hast du schon mal daran gedacht, dir den Rücken zu rasieren?«

»Wieso?«

»Da ist ganz schön was los auf deinem Buckel.«

»Niemals! Weißt du, was passiert, wenn du das einmal anfängst? Dann geht es erst richtig los.«

»Das stimmt doch überhaupt nicht. Ich zum Beispiel lasse mir regelmäßig die Rückenhaare mit Wachs entfernen.«

»So weit kommt es noch. Als Mann hat man einfach Haare. Da hat sich die Natur schon was dabei gedacht.«

Justus paddelte auf der Stelle. »Sei mir bitte nicht böse. Das sieht bei dir aus wie ein weißer Algenteppich.«

Erwin hatte sich eine Schwimmnudel organisiert und kam näher. »Um was geht's?«

»Um Willis Haare auf dem Rücken.«

Willi wurde es zu bunt; er steuerte die Düsen an. Vorher griff er nochmals unter Wasser, um seine Hose zu überprüfen.

Die anderen beiden folgten ihm. Erwin nahm seine Nudel quer und pflügte damit durchs Becken. »Ich gehe neuerdings zu einem türkischen Friseur. Der entfernt mir mit Feuer die Haare aus den Ohren. Seitdem höre ich auch besser.«

»Erwin, du willst doch nicht deine Ohrhaare mit dem Gestrüpp auf Willis Rücken vergleichen. Da brauchst du bestimmt einen Bunsenbrenner.«

Zum wiederholten Mal musste ein entgegenkommender Schwimmer untertauchen, damit Erwin ihn mit seiner quer geführten Nudel nicht köpfte.

Erwin drehte ab und tauschte die gefährliche Schwimmnudel gegen ein harmloses Schwimmbrett.

Justus kraulte ein paar Bahnen und erntete bewundernde Blicke, während Willi mit seiner Düse im Lendenbereich kämpfte. Der Druck war so stark, dass es ihn vom Beckenrand wegdrückte. Ständig lugten seine Zehen aus dem Wasser heraus. Da der Winkel zur Düse derart ungünstig war, pumpte diese ihm von hinten Luft in die Badehose. Die wiederum suchte sich den Weg zur Wasseroberfläche und baute aus Willis vorderem Teil des Textils ein erstklassiges Zelt. Da seine Badehose knallrot war, blieb dieses Kunstwerk natürlich nicht lange unbeachtet.

»Dafür sind die Düsen aber nicht gedacht«, fuhr ihn eine gewichtige Dame an, die hüpfend ihre Runden durchs Wasser drehte.

Andere tuschelten und warfen ihm verächtliche Blicke zu.

Anscheinend war dieses Becken für ihn nicht geeignet. Willi öffnete seine Hände, die sich in der Fuge zwischen den Fliesen eingekrallt hatten, und wurde vom Strahl bis zur Beckenmitte getragen. Dort kam er auf den Zehenspitzen zum Stehen, weil ihm die Luft in seiner Hose einen erstklassigen Auftrieb verschaffte. Er sah nur eine Möglichkeit, um die Luft loszuwerden: Er musste die Hose am Bund lockern. Man konnte ja meinen, er würde in einem roten Schwimmreifen stecken. Beherzt zog er an der Schnur. Die Hose lockerte sich. Für zwei Sekunden sah es so aus, als würde Willi mitten in einem Whirlpool aus Luftblasen stehen.

Die Kurgäste machten einen großen Bogen um ihn.

Willi verließ hastig das Becken.

# Ausser Betrieb

Erwin hockte, nur mit einem Handtuch um die Hüfte, auf dem Bett und überprüfte sein Equipment, das er für die Lösung des Falles Belmont vorgesehen hatte. Fein säuberlich drapierte er alles auf sein Nachtkästchen. Seine neueste Errungenschaft war ein Diktiergerät, ohne das er neuerdings nicht mehr aus dem Haus ging. Aus Angst, die Technik könnte dennoch versagen, hatte er noch einen kleinen Notizblock danebengelegt. Er klappte den schwarzen Kunstlederdeckel nach hinten und las die bahnbrechende Notiz: »Batterien, Speicherkarte, Klopapier, Butter.«

Er riss den Zettel vom Block und warf ihn in den Mülleimer, der unter dem Schreibtisch stand. Danach packte er weiter aus: eine Stirnlampe, ein Schweizer Armeemesser, Traubenzucker, ein Opernglas und eine Digitalkamera. Erwin stand auf, holte den Zettel aus dem Müll und las ihn nochmals.

»Verdammt!« Er öffnete seine Kamera und sah in ein leeres Fach für die Speicherkarte. Murrend packte er die Kamera weg und schnappte sich das Diktiergerät, um es auf seine Funktionstüchtigkeit zu überprüfen. Die Anzeige zeigte zwei Dateien und glücklicherweise volle Batterien an. Er drückte die Play-Taste für Datei Nummer eins. »Test – Test!«

Die zweite Datei bestand aus vier Wörtern: »Batterien, Speicherkarte, Klopapier, Butter.«

Er legte das Diktiergerät zur Seite, setzte seine Stirnlampe auf und schaltete sie ein. Trotz Tageslicht im Zimmer leuchtete die Lampe derart hell, dass man damit auch bei starkem Nebel eine Boeing 747 sicher auf die Erde bringen konnte. Der Lichtkegel schien auf die gegenüberliegende Wand und traf genau auf eine zerquetschte Mücke, die ein Gast vor ihm wahrscheinlich nach einer endlosen Jagd schließlich an dieser Stelle zur Strecke gebracht hatte. Das erinnerte Erwin an die Belmonts.

Glücklicherweise war heutzutage ein Handy nicht mehr ausschließlich zum Telefonieren gedacht. Sein Versäumnis, noch rechtzeitig vor der Abreise eine Speicherkarte zu besorgen, war damit nichtig. Natürlich war es vonnöten, dass sich Erwin mit dem Teufelsgerät ein wenig mehr vertraut machte. Ein Weihnachtsgeschenk seines Sohnes. Zuerst hatte er sich gesträubt, dieses neumodische Ding zu benutzen. Als ihn aber seine Enkelin erstmals über Skype angerufen hatte, änderte er seine Meinung. Dennoch war er mit dem Gerät, das eigentlich nur aus einem Bildschirm bestand, ein wenig überfordert.

Erwin fläzte sich aufs Bett und studierte die verschiedenen Apps, die ihm seine Enkelin am zweiten Weihnachtsfeiertag auf das Telefon geladen hatte.

»Wetter«, formulierte er tonlos.

Er drückte auf die App, und das Gerät offenbarte ihm, dass es in Shanghai gerade dreiundzwanzig Grad hatte. Aber es war bewölkt. Sieh einer an, einen Taschenrechner hatte das Ding auch. »Taschenrechner«, sprach Erwin, während er auf den Bildschirm drückte. »Drei mal vier ist … zwölf! Sehr gut.«

Er suchte weiter und wischte wild auf dem Display hin und her, wie es die jungen Leute dauernd machten. Unter *Kontakte* hatte er vier Personen gespeichert. Seinen Sohn Rolf, seine Enkelin Melanie, Willi und Justus. Bei anderen Personen aus seinem Umfeld empfand Erwin es als überflüssig, sie zu speichern. Wenn überhaupt, würde er die vom Festnetz aus anrufen.

Dann endlich entdeckte er die Rettung: Unter einer der Apps stand *Kamera*.

»Kamera«, sagte er und öffnete sie.

Erwin war begeistert von der Klarheit des Bildes, das er auch ohne Brille für seine Verhältnisse gut sehen konnte. Zwar hatte er den Bildschirm etwa drei Zentimeter vor der Nase, aber das reichte ihm.

Es klopfte an der Tür. »Erwin, bist du da?«

Erwin stand mit einem Mal auf den Beinen.

Justus sollte auf keinen Fall seine Ausrüstung zu Gesicht bekommen. Am Ende hätte er sich noch rechtfertigen müssen.

»Komme gleich!«, rief er zur Tür und verstaute alles in seiner Tasche. Wieder klopfte es.

»Ja! Ich komm ja schon!« Erwin verfluchte Justus' Ungeduld, die dieser manchmal an den Tag legte. Er schlüpfte in seine dunkelblauen Badesandalen und öffnete die Tür.

»Wie siehst du denn aus? Bist du unter die Bergarbeiter gegangen oder arbeitest du neuerdings als Frauenarzt?«

»Wieso Frauenarzt?« Erwin wich einen Schritt zur Seite, damit Justus eintreten konnte.

Der zeigte auf seine Stirn.

»Ach so.« Erwin nahm die Stirnlampe ab und fühlte, wie sich seine Wangen röteten. Das passierte bei ihm jedes Mal, wenn jemand einen anzüglichen Witz machte.

»Was machst du denn mit dem Ding?«

»Ich habe nur ausprobiert, ob sie funktioniert. Manchmal lese ich damit im Bett ein Buch«, flunkerte er.

»Im Bett? Mit einer Hirnlampe? Du bist mir vielleicht ein komischer Vogel.«

»Lass mich! Außerdem heißt das Stirnlampe.«

»Oder Dreiauge. Wie ich sehe, bist du immer noch nicht

angezogen. Wir wollten doch Willi suchen. Dass er vorhin einfach so verschwunden ist …«

Erwin nahm die Kleidung, die er sich bereits herausgelegt hatte, und verschwand damit im Bad.

»Beeil dich!«, rief Justus ihm hinterher und zog sein Handy aus der Hosentasche, weil es vibrierte. Herr Völkers von der Bank rief an. Justus schloss die Möglichkeit aus, dass der ihm einfach nur zum Geburtstag gratulieren wollte. Und auf sonstige Hiobsbotschaften hatte er gerade heute, an seinem Ehrentag, keine Lust. Justus drückte das Gespräch weg und schaltete sein Handy aus.

»So. Dann können wir los.« Erwin schlüpfte in seine Slipper.

»Hast du nicht was vergessen?«

Erwin guckte in den Spiegel. »Ach ja!« Er nahm die Stirnlampe ab, brachte seine Haare in Ordnung und öffnete die Zimmertür.

***

»Der Aufzug lässt aber lange auf sich warten«, fand Erwin.

»Ich sag ja, lass uns zu Fuß gehen. Dritter Stock abwärts sollte auch für einen Mann deines Alters zu schaffen sein.«

»Vorsicht, Justus. Wer im Glashaus sitzt …«

Als der Aufzug noch immer nicht erschien, entschieden sich die Herren für das Treppenhaus. Sie trafen auf etliche Menschen, die, wie sie, den Weg zu Fuß bevorzugten. Sogar eine alte Dame mit Gehstock kam ihnen entgegen.

»Kannst dir mal ein Beispiel nehmen, mein Freund.«

»Ach, geh zu!«

Unten angekommen wurde klar, warum das Treppenhaus so stark frequentiert war. Vor der Aufzugtür im Empfangsbereich stritten zwei Herren lautstark, während einer der beiden auf die Steuereinheit, die an einem Kabel aus der Wand hing, deutete. Der andere war Willi.

»Schau, da ist er. Wollen wir hingehen?«, fragte Erwin.

»Nein, ich denke, dass wir uns diesmal besser raushalten. Außerdem weiß ich nicht, zu wem ich halten sollte. Ich meine, der Hausmeister kann einem schon leidtun.«

»Da gebe ich dir recht, Justus. Außerdem macht es aus der Ferne mehr Spaß. Komm, ich hol uns von der Cafeteria einen Kaffee. Schwarz?«

»Ja. Ich meine … mit Milch. Und Zucker, wenn's geht!«

Letzteres hörte Erwin nicht mehr, weil er bei »Milch« bereits unterwegs war.

Justus ließ der Anruf von Herrn Völkers keine Ruhe. Er zog das Handy aus der Hosentasche, bestätigte die Pinabfrage mit seinem vierstelligen Zahlencode und starrte wartend auf das Display. Er hatte Empfang. Zumindest signalisierte ihm die Balkengrafik das. Es rührte sich jedoch nichts. Lediglich einen Anruf in Abwesenheit zeigte das Telefon. Wie es schien, hatte der Bankmensch nicht auf Justus' Mailbox gesprochen.

»Dann wird es nicht so wichtig gewesen sein.«

Justus steckte das Handy zurück in die Tasche, während sich der Ton zwischen Willi und dem Hausmeister verschärfte.

»Man sollte Sie wegsperren«, wütete der Hausmeister und zog Willi den Schraubenzieher aus der Hand.

»Wenn Sie Ihre Arbeit vernünftig erledigen würden …«

»Wo kommen wir denn da hin, wenn jeder hergelaufene Kurgast überall herumpfuscht.«

»Wenn einer pfuscht, dann ja wohl Sie!« Willi eroberte sich seinen Schraubenzieher zurück. Justus wusste, dass er aus gehärtetem Stahl war und zu einem siebenteiligen Set gehörte. Den würde Willi niemals aufgeben.

»Demnächst geht jeder einfach in die Küche und kocht sich sein Essen selbst.«

Willi bekundete Herrn Wirth, dass dies gar keine so schlechte Idee wäre.

»Da, dein Kaffee. Schwarz, wie du ihn wolltest.«

»Ich wollte … danke.«

»Und? Wie steht's?«

»Noch unentschieden. Allerdings hat sich der Hausmeister an Willis Werkzeug vergriffen.«

»Ui! Und da lebt er noch?«

»Ja, das wundert mich auch. Weißt du noch, wie ich einmal bei ihm zu Hause die Wasserwaage angefasst habe?«

»Ha! Das war vielleicht was. Pst! Er kommt.«

Willi entfernte sich vom Aufzug, an dem der Hausmeister ein Schild mit der Aufschrift »Außer Betrieb« befestigte, und entdeckte seine Freunde. »Habt ihr das gesehen? Da will man einfach bloß behilflich sein, und der behauptet, ich hätte den Aufzug kaputt gemacht. Ist das zu fassen?«

»Na, vorhin ging er noch.«

»Ja! Aber sehr langsam«, verteidigte sich Willi und warf seine Rolltasche auf die Sitzgruppe der Eingangshalle, um den Inhalt zu sortieren. »Habt ihr gesehen, wie neidisch der auf mein Werkzeug geguckt hat?«

Erwin und Justus nickten zustimmend, weil es in diesem Zustand, in dem sich Willi befand, keinen Sinn hatte, zu widersprechen.

***

»Gut, dass ich Sie treffe!« Claudia stand plötzlich mit einer Mappe hinter dem Trio.

Justus und Erwin drehten sich um, während Willi sich unbeeindruckt weiter um seine Schraubenzieher kümmerte.

»Ach, Fräulein Claudia. Schön, Sie zu sehen! Was haben Sie denn für uns?«

»Herr Volz, Sie und Ihre beiden Freunde haben noch keine Anwendungen gebucht.«

»Anwendungen?«, mischte sich Justus ein.

»Sie haben sich für die Präventionswoche angemeldet. Und die beinhaltet drei Anwendungen Ihrer Wahl. Es wäre schade, wenn Sie die verfallen lassen würden.«

Erwin stimmte ihr zu.

»Sie sind nun schon den dritten Tag hier, und manche Anwendungen sind sehr beliebt im Haus. Da sollten wir rechtzeitig planen. Wollen Sie mit mir rüber an die Rezeption gehen, damit wir für Sie das Richtige finden können?«

Sie folgten Claudia.

Nach einer kleinen Verzögerung stapfte auch Willi schnellen Schrittes hinterher und klopfte auf Justus' Schulter. »Um was geht's?«

»Wir sollen uns was aussuchen.«

»Ah. Sag mal, Justus, hat der schon wieder *Fräulein* gesagt?«

»Tja.«

Claudia öffnete einen Ordner und reichte ihn über den Tresen. Sie wies mit einem Kugelschreiber auf die Kurse und Anwendungen, die noch frei waren. Im Grunde gab es nur noch eine eher mäßige Auswahl, was die Entscheidungsfreiheit der Männer immens einschränkte.

»So, wie ich das sehe, ist da nicht mehr viel.«

Claudia stimmte Justus zu, während Erwin und Willi verbissen versuchten, sich einen Überblick zu verschaffen.

»Was ist denn eine Elektrobehandlung?«, fragte Willi.

»Das ist eine Reizstromtherapie. Diese ist aber für Sie nicht zu wählen. Die wäre verschreibungspflichtig.«

»Ah, na gut. Aber schaut mal, die Eisbehandlung! Kann man da die Sorten wählen?«

Justus und Erwin blickten Willi wortlos an, in der Hoffnung, dass das ein Witz gewesen sein sollte.

»Ich sehe schon, am besten wird es sein, wenn ich Ihnen etwas raussuche. Sollen wir das so machen?«

Justus fand, dass das eine prima Idee sei, und reichte Claudia den Ordner zurück.

»Wie wäre es denn morgen früh mit den Heusäckchen?«

Erwin blickte unwissend drein, Justus überlegte, während Willi die Sache mit dem Eis noch immer nicht klar war.

»Ich merke schon, Sie hatten noch keine Heusäckchen«, stellte Claudia fest. »Ich erkläre es Ihnen. Die Heusäckchen dienen vor allen Dingen dem Stressabbau. Insbesondere bei Magen-Darm-Beschwerden oder Muskelschmerzen bietet sich diese Behandlung an. Hüftschmerzen, Knie, egal, was – Sie werden sehen, dass es Ihnen guttut. Allerdings handelt es sich hierbei um eine Frühanwendung.«

Die Männer sahen sich kurz an und stimmten der Sache zu. Auch wenn Justus fünf Uhr dreißig als sehr sportlich empfand.

»Übermorgen hätte ich noch Plätze für Sie bei der Wassergymnastik.« Claudia deutete auf den Plan.

Willi traute sich nicht nachzufragen und überließ die Sache seinen Freunden.

»Das wird Ihnen gefallen und ist sehr gesund. Wassertreten und Bewegungstherapie im Wasser. Das Ganze zu Musik. Anschließend haben Sie noch die Möglichkeit, ein wenig zu kneippen. Wechselgüsse, Sitzbäder im Kräuterbad und so weiter.«

»Klar, warum nicht. Immer her damit!«, entschied Justus, weil es für ihn sowieso keine Alternative gab.

»Den Tag darauf hätte ich nur noch drei Plätze frei in einem Töpferkurs.« Claudia schaute fragend in die Runde.

Willi war es egal.

Erwin blickte fragend zu Justus. Schließlich war heute sein Geburtstag. Außerdem war sich Erwin immer noch unangenehm dessen bewusst, dass er diese ganze Reise vermasselt hatte.

Justus kam in den Sinn, dass er zuletzt in der Schule mit Ton gearbeitet hatte. Aufgabe war es gewesen, etwas für die Eltern zu Weihnachten zu töpfern. Justus dachte damals, dass seine Eltern unbedingt einen Aschenbecher benötigten. Dass beide Nichtraucher waren, störte ihn nicht weiter. Außerdem töpferte fast die ganze Klasse einen Aschenbecher. Außer Henriette aus der ersten Reihe. Aber die war auch eine Streberin. Die töpferte eine Vase. Seine Eltern hatten sich jedenfalls am Heiligabend tierisch über den Aschenbecher gefreut. Sein Vater hatte ihn mit ins Büro genommen. Wie alles, was er in seiner Schulzeit nach Hause brachte. Erst viel später kam ihm die Idee, dass *Büro* in diesem Fall vielleicht gleichbedeutend mit Aschentonne oder Kiste auf dem Speicher war. Jedenfalls wusste er noch, dass ihm das Töpfern seinerzeit einen Heidenspaß gemacht hatte.

»Das machen wir! Nicht wahr, Jungs?«

# Suppenfleisch und Champagner

»Eigentlich hätten wir in ein Restaurant gehen sollen, heute an meinem Ehrentag!«

»Das wäre aber Verschwendung gewesen, Justus. Schau, das ist schon alles bezahlt«, meinte Erwin.

»Trotzdem. Suppenfleisch mit Wirsing? Damit kann man mich jagen. Das war heute definitiv nicht meine erste Wahl. Unter einem Geburtstagsessen stelle ich mir etwas anderes vor.«

»Das war auch kein Suppenfleisch, sondern Tafelspitz.«

»Erwin, da ist kein Unterschied.«

»Doch, mein Lieber. Im Suppenfleisch ist mehr Glibber.«

»Graues Fleisch! Ich will Fleisch vom Grill oder aus der Pfanne und nicht dieses gekochte Zeug. Kontakthitze heißt das Zauberwort!«

Justus richtete seine silbergraue Krawatte, die exzellent zu seinem anthrazitfarbenen Anzug passte. Natürlich trug er ein Einstecktuch, das farblich perfekt mit der Krawatte harmonierte.

Willi kam nun auch aus dem Speisesaal, während er sich sein grün kariertes Sakko anzog. »Ich hasse Suppenfleisch.«

»Ich hab's gerade Justus erklärt. Das war Tafelspitz.«

»Egal! Eva kocht das auch hin und wieder. Obwohl sie es selbst nicht so gerne isst.«

»Warum kocht sie es dann?«, wunderte sich Erwin und pulte sich mit einem Zahnstocher zwischen den Schneidezähnen herum, was Justus leicht anwiderte.

»Sie sagt immer: ›Das muss es auch mal geben.‹«

»Jetzt benehmt euch! Iris kommt«, ermahnte Justus seine Freunde und nahm Erwin den Zahnstocher ab.

Der beendete die Reinigungsarbeiten mit dem Fingernagel.

Willi zog ein besorgtes Gesicht. »Justus, jetzt mach nicht so ein Fass auf wegen der. In ein paar Tagen ist die zurück bei ihrem Macker. Das ist für die am Ende bloß ein kleiner Ausbruch.«

»Na, ihr habt euch aber rausgeputzt. Schick seht ihr aus!« Iris musterte die Männer von Kopf bis Fuß.

Erwin schaute prüfend an sich hinunter und pflichtete ihr bei. Er trug als Einziger zwar kein Sakko, dafür aber eine dunkelblaue Strickjacke, auf der an der linken Brusttasche ein goldener Anker eingestickt war, dazu eine Krawatte in Rot.

Justus geizte nicht mit seinem Charme, nahm Iris' Hand und drehte sie einmal im Kreis. »Das können wir nur zurückgeben. Du siehst fabelhaft aus.«

Erwin und Willi nickten zustimmend.

Sie trug ein schlichtes, schwarzes Kleid, das sich vollendet um ihre Hüften schmiegte, sodass man bei jedem Schritt erahnen konnte, welch makellose Figur sich unter dem Stoff befand. Die Absätze ihrer Pumps hatten genau die Höhe, um ihre Waden ideal zur Geltung zu bringen. Über ihren Schultern lag ein Hauch von einem cremefarbenen Schal aus Seide, der nur durch ihre Armbeugen daran gehindert wurde, bei der geringsten Bewegung sofort wegzufliegen. Die Tasche passte zu den Schuhen.

»Du warst nicht beim Essen?«, bemerkte Justus.

»Nein. Für mich war heute Abend nichts dabei. Außerdem vertrage ich Wirsing nicht besonders.«

»Da musst du einfach ein wenig Kümmel beigeben, dann gibt es keine Probleme mit Blähungen«, riet Willi und war sichtlich stolz auf sich und sein Fachwissen.

Erwin verdrehte die Augen, und Justus konnte es nicht fassen, dass er das gerade gesagt hatte.

***

Als die drei Männer mit Iris im Tanzlokal *Tenne* ankamen, herrschte bereits reger Betrieb, was für diese Zeit erstaunlich war. Immerhin war es gerade erst kurz nach zwanzig Uhr. Für eine Großstadt wie München oder Hamburg wäre das undenkbar gewesen. Hier aber lag es wahrscheinlich am fortgeschrittenen Altersdurchschnitt und der Tatsache, dass dies ein Kurort war. Das bedeutete in den meisten Fällen, dass wochentags ab 22 Uhr abends Schluss war.

Natürlich herrschte reichlich Männerüberschuss. Und die Tanzfläche war leer. Einzig zwei Herren wippten im Takt der Musik an einem der Stehtische, während sie an ihrem Pils nippten. Der DJ wirkte, als würde er seit Eröffnung des Lokals für die musikalische Unterhaltung sorgen. Dies dürfte vor zwanzig Jahren gewesen sein. Aus dieser Epoche stammte vermutlich auch sein gesamtes Repertoire. Angesagt waren Schlager.

»Hier ist schon richtig was los«, bemerkte Erwin und steuerte eine Sitzgruppe an. Er wirkte ausgelassen.

Iris bat ihn, doch lieber eine Sitzgruppe weiter hinten im Lokal zu suchen. Sie wollte nicht auf dem Präsentierteller dieses Etablissements sitzen. Immerhin bestand die Möglichkeit, dass sich ihr Lebensgefährte in dieses Lokal verirrte.

Erwin hatte das Gefühl, dass Iris ihre neu gewonnene Freiheit und die Gesellschaft der drei Freunde genoss.

»Da ist es schön. Von hier aus haben wir einen wunderbaren Blick auf die Tanzfläche«, urteilte Erwin und rutschte als Erster auf die halbrunde Sitzbank.

Justus pflichtete ihm bei. Dies hätte er aber auch getan, wenn der Platz neben der Toilette gewesen wäre, solange nur Iris anwesend war.

Willi war das egal. Hauptsache, er bekam bald was zu trinken, da er es beim Tafelspitz mit dem Salz übertrieben hatte. Ihn plagte ein schlechtes Gewissen, weil er während dieses Aufenthalts all die Dinge tat, die er daheim seiner Frau verweigerte. Natürlich hielten seine Freunde dicht und hätten ihn niemals bei Eva verpetzt. Doch Willi selbst wusste es, und es bescherte ihm ein wenig Unbehagen.

»Darf ich Ihnen schon etwas zu trinken bringen?« Eine beleibte Bedienung kam an den Tisch und zückte ihren Block von der hiesigen Brauerei. Den Stift dazu zog sie hinter dem rechten Ohr hervor. Sie war ein wenig schlecht zu verstehen. Lag höchstwahrscheinlich an dem Kaugummi, den sie kaute.

»Natürlich dürfen Sie uns schon etwas bringen«, schoss es aus Justus heraus. »Sie haben doch bestimmt Champagner!«

»Da muss ich gucken. Ich glaub schon.«

»Also bringen Sie uns bitte den feinen Tropfen und vier Gläser.«

»Die ganze Flasche?«

»Selbstverständlich.«

Eine solche Bestellung war in diesem Lokal nicht an der Tagesordnung. Zumindest wurde sie von der Dame fein säuberlich auf dem Block notiert. Noch ein fragender Blick in die Runde, ob dies alles sei, und schon war sie verschwunden.

»Muss das denn sein, Justus? Ein Bier hätte mir auch gereicht.«

»Erwin, mein Freund, heute wird gefeiert. Ich habe Geburtstag. Lass mich euch doch verwöhnen. Außerdem haben wir eine Lady am Tisch. Da ist es passend, ein standesgemäßes Getränk zu servieren.«

Sie lächelte.

Erwin mochte es nicht, wenn Justus so dick auftrug. Von Zeit zu Zeit bekam er diesen Anflug von Größenwahn. In diesen Momenten war ihm Justus unsympathisch; er fragte sich dann, was aus dem hilflosen Kerl vom Pausenhof geworden war. Nicht dass er seinem jüngeren Freund den Erfolg nicht gegönnt hätte. Er wünschte sich lediglich, dass Justus auf dem Teppich blieb. Aber Justus hatte Geburtstag. Erwin ließ ihn gewähren und gönnte ihm den Spaß. Außerdem wollte Justus Iris beeindrucken, was ihm offensichtlich gelang.

Als die Bedienung den bereits geöffneten Champagner auf einem Tablett an den Tisch brachte, zog Iris den Jubilar auf die Tanzfläche.

Der war sofort dabei, was wiederum Willi und Erwin überraschte. Justus hasste nichts mehr als Tanzen. Willi stupste Erwin an. »Dreht der jetzt durch, was meinst du?«

»Ach, lass ihn! Tut ihm vielleicht mal ganz gut. Komm, wir trinken schon mal, bevor sich die Luftbläschen aus dem Gesöff verabschieden.« Erwin drückte Willi ein Glas in die Hand.

Dies blieb dem tanzenden Paar natürlich nicht verborgen, und sie schnellten zurück an den Tisch.

»Moment!«, rief Justus. »Ihr wollt doch nicht etwa ohne uns?«

Erwin und Willi kippten das Glas auf ex, während Iris und Justus bloß ein wenig nippten, bevor sie sich zurück auf die Tanzfläche wagten. Aus den Boxen dröhnte Michael Holm mit seinem unvergesslichen Hit »Mendocino«.

»Schau mal zur Tür, wer sich hier blicken lässt?«, sagte Erwin.

Willi folgte der Aufforderung und entdeckte nun ebenfalls die Belmonts, wie sie Hand in Hand vor der Tanzfläche stehen blieben.

Jean scannte die Umgebung und sah sich anscheinend nach einem geeigneten Platz um.

Julie war damit beschäftigt, ihren viel zu kurzen Rock nach unten zu ziehen, weil jeder Schritt das Textil nach oben bewegte.

Schnell hatte Jean sich entschieden. Er zog kurz an Julies Hand, bevor er zum ausgewählten Tisch schritt.

Erwin hätte einen hervorragenden Blick auf die beiden gehabt, wäre da nicht eine Säule gewesen, die ihm die Sicht versperrte.

»Willi, wir ziehen um!«

»Findest du das nicht ein wenig auffällig?«

Erwin diskutierte nicht lange und räumte die Gläser samt Flasche auf den Nebentisch.

Willi folgte ihm.

»So! Jetzt haben wir freie Sicht auf die beiden. Was die wohl im Schilde führen?«

»Vielleicht wollen die einfach bloß etwas trinken.«

Erwin wandte den Blick nicht von den beiden ab. »Findest du nicht auch, dass sie ein wenig nuttig daherkommt?«

»Na ja. Sie hat vielleicht einen sehr kurzen Rock an. Das tragen die Mädchen von heute eben so«, zuckte Willi die Achseln.

»Ich finde ihn viel zu kurz. Was, wenn dieser Belmont seine Frau auf den Strich schickt?«

»Jetzt mach mal langsam, bevor du dich da wieder verrennst.«

Die Bedienung kam vorbei und blickte Willi und Erwin fragend an.

»Wir sind umgezogen. Die Klimaanlage, wissen Sie?«

»Wir haben keine Klimaanlage.« Sie stellte die Vase mit der Plastikblume und die Kerze mittig auf den verlassenen Tisch.

»Auf jeden Fall hat es gezogen. Wir sind jetzt hier.«

Sie stampfte weiter und kassierte ein Pärchen zwei Tische daneben ab.

Justus kehrte mit seiner Tanzpartnerin zurück. Ihm lief der Schweiß von der Stirn; er sah irgendwie fertig aus.

Iris hingegen strahlte, als wäre sie von einem erfolgreichen Einkaufsbummel zurückgekommen.

»Was macht ihr denn jetzt hier?« Justus schenkte sich und Iris im Stehen nach.

»Setz dich und schau, wer gerade hereingekommen ist.«

Die beiden rutschten auf die Sitzgruppe und ließen die Blicke durch den Saal schweifen.

»Ah!« Iris hatte die beiden als Erste entdeckt. »Jetzt wird es interessant.«

»Lasst die beiden in Ruhe«, sagte Justus. »Die wollen sich bloß amüsieren, genau wie wir. Bedienung! Bitte bringen Sie uns noch so ein Fläschchen, ja?« Er schnippte mit den Fingern und drückte der Dame das Leergut in die Hand.

»Justus, mach langsam! Ich wollte nun wirklich ein Bier trinken.«

»Nichts da. Heute gibt es nur vom Feinsten!«

Willi leerte sein Glas in einem Zug und rückte näher an Iris heran. »Erwin meint, dass die Belmont eine Prostituierte sei und er ihr Zuhälter.«

»Die süße Kleine?«

Alle vier musterten Julie aus der Ferne.

»Nein. Das glaube ich nicht. Dann würde sie bestimmt keine teuren Cremes verkaufen.« Iris hielt ihr leeres Glas vor Justus' Gesicht, nachdem die Bedienung die Feiernden mit der gewünschten Flasche versorgt hatte.

Er füllte fleißig auf und prostete erneut in die Runde. Nachdem er sein Glas abgestellt hatte, wandte er sich an Erwin. »Wir schnüffeln morgen einfach ein wenig an ihrem Verkaufsstand herum, wie geplant. Wirst schon sehen, die beiden machen lediglich ihren Job.«

Justus hatte den Satz kaum beendet, als ein Mann mit Baseballkappe durch die Tür kam und geradewegs auf den Tisch der Belmonts zuging.

»Jetzt wird's doch noch interessant.« Erwin drehte den Kopf leicht seitlich und beobachtete aus den Augenwinkeln den gegenüberliegenden Tisch. Offenbar kannten die sich.

»Wer ist das?«, wollte Iris wissen.

Willi schenkte sich und Erwin nach. »Keine Ahnung. Vielleicht jemand aus dem Kurhotel.«

Es dauerte nicht lange, und Julie betrat allein die Tanzfläche. Anscheinend war ihr das Gespräch der Männer zu langweilig. Mitten auf dem Tanzparkett, das sie für sich allein hatte, fing sie an, sich ganz langsam zu bewegen. Dabei fuhr sie sich aufreizend mit der einen Hand durch die Haare, während die andere sich um den Rock kümmerte.

»Wo ist eine Stange, wenn man sie braucht?« Justus ärgerte sich sofort, dass er sich zu dieser unpassenden Aussage hatte hinreißen lassen. Immerhin war eine Dame am Tisch.

Diese störte sich aber nicht daran. Sie fand es viel spannender, Julies Bewegungen zu folgen.

Erwin ließ die Tanzeinlage ziemlich kalt. Er war viel mehr daran interessiert, was am anderen Tisch vor sich ging. Die beiden Männer steckten die Köpfe zusammen, als ob sie verhandeln würden.

Justus schenkte nach und orderte eine weitere Flasche.

»Jetzt sag noch einer von euch, dass da nicht mehr dahintersteckt. Schaut, was da drüben los ist!« Erwin war sehr aufgeregt.

Acht Augen sahen jetzt zu Jean Belmont und dem ominösen Fremden. Sie beobachteten, wie Jean dem Mann einen Umschlag über den Tisch schob, den dieser umgehend in seiner

Jackentasche verschwinden ließ.

»So!« Erwin haute auf den Tisch. »Das ist der Beweis!«

Iris und Willi waren ebenfalls überzeugt, dass an den beiden etwas faul war.

Justus insgeheim auch. Da aber einer den Rest der Bande bremsen musste, hielt er für besser, ein wenig den Gegenpol zu spielen. Das federte die ganze Euphorie um die Belmonts ein wenig ab. Justus stellte sein Glas hin. »Erwin, bleib mal ganz ruhig! Alles, was wir gesehen haben, war, wie ein Mann einem anderen ein Kuvert gab. Geschieht tagtäglich am Postschalter oder bei Geburtstagsfeiern.«

»Aber doch nicht in einem Tanzlokal. Schaut, jetzt geht er.«

Der Mann setzte seine Baseballkappe auf, grüßte noch kurz auf die Tanzfläche zu Julie, die sich mittlerweile in Trance geschunkelt hatte, und verschwand.

Jean Belmont postierte sich neben die Tanzfläche und winkte Julie zu sich.

Diese reagierte nicht, worauf er nach ihr pfiff.

»Der könnte bei mir lange pfeifen«, meinte Iris und ließ sich nachschenken.

Da Julie immer noch nicht reagierte, betrat ihr Mann das Parkett und zog sie von dort herunter.

Nach kurzem Protest holte sie ihre Jacke vom Stuhl.

Jean warf einen Schein auf den Tisch, und die beiden verließen das Lokal.

Nun war endlich Justus die Hauptperson des Abends. Grund genug für ihn, zu härteren Mitteln zu greifen.

»Vier Tequila Sunrise, bitte!«

***

Zu vorgerückter Stunde hatten die Beteiligten ordentlich einen im Tee. Allen voran Justus.

Die Motivation des DJs ließ zu wünschen übrig. Er hatte irgendeine Best-of-CD aus den Achtzigern eingelegt und spielte mit seinem Handy.

»Wollen wir nicht auch gehen? Ich bin müde!« Iris gähnte.

»Ach, kommt. So jung kommen wir nicht mehr zusammen«, lallte Justus und winkte die Bedienung zum Tisch.

»Sei mir nicht böse, Justus, aber ich will jetzt auch ins Bett«, sagte Erwin. »Guck, Willi schläft schon.«

Als die Bedienung auch noch verkündete, dass der Laden bald schließen würde, hatte auch Justus verstanden, dass es Zeit war zu gehen. »Na, dann machen Sie mir bitte die Rechnung fertig.«

»Hab ich schon!« Sie reichte ihm den Beleg.

Justus staunte nicht schlecht, als er den Betrag sah. »Geht auch Karte?«

Die Bedienung nickte und verschwand mit dem Plastik an die Kasse.

Erwin weckte Willi, der umgehend darauf bestand, nicht geschlafen zu haben.

Iris bestätigte ihn dabei, obwohl sie nicht wirklich darauf geachtet hatte. Während die Bedienung im Anmarsch war, zog Iris ihre Jacke an, und Willi verschwand noch mal aufs Klo. Schließlich war das Kurhotel gut und gerne fünf bis acht Gehminuten entfernt. Je nach Alkoholspiegel.

»Die Karte funktioniert nicht. Haben Sie noch eine andere?«

Justus wurde rot im Gesicht. »Das kann nicht sein. Versuchen Sie es bitte noch einmal?«

»Habe ich schon. Ungefähr zehnmal.«

Justus griff in seine Hosentasche und holte die Geldscheinklammer mit der zweiten Kreditkarte und dem Gutschein von der Raststättentoilette hervor. »Dann nehmen Sie diese!«

Die Dame ging, während sich Justus bei Iris über die verdammte Technik beschwerte.

Willi war auch zurück und wollte gehen.

Erwin klärte ihn auf.

Die Bedienung winkte.

Justus winkte zurück.

»Du, ich glaube, sie meint, dass du zu ihr kommen sollst.«

»Meinst du? Ach, klar! Wegen der Unterschrift. Ich bin gleich wieder da. Pass du mir in der Zwischenzeit auf die beiden Jungs auf.«

Der Versuch, geraden Schrittes zur Theke zu schreiten, gelang ihm gerade so, da er starke Schlagseite nach links hatte.

Erwin beobachtete, wie Justus mit der Kellnerin debattierte. Schnell erkannte er, dass sein Freund Hilfe benötigte und ging hin.

»Um was geht's denn?«

»Erwin, versuch du bitte, der Dame zu erklären, dass ihr Gerät kaputt ist.«

»Vielleicht sind aber auch Ihre Karten nicht gedeckt«, verteidigte sie sich. »So oder so, ich würde nun gerne abkassieren.«

»Erwin ... könntest du vielleicht ...« Justus war kreidebleich im Gesicht.

»Klar. Was macht es denn?« Die Kellnerin legte ihm den Kassenbon vor. »Heiliger Bimbam! Dabei haben wir nicht einmal gegessen. Sind das Lire?«

Sie klärte Erwin auf, dass auch in Italien mittlerweile mit Euro gezahlt würde. Danach fügte sie hinzu, dass Champagner nun einmal kein Selters sei.

Erwin ergab sich und reichte ihr seine Bankkarte.

Die Frau zog sie durch den Kartenschlitz, und das Gerät ratterte.

»Sehen Sie? Unser Gerät funktioniert.« Sie legte Erwin den

Beleg vor, den er unterzeichnete.

»Da muss ich morgen gleich mal bei meiner Bank anrufen. Eine Frechheit ist das.« Justus nahm seine Karten an sich.

»Das lässt sich sicherlich klären. Du kannst mir das Geld dann überweisen. Trotzdem, Justus. Musste das denn sein? Drei Flaschen Champagner, die ganzen Cocktails … Ich weiß ja, dass du gut verdienst. Aber muss man es denn gleich so krachen lassen?«

Justus legte den Arm um seinen Freund. »Ich werde nur einmal sechzig. Du, Erwin … das müssen wir bei den anderen nicht erwähnen.«

»Das brauchen wir nicht. Alle wissen, dass du heute sechzig geworden bist.«

»Nein, das mit der Kreditkarte meine ich. Wie sieht das denn vor Iris aus? Die denkt sofort wer weiß was.«

Erwin nickte verständnisvoll. »Keine Sorge, ich sage keinen Ton.«

»Was war denn?«, wollte Willi wissen, der bereits mit Iris vor dem Tisch stand.

»Ach, die Bedienung war sich nicht sicher, ob wir drei oder vier Flaschen Champagner hatten.«

Damit gab Willi sich zufrieden. Hauptsache, sie konnten los.

Iris hakte sich bei Erwin und Willi unter, während sich Justus sein Jackett überwarf.

Er steckte seine beiden Karten zurück in die Geldscheinklammer und folgte seiner Bande.

Als die Bedienung mit einem feuchten Lappen und einem Tablett an den Tisch kam, fand sie eine kleine Aufmerksamkeit vor. Einen Gutschein über fünfzig Cent von der Raststättentoilette.

# Telefonkonferenz mit Heusäckchen

»Pst … Guten Morgen. Bleiben Sie ruhig liegen. Ich bringe Ihre Heusäckchen«, flüsterte eine Frauenstimme sanft in Erwins Zimmer hinein.

»Hm.« Erwin lag mit seiner Stirnlampe auf dem Kopf in seinem Bett und schmatzte. Er drehte sich im Halbschlaf demonstrativ zur Seite. Dadurch verrutschte seine Bettdecke ein wenig und legte sein Gesäß frei. Gottlob von seiner Pyjamahose bedeckt.

Die Frau, die in sein Zimmer kam, hatte einen Rollwagen dabei. Sie stellte ihn neben Erwins Bett ab und schlug ein Tuch zur Seite, um das erste Säckchen vom Wagen zu nehmen. Als sie Erwins Bettdecke vorsichtig anheben wollte, wurde sie von ihm am Arm gepackt.

»Halt! Wer da!«

Erwin schaltete seine Stirnlampe ein, und ein schneeweißer Lichtkegel traf die Frau direkt im Gesicht, was ihr ein spitzes »Ah« entlockte. Erwin, immer noch schlaftrunken, warf seinen Kopf hin und her wie ein Buchfink, dem sich eine Katze näherte. Mit seinem Kopf bewegte sich natürlich auch der

Lichtkegel ständig mit. Fehlte nur noch eine Nebelmaschine, und jede Disco wäre neidisch gewesen.

»Lassen Sie meinen Arm los! Ich bringe Ihnen nur die Heusäckchen!«, schrie die Frau und blinzelte stark, weil sie weiterhin von der Lampe geblendet wurde und deshalb lauter farbige Punkte sah.

Erwin ließ ihren Arm los. »Sagen Sie das doch gleich! Verzeihung.« Er schaltete die Lampe auf seiner Stirn aus und ließ die Dame ihre Arbeit tun. »Hm. Das riecht aber gut«, versuchte er, die Stimmung zu lockern. »Das riecht wie … wie …«

»Heu!«

»Genau. Sagen Sie, wie lange soll ich die denn …« Erwin zuckte zusammen, als die Frau ihm das erste Säckchen auf den Bauch legte. »Huch, die sind ja warm!« Das zweite kam auf die Brust; das dritte schob sie anstelle seines Kissens unter seinen Kopf.

»Ach! Das tut gut. Wie lange soll ich denn so liegen bleiben? Ich müsste nämlich kurz … na, Sie wissen schon.«

»Das hätten Sie aber auch früher sagen können.« Sie packte die Säckchen zurück auf den Rollwagen, und Erwin flitzte ins Bad.

Natürlich schloss er ab. Sicher ist sicher. Ihm war das Ganze peinlich. Zumal man davon ausgehen konnte, dass eine herkömmliche Badezimmertür alles andere als schalldicht war. Vielleicht war eine kleine Konversation in diesem Moment die beste Wahl.

»Da beginnt Ihr Tag aber ganz schön früh!«, rief Erwin durch die Tür, nachdem er den Toilettendeckel nach oben geklappt und sich gesetzt hatte.

»Ach, da gewöhnt man sich dran! Dafür kann ich eher …« Das Plätschern im Toilettenbecken übertönte ihre Stimme.

»Sagten Sie noch etwas?«

»Ich meinte, dass ich …« Weiter kam sie nicht, weil Erwin

die Spülung betätigte.

Nach einer übertrieben ausgiebigen Handwäsche entriegelte er die Tür und öffnete sie. Er löschte das Licht im Bad und wetzte wieder zurück auf seine Matratze, bereit, sich zu entspannen. Beherzt platzierte sie die Säckchen abermals an die gleichen Stellen und wickelte Erwin fest in die Bettdecke ein.

»Ich danke Ihnen. Entschuldigen Sie bitte das Missgeschick. Das war mein Fehler.«

»Ich weiß!«, erwiderte sie keck und rollte zur Zimmertür. »Wenn Sie aufgestanden sind, legen Sie die Säckchen bitte einfach vor Ihre Zimmertür. Ich hole sie später ab.«

»Aye, Captain!«

Sie schloss die Tür hinter sich.

Erwin schaute auf seine Uhr. Viertel vor sechs. Die hatte Nerven. Um diese Zeit einfach in sein Zimmer zu schneien. Er legte sich entspannt zurück und schloss die Augen.

Die Ruhe währte allerdings nur kurz, weil nebenan Willi mit der Dame um die Wette schrie. Anscheinend hatte sie auch ihn eiskalt aus seinen Träumen gerissen.

Erwin langweilte sich. Einfach nur so dazuliegen und nichts tun, war nicht sein Ding. Lesen konnte er auch nicht, da sein Buch auf dem Schreibtisch lag und er so schön eingepackt war. Mit ein wenig Mühe konnte er aber sein Handy auf dem Nachttisch erreichen. Da Justus und Willi nun auch wach waren, konnte man wenigstens Konversation betreiben. Erwin aktivierte sein Smartphone und versuchte, sich daran zu erinnern, wie das mit der Konferenzschaltung funktionierte. Seine Enkelin hatte sich solche Mühe gegeben, als sie ihm das erklärt hatte.

»Willi?«

»Hier ist das Tonband von Wilhelm Degen. Derzeit ist es mir nicht möglich, an den Apparat zu gehen. Ich … was? Ja, ich weiß! Ich rufe zurück. Auf Wiederhören, sprechen Sie jetzt bitte nach dem Pfeifton … Hallo? …Ja, Eva, ich weiß. Ich muss doch … Piep!«

»Willi, ich bin es. Du, zur Info: Dein Ansagetext ist unter aller Kanone. Da hört man im Hintergrund immer die Eva, wie sie reinquatscht. Mach da mal was Neues! Ach ja, ruf mich bitte zurück. Ich liege hier mit den Säckchen.« Erwin legte auf und wählte die Nummer von Justus.

»Justus?«

»Guten Morgen, Erwin. Findest du es nicht ein bisschen früh?«

»Hast du denn schon deine Säckchen?«

»Das war vielleicht was. Kommt die Tante rein und klappt die Bettdecke zurück. Ich nackt! Sie erschrickt.«

»Warum hast du denn nichts an? Die arme Frau!«

»Entschuldigung! Vielleicht war ich gestern ein wenig zu betrunken, um meinen Schlafanzug zu finden.«

»Den hat man griffbereit unter der Bettdecke.«

»Was willst du denn überhaupt schon so früh? Es ist noch nicht mal sechs Uhr!«

»Wart mal kurz, ich hol noch den Willi mit in die Leitung. Konferenzschaltung.«

Noch bevor Justus dazu einen Ton sagen konnte, war Erwin schon damit beschäftigt, wie wild auf seinem Display herumzuwischen und zu drücken.

Er bekam Willi in die Leitung, aber dafür war Justus jetzt raus. Dann hatte er wieder Justus am Ohr, und zwei Sekunden später waren beide weg. Dieses Spiel zog sich noch ein wenig in die Länge, und die entspannende Wirkung der Heusäckchen war bald für alle Beteiligten wie weggeblasen.

Justus erbarmte sich – trotz Riesenschädel vom Champagner, wie er betonte – und nahm die Sache in die Hand. Er kannte Erwin zu lange, um zu wissen, dass der nicht eher ruhen würde, bis die Gesprächsrunde stand. Dass sich die drei Freunde ohnehin eine Stunde später beim Frühstück sehen würden, war egal.

»Justus! Da bist du ja! Willi, bist du auch da?«

Willi bestätigte seine Anwesenheit.

»Na, seht ihr, dann habe ich es doch noch hingekriegt.«

»Erwin … ich habe euch beide angerufen. Das Ganze läuft jetzt über mein Handy.«

»Ist ja auch egal. Justus, du bist ganz schlecht zu verstehen.«

»Das liegt daran, dass ich eins der Säckchen auf meinem Gesicht habe. Mensch, hab' ich 'ne Birne.«

Erwin erzählte Willi, dass Justus nackt sei.

Willi ging nicht darauf ein, weil er immer noch zitterte. Die fremde Frau in seinem Zimmer hatte ihm einen gehörigen Schreck eingejagt. Er erzählte, dass er sich im Traum in einer Pathologie auf dem Seziertisch befunden hatte. »Und als ich die Augen geöffnet habe und die Dame mit dem Rollwagen neben mir stand, wirkte sich das äußerst ungünstig auf meinen Blutdruck aus.«

»Willi, du bist nicht tot, du hast nur gestern, wie wir alle, ein bisschen zu viel getrunken. Alles in Ordnung. Erwin, was willst du denn nun von uns?«

»Findet ihr die Säckchen nicht auch sehr angenehm?«

»Komm zum Punkt!«

»Ich habe im Hausprospekt gelesen, dass man sich solche elektrischen Fahrräder leihen kann. Was meint ihr? Wollen wir das mal ausprobieren?«

Justus war skeptisch. »Ich glaube nicht, dass ich in meinem Zustand am Straßenverkehr teilnehmen sollte.«

»Ich meinte am Nachmittag. Bis dahin hast du bestimmt alles abgebaut. Willi, was denkst du?«

»Der Wasserhahn in meinem Badezimmer tropft!«

»Lass bloß die Finger davon! Was du zu einer Fahrradtour meinst, wollte ich wissen.«

Willi war alles recht. Hauptsache, die fremde Frau kam nicht wieder in sein Zimmer.

Justus zog das Säckchen von seinem Gesicht. »Das mit den Rädern hat nicht bis zum Frühstück warten können?«

»Nein, hat es nicht. Außerdem wollte ich mit euch noch mal über die Belmonts sprechen. Das war vielleicht was gestern. Fandet ihr nicht auch, dass … Hallo? Justus? Willi?«

***

Erwin wollte nach dem Frühstück unbedingt ein paar Runden schwimmen. Er war fest davon überzeugt, auf diese Weise den Kater, der in seinen Knochen steckte, endgültig vertreiben zu können. Willi hatte in den vergangenen Tagen eher schlechte Erfahrungen mit dem Element Wasser gemacht. Er zog es vor, ein wenig durchs Grüne zu spazieren. Außerdem war es an der Zeit, sich endlich einmal bei Eva zu melden.

Justus hatte viel Wichtigeres zu erledigen. Unter dem Vorwand, er müsse sich um geschäftliche Dinge kümmern, nutzte er die Zeit, um sich bei Herrn Völkers von seiner Bank zu melden.

Seit geraumer Zeit schon zog er es vor, Briefe von der Bank ungeöffnet und Anrufe seines Beraters unbeantwortet zu lassen. Auf diese Weise war er nicht gezwungen, sich mit Problemen auseinanderzusetzen, wenn es ihm gerade nicht passte. Allerdings war die Erfahrung, mit gesperrten Kreditkarten vor der Kasse eines Tanzlokals zu stehen, neu für Justus. Diese Peinlichkeit erforderte eine intensivere Auseinandersetzung mit seiner aktuellen Liquidität.

»Herr Völkers, ich grüße Sie.«

»Guten Tag, Herr Bach.«

»Ich habe gesehen, dass Sie gestern versucht haben, mich zu erreichen. Wissen Sie, ich hatte gestern meinen Sechzigsten.«

»Oh, da gratuliere ich Ihnen nachträglich.«

Justus druckste mit Oberflächlichkeiten um sein wahres Anliegen herum, bis er endlich Mut fasste und damit herauskam: »Herr Völkers, gestern gab es eine unschöne Szene in einem Lokal. Mit meinen Kreditkarten ist was nicht in Ordnung. Können Sie bitte einmal nachsehen?«

»Das muss ich nicht, Herr Bach. Das war der Grund meines gestrigen Anrufes. Leider können wir Ihnen keine weitere Ausdehnung Ihres aktuellen Kreditrahmens gewähren. Dafür bräuchten wir mehr Sicherheiten.«

»Das heißt?«

»Es tut mir sehr leid. Besonders, da Sie gestern Geburtstag hatten. Nochmals alles Gute. Ich muss Ihnen aber leider mitteilen, dass wir Ihre Kreditkarten bis auf Weiteres gesperrt haben. Dies ist letztendlich auch in Ihrem Sinne.«

»Herr Völkers, ich bitte Sie! Wie lange bin ich nun schon Kunde Ihrer Bank? Sie konnten sich bisher immer auf mich verlassen.« Justus' Ton wurde strenger. »Habe ich nicht auch viele meiner Klienten an Ihre Bank vermittelt, um deren Immobilien zu finanzieren? Da wird es wohl möglich sein, einmal …«

»Ich kann Sie gut verstehen, Herr Bach«, unterbrach ihn Völkers. »Dennoch muss ich mich auch an die Vorschriften unseres Hauses halten. So gerne ich Ihnen …«

»Ach, hören Sie auf! Ihr lebt sicher auch nicht schlecht von den Zinsen meiner Schulden!« Justus war nun richtig in Fahrt.

»Wie gesagt, Herr Bach, es tut mir leid. Melden Sie sich, wenn Sie eine Möglichkeit sehen, Ihre Konten auszugleichen. Ich wünsche Ihnen einen schönen Tag.«

»Hallo? Herr Völkers? … Verdammt. So ein Sack!«

Justus war derart aufgebracht, dass er beinahe sein Handy auf den Boden geworfen hätte. Woher sollte er das Geld denn nehmen? Auf eine Verkaufsprovision konnte er sich bei der momentanen Immobilienlage nicht verlassen. Bisher hatte er abwechselnd seine Kreditkarten belastet, um die eine mit der anderen auszugleichen. Natürlich war es nur eine Frage der Zeit gewesen, bis sich das Limit der Karten gegenseitig eingeholt hatte.

Er musste unbedingt so schnell wie möglich wieder flüssig werden. Justus erinnerte sich an die Annoncen in der Zeitung, die Sofortkredite ohne Schufa bewarben. Vielleicht gab es da auch seriöse Anbieter?

***

»Hey, Justus! Ich sage dir, das Wasser war herrlich.«

»Hallo, Erwin.«

»Wieder eine Villa verkauft, du Teufelskerl?«

Justus lächelte müde und nickte nur, während sich sein Freund in Bademantel und Schlappen mitten im Empfangsbereich die Haare mit einem Handtuch trocken rubbelte. »Du, Justus, hast du schon bei der Bank angerufen?«

»Nein, muss ich noch machen.«

»Ja, bleib da dran. Stell dir vor, ich wäre nicht da gewesen. Du, ich habe mir aber überlegt, du brauchst mir das Geld nicht extra zu überweisen. Wir fahren doch heute in die Ortschaft runter.«

»In die Ortschaft?«

»Ja. Ich wollte euch auf ein Eis einladen, weil mir das mit dem Hotel passiert ist. Da dachte ich, wir könnten das wunderbar mit unserer Fahrradtour verbinden.«

»Und was hat das mit deinem Geld zu tun?«

»Ach, ich dachte, wir springen schnell zu einem Bankautomaten, und du kannst es mir so geben. Ich habe kaum Bargeld dabei, das passt gerade ganz gut. Wollen wir das so machen?«

Justus wand sich und suchte nach den passenden Worten, als er von Erwin wortlos an den Schultern gepackt wurde. Erwin drehte ihn um hundertachtzig Grad, sodass er ein Spektakel durch die große Fensterfront miterleben konnte, das Erwin über Justus' Schulter hinweg soeben entdeckt hatte.

»Da ist Willi!«, bemerkte Justus und starrte Erwin verwundert an. »Was macht er denn da schon wieder mit dem Hausmeister?«

Willi befand sich auf der angrenzenden Wiese auf einem Aufsitzmäher, während der Hausmeister danebenstand.

»Jetzt geht er aber zu weit. Komm, Justus, wir müssen da was unternehmen!« Erwin packte Justus am Ellbogen und zog ihn mit nach draußen. Während sie gingen, legte sich Erwin sein Handtuch um den Hals und schnürte den Bademantel enger. »Das wird immer schlimmer mit dem!«

Justus konnte ihm nur zustimmen, überließ aber Erwin das Wort. Immerhin hatte er momentan andere Sorgen.

»Willi, geh da runter!«, kommandierte Erwin schon von Weitem und erhöhte das Schritttempo.

»Schau mal, Erwin, der hat siebzehn PS!«, rief Willi fröhlich.

Kurz darauf standen Erwin und Justus vor dem kleinen Rasentraktor und wurden Zeugen, wie zwei erwachsene Männer wie kleine Jungs an den Knöpfen und Hebeln des Gefährts herumspielten.

»Tach auch«, grußte der Hausmeister.

»Was ist denn mit euch los?« Erwin wunderte sich über die Harmonie, die offensichtlich zwischen seinem Freund und dem Hausmeister herrschte.

»Klasse, oder?«, freute sich Willi. »Der ist heute angekommen. Herr Wirth war so freundlich, ihn mir gleich zu zeigen. Stellt euch vor, was es dafür alles gibt. Mit dem kannst du Schnee räumen, die Straße kehren oder ganz normal den Rasen mähen. Ist das nicht stark?«

»Ja, wunderbar, Willi.«

»Du, der Herr Wirth …«

»Wir hatten uns bereits aufs *Du* geeinigt, Willi«, warf Herr Wirth ein.

»Stimmt. Der Werner hat ganz tolle Sachen. Der hat ein Gerät, da kannst du in der Mauer die Rohre mit aufspüren.«

»Nicht nur das, Willi. Was habe ich dir noch erklärt?«

»Ach, ja! Es kann auch erkennen, ob das Rohr aus Eisen oder Kupfer ist.«

Werner Wirth nickte zustimmend und fand lobende Worte für den lernfähigen Willi.

Erwin blickte den Hausmeister fragend an.

Der zuckte die Schultern und sagte: »Besser, ich hab den Willi um mich. Dann hab ich ihn eher unter Kontrolle. Außerdem ist es auch für mich schön, wenn sich jemand für meinen Job interessiert.«

»Willi, nach dem Mittagessen wollten wir mit den elektrischen Fahrrädern die Gegend ein wenig unsicher machen. Vergiss das nicht!«

»Ich doch nicht.« Willi stieg von dem Mäher ab und betrachtete ihn von hinten. »Wir sehen uns dann im Speisesaal.«

»Willst du nicht mitkommen? Ich reserviere jetzt die Räder.«

»Keine Zeit. Werner und ich kümmern uns gleich um den Aufzug. Das neue Schaltelement wurde heute geliefert. Das wollten wir gleich einbauen.«

Erwin nickte und ging mit Justus ins Gebäude.

»Auch ’ne Art Therapie«, meinte er.

»Wenn es ihm Spaß macht!«

»Ist das jetzt sein neuer Freund, oder was?«

Justus zog die Augenbrauen hoch. »Bist du etwa eifersüchtig auf den Hausmeister?«

»Ach, woher denn! Ich mein ja bloß. Der winkt einmal mit einem Schraubenschlüssel, schon steht Willi Gewehr bei Fuß.«

# Born to be wild

»Ist es denn unbedingt nötig, den Helm aufzusetzen?«

Michael Pfaff hörte diese Frage nicht zum ersten Mal. Allerdings wurde diese meist von Damen gestellt.

»Unbedingt. Versicherungstechnisch sind wir dazu verpflichtet, Sie komplett auszustatten. Außerdem ist es auch gut für Sie. Warten Sie, ich habe ihn auch noch eine Nummer größer.«

Willi zog wie wild an den vorderen Gurtbändern und versuchte mit Gewalt, den Helm auf seinen Kopf zu bringen. Es bot sich an, den Helm mit Erwin zu tauschen. Dessen Modell verdeckte fast komplett seine Augen.

Justus betrachtete seine Kopfbedeckung skeptisch. »Und die gibt es wirklich nur in Rot?«

»Selbstverständlich nicht. Wir haben uns allerdings für diese Farbe entschieden. Es ist schließlich auch zu Ihrer Sicherheit. Kommen Sie, ich erkläre Ihnen noch schnell die Fahrräder.«

Justus schloss den Kinngurt. »Genau deshalb fahre ich nicht mit dem Rad.«

***

Erwin trat lässig in die Pedale und ließ sich den Wind um die Nase wehen. »Ich muss zugeben, dass so ein elektrisches … wie sagte der Pfaff noch mal?«

»E-Bike!«, ertönte es von vorne und hinten, da Erwin zwischen Justus und Willi radelte.

»Genau. Also Spaß macht so ein Ding schon. Schade nur, dass es kein Gas gibt.«

»Dann wäre es ein Mofa«, frotzelte Justus.

Erwin überlegte, ob man das Gerät nicht irgendwie frisieren könnte. Er war fest davon überzeugt, dass geschwindigkeitsmäßig noch einiges aus dem Rad herauszuholen wäre. »Wie weit kommen wir mit dem Akku, hat der Pfaff gesagt?«

»Das hängt ganz von der Geschwindigkeit ab.« Willi streckte seinen linken Arm aus und bog ab.

»Dann kommen wir also einmal um die Erde damit. Können wir nicht einen Zahn zulegen?«

»Justus, wir sind noch lange nicht bei der Tour de France. Genieße lieber die Landschaft und die frische Luft. Ist es nicht herrlich?«

»Ich rieche nur Kuhscheiße«, maulte Justus, überholte und setzte sich an die Spitze der Gruppe.

»Oh ja, lasst uns einen belgischen Kreisel machen.« Willi wies Erwin an zu überholen.

Der sträubte sich. Außerdem wusste er nicht, was Willi damit meinte.

»Eigentlich hätten wir Iris fragen können, ob sie auch hätte mitkommen wollen!«, grölte Justus nach hinten und fuhr Schlangenlinien.

»Du glaubst wohl nicht ernsthaft, dass die einen Helm aufgesetzt hätte.«

»Vielleicht, wenn es einen von Chanel gibt«, witzelte Willi. »Und das Rad von Armani. Mit einem Gucci-Sattel!«, ergänzte er.

»Ihr zwei seid vielleicht Affen! Die ist überhaupt nicht so. Außerdem wundert es mich stark, dass ihr beiden Dorfnasen solche Marken überhaupt kennt.«

»Wir haben Fernsehen und Internet, mein Lieber«, rief Erwin von hinten. Dann gab er ein bisschen Gas und setzte sich mit seinem Rad an die Spitze neben Justus. »Ist da vielleicht jemand verknallt?«

Willi drückte abwechselnd auf den beiden Knöpfen der Motorsteuerung an seinem Lenker herum.

»Quatsch!« Justus versuchte, gleichgültig zu wirken.

»Ich darf mal durch?«, brüllte Willi und schob sich zwischen die beiden. »Ich habe mir überlegt, dass man einen zweiten Akku anschließen könnte, dann würde es vielleicht schneller fahren.«

»Genau!«, bestätigte Justus. »Stell dir vor, wenn wir sechs Akkus in Reihe schalten, könnten wir auf die Autobahn. Bei zehn Akkus wären Zeitreisen endlich Realität!«

»Die Akkuleistung hat nicht zwingend etwas mit der Geschwindigkeit zu tun«, belehrte Erwin seine Freunde und grinste.

»Ihr nehmt mich einfach nicht ernst. Wollen wir dann wenigstens einmal die höchste Stufe ausprobieren?«

»Slow down, Willi. Schau, da vorne beginnt die Ortschaft. Wir können dort nicht so hineinrasen. Außerdem sehe ich von hier einen Kreisverkehr.«

Die Männer passierten das Ortsschild und fuhren in den Kreisverkehr hinein. Justus meinte, dass ihn diese Szene an Don Camillo und Peppone erinnern würde. Voller Freude fuhren sie stetig im Kreis. Willi bemerkte nebenbei, dass jeder von ihnen momentan rein theoretisch vorne, hinten und in der Mitte fuhr. Nach etlichen Runden wurde es Justus schwindlig, und er bog in die Hauptstraße ein, die links und rechts von Straßencafés gesäumt war.

»Erwin, ich brauch eine Pause!«, schrie er.

»Das trifft sich gut, ich will jetzt ein Eis. Willi, wie sieht's bei dir aus?«

Willi bremste neben den beiden, stieg vom Rad und deutete auf den Akku, der am Rahmen anmontiert war. »Seht ihr, dort könnte man wunderbar eine weitere Batterie befestigen.«

»Gerne, Willi, nach einem Becher Eis«, sagte Erwin. »Da drüben wird ein Platz frei. Von dort haben wir einen wunderbaren Blick auf unsere Räder.«

»Erwin, mit Verlaub. Die meisten Leute im Umkreis von fünfhundert Metern gehen auf Krücken oder sind hundert Jahre alt. Wer soll uns schon die Räder klauen?« Justus setzte sich und schnappte sich als Erster die Eiskarte.

»Die Eisdiele heißt *Venezia*. War ja klar«, bemerkte Erwin.

»Stimmt«, nickte Willi. »Die heißen meistens so. Oder *Italia*.«

»Nein!«, widersprach Justus. »*Italia* ist immer eine Pizzeria. Oder noch besser: *Pinocchio*. Was, bitteschön, hat eine Holzpuppe mit Pizza zu tun? Habe ich noch nie verstanden.«

»Ich war mit Eva mal in einer Pizzeria, die hieß *Zum alten Wirt*. Das war auch nicht so passend«, ergänzte Willi und guckte bei Justus mit in die Karte.

Eine männliche Bedienung kam an den Tisch.

Erwin bestellte für seine Freunde und sich je ein Spaghettieis, und er bat den Kellner, bitte überall ein paar Amarenakirschen hinzuzugeben.

»Eigentlich hätte ich gerne den Sommerbecher gegessen.«

»Justus, muss das sein? Das viele Obst. Wir sind zum Eisessen gekommen und nicht für eine Ananasdiät.«

Die Eisbecher ließen nicht lange auf sich warten. Willi verteilte seine Kirschen an Justus und Erwin, weil er die nicht mochte.

Die belebte Straße und die angrenzenden Cafés boten viel

fürs Auge, für einen Kurort gab es überraschend viel Auswahl für konsumfreudige Gäste. Und da die Läden geöffnet hatten, herrschte reger Betrieb. Nicht nur die üblichen Verdächtigen wie Sanitätshäuser, Apotheken und Blumenläden, auch diverse Bekleidungs- und Schmuckgeschäfte waren zu finden sowie ein Elektrohandel, den Willi später unbedingt noch besuchen wollte.

Erwin schlug vor, währenddessen mit Justus kurz in die Bank nebenan zum Automaten zu gehen, damit die Schulden endlich beglichen werden konnten.

Justus nickte zustimmend, und Willi wollte wissen, warum.

Justus lenkte schnell ab: »Seht mal, die beiden dort drüben am Tisch an der Straße. Was meint ihr? Ist das seine Frau oder sein Kurschatten?«

Willi und Erwin reckten die Hälse.

»Ich glaube, das ist sein Kurschatten«, meinte Willi. »Der ist bestimmt in unserem Alter, während sie so um die vierzig sein dürfte. Seht nur, wie angeregt der sich mit ihr unterhält. Also Eva und ich unterhalten uns eigentlich nicht so viel, wenn wir essen gehen. Ist auch schon lange her, dass wir essen waren.«

»Renate und ich haben uns immer viel unterhalten«, erinnerte sich Erwin. »Meist über andere, die wir in einem Restaurant beobachteten. Dann haben wir überlegt, wie die sich wohl kennengelernt haben oder was die von Beruf sind. Ach, die Renate …« Erwin wurde still und nachdenklich.

Justus startete sofort das nächste Ablenkungsmanöver: »Was meinst du denn nun, Erwin? Was steckt hinter den Belmonts?«

Erwin überraschte die Frage so sehr, dass er sich fast an einer Kirsche verschluckte.

Auch Willi stierte Justus ungläubig an, während dieser seine Frage fast bereute.

»Tja, die Belmonts.« Erwin kniff die Augen leicht zusammen, um seinem Verdacht mehr Ausdruck zu verleihen. »Ich glaube, dass der sie zu was zwingt, was die überhaupt nicht möchte.«

»Und was genau?«, fragte Willi.

»Das weiß ich noch nicht. Aber ich komm schon noch drauf.«

Willi stieß Erwin in die Seite. »Schau, wenn man vom Teufel spricht. Den Wagen dort kenne ich.«

Mit gemäßigtem Tempo kam ein Lieferwagen näher. Gespannt sahen alle drei zur Straße, bis sich der Wagen auf ihrer Höhe befand.

»Das sind sie. Schau, die Julie sitzt daneben, und er fährt.« Erwin wurde nervös, kratzte den letzten Rest Eis aus seinem Becher und griff in seine Gesäßtasche, um sein Portemonnaie hervorzuholen. »Kommt! Das ist die Gelegenheit!«

»Wie jetzt?« Justus wirkte völlig verwirrt.

»Na, wir folgen den beiden mit unseren Rädern. Ich wette, die haben was vor.«

»Erwin, vielleicht fahren sie einfach bloß durch die Gegend.«

»Das glaube ich nicht.« Er warf das Geld auf den Tisch und winkte der Bedienung zu, dass er gezahlt hatte. »Jetzt kommt! Ihr werdet schon sehen, dass ich recht habe.«

Willi war skeptisch. »Wir kommen denen niemals hinterher. Außerdem wollten wir noch in das Elektrogeschäft!«

»Klar kommen wir denen hinterher. Hier ist fast überall Tempo dreißig. Wir fahren auf der höchsten Stufe. Dann kannst du sehen, was in dem Fahrrad steckt.«

Willi überlegte kurz, nickte entschlossen und folgte Erwin.

Auch Justus ergab sich. Hauptsache, Erwin würde die Sache mit dem Bankautomaten vergessen. Er suchte seinen Helm und bemerkte, dass er ihn die ganze Zeit auf dem Kopf gehabt hatte. Das wäre ihm vor seinem sechzigsten Geburtstag sicher nicht passiert.

»Erwin! Warte auf uns!«, rief er.

Erwin wollte auf keinen Fall die Belmonts verlieren. Er schaltete auf die höchste Stufe und trat in die Pedale. Der Mittelmotor erledigte den Rest.

Doch immer wieder wurden er und die beiden anderen Verfolger durch die unzähligen Fußgängerstreifen im Ort zurückgeworfen. Glücklicherweise kamen die Belmonts auch nicht schneller voran. Erwin legte sich in die Kurve, als ginge es für ihn um das Gelbe Trikot. Da der Weg leicht abschüssig war, hatten Willi und Justus die Möglichkeit, den rasenden Erwin einzuholen. Schneller konnte er in diesem Augenblick nicht fahren, weil er sonst die Belmonts eingeholt und am Ende höchstwahrscheinlich noch überholt hätte.

Der Lieferwagen wurde langsamer und bog in eine Seitengasse ab.

Erwin hielt akribisch seinen Sicherheitsabstand ein. Willi und Justus waren dicht hinter ihm.

»Hoffentlich bleiben die endlich mal stehen. E-Bike hin oder her, ich kann bald nicht mehr.« Justus pfiff aus dem letzten Loch.

»Seht, sie fahren in den Hof. Was wollen die denn in der Metzgerei?«, staunte Erwin.

»Vielleicht haben sie Hunger. Sie ist aber auch dürr«, meinte Willi und stieg von seinem Fahrrad ab. »Was machen wir denn jetzt? In den Hof können wir nicht fahren. Das wäre zu auffällig.«

Justus sah sich um. »Ich weiß, was wir tun. Seht ihr das Nebenhaus? Das grenzt direkt mit dem Garten an den Hinterhof der Metzgerei.«

Erwin klappte den Seitenständer herunter und folgte Justus.

»Wir könnten in der Metzgerei auch eine Kleinigkeit zum

Essen holen«, überlegte Willi laut.

»Willi, jetzt komm!«, zischte Erwin.

Er öffnete das Gartentor des angrenzenden Grundstücks, und die Männer schlichen am Zaun entlang durch den Garten des Zweifamilienhauses zu den Büschen im hinteren Bereich. Von dort aus hatten sie einen erstklassigen Blick auf den Hinterhof der Metzgerei.

Jean Belmont hatte rückwärts vor einer eisernen Doppeltür geparkt, er und Julie waren bereits ausgestiegen. Die beiden klopften an die schwere Tür und warteten.

Erwin dachte daran, dass die signalroten Fahrradhelme inmitten der grünen Bepflanzung alles andere als optimal waren. Aber glücklicherweise waren die Belmonts zu sehr mit sich selbst beschäftigt, um sie zu bemerken. Jean schlug noch einmal etwas beherzter an die Tür.

Endlich tat sich etwas. Die Tür öffnete sich, und ein Mann mit Baseballkappe kam heraus.

»Ach nee! Den kennen wir doch. Das ist der Typ von gestern Abend«, konstatierte Erwin. »Und? Glaubt ihr jetzt immer noch, dass ich mir etwas einbilde?«

»Jetzt warte erst einmal ab! Vielleicht wollen die beiden am Abend einfach nur grillen«, flüsterte Justus.

»Ist das dein Ernst? Und da kommen sie von hinten zur Metzgerei? Nein. Ich sage euch, das stinkt ganz gewaltig.«

Willi machte die beiden darauf aufmerksam, dass der Typ aus der Metzgerei Eimer in den Lieferwagen lud.

»Was wird da wohl drin sein?«

»Auf jeden Fall irgendetwas, das sie gestern geordert haben«, meinte Willi. »Erinnert ihr euch noch, dass dieser Jean dem anderen ein Kuvert gegeben hat? Ich sage euch, der macht dort in der Metzgerei kriminelle Geschäfte.«

Nachdem etliche Eimer verladen waren, schloss Julie die Türen des Lieferwagens.

Jean verabschiedete sich mit Handschlag von dem anderen, der danach hinter der Tür verschwand und sie verschloss.

Erwin wurde hibbelig, weil er unbedingt wissen wollte, wohin die beiden fahren würden. Sie mussten schnell zurück zu den Fahrrädern.

»Was machen Sie denn da?«

Die drei Helme drehten sich gleichzeitig mit einem Mal in gebückter Haltung um. Willi grüßte, während Erwin die Dame einfach nur anstarrte.

Einzig Justus fing sich schnell und reagierte: »Guten Tag. Wir suchen eine Katze, ungefähr so groß«, flunkerte er. »Sie heißt Mohrle und ist getigert. Haben Sie so eine vielleicht gesehen?«

Die Frau verneinte.

»Na, dann müssen wir wohl noch einmal die Straße weiter unten absuchen.«

»Ich habe auch Katzen!«, meinte die Frau und wirkte umgehend besorgt.

»Was Sie nicht sagen! Wir müssen weiter. Sie ist nämlich eine reine Hauskatze und irrt bestimmt hilflos umher. Bitte entschuldigen Sie, dass wir Sie gestört haben. Wiedersehen.«

Justus ging voran. Willi verabschiedete sich mit Handschlag, während Erwin hinterherlief und ständig »Mohrle« und »miez, miez« rief.

Als sie den Garten verließen, fuhr gerade der Lieferwagen vom Hinterhof.

»Schnell!« Erwin trieb seine Freunde an.

»Du willst denen nicht wirklich weiter hinterherfahren?«, sagte Justus.

»Sicher!«

»Und wenn die auf die Autobahn fahren?«

»Das tun die nicht. Habe ich im Gefühl!« Erwin schwang sich auf seinen Sattel und radelte los. Dank des Motors im Tretlager nahm er sehr schnell Fahrt auf.

Justus und Willi hatten Mühe, ihm zu folgen.

Die Belmonts fuhren Richtung Kurhotel aus der Ortschaft hinaus und beschleunigten.

Erwin trat in die Pedale und fluchte, als sich der Wagen immer weiter von ihm entfernte.

Willi und Justus holten auf.

»Na …«, keuchte Justus, »die sind weg. Gib auf!«

Willi nickte heftig dazu.

Plötzlich leuchteten die Bremslichter des Lieferwagens auf; der Wagen bog nach rechts in eine Allee ab.

»Kommt, Männer. Da vorne ist ein Schild. Vielleicht hilft uns das weiter. Anscheinend fahren die an den See.«

Erwin aktivierte seine Reserven und erhöhte die Geschwindigkeit.

Justus fluchte kurz, sparte sich aber den Atem und folgte.

Willi fuhr in Justus' Windschatten. Sein Gesicht hatte mittlerweile die Farbe des Helmes angenommen.

»Campingplatz am See!«, las Erwin laut vor, als er vor dem Schild zum Stehen kam. »Seht ihr die Schranke da vorne? Da sind sie reingefahren.«

»Vielleicht betreiben die beiden dort eine Imbissbude.« Justus gab sich alle Mühe, das Jagdfieber seines Freundes auf ein normales Niveau zu drücken.

»Imbissbude! Nie im Leben.«

»Ich … bin … da. Wir … können dann … weiter«, japste Willi, als er aufgeholt hatte.

»Willi, die sind auf den Campingplatz gefahren«, erklärte Erwin.

»Was … machen die … da … drin?«

»Das werden wir gleich herausfinden. Los!« Erwin machte sich auf zur Schranke.

Willi und Justus blieb keine Wahl. Auch wenn die Neugier der beiden nicht so ausgeprägt war wie bei Erwin, hatte die Aktion immerhin einen leichten Unterhaltungswert. Außerdem konnten sie unmöglich Erwin sich selbst überlassen. Sogar wenn das Kurhotel von dort aus nur knappe drei Kilometer entfernt war. Glücklicherweise war das kleine Häuschen an der Schranke unbesetzt, als die drei Männer passierten.

Erwin radelte langsam zwischen den Wohnwagen und Wohnmobilen auf dem Weg entlang.

Etwas versetzt folgten Justus und Willi. Justus erinnerte sich, dass er zuletzt als Teenager auf einem Campingplatz gewesen war. Seit damals hatte sich anscheinend an diesen Örtlichkeiten nicht viel geändert. Ein Gartenzwerg neben dem anderen in kleinen Vorgärten, die von Dauercampern liebevoll mit kniehohen, weißen Zäunen eingerahmt waren. Hie und da ein Fahnenmast für die Flagge aus dem jeweiligen Bundesland. Ein paar Camper waren sogar im Besitz eines gemauerten Grills. Respekt! Eine Sache war allerdings anders: Auf jedem zweiten Wohnwagen thronte eine Satellitenschüssel von einer Größe, die man noch vor ein paar Jahren höchstens bei der NASA vermutet hätte.

»Vielleicht sind sie dort hinten links bei den Zelten«, brachte sich Willi ein.

Erwin reagierte nicht. Er war viel zu sehr damit beschäftigt, den Platz nach dem Lieferwagen zu durchforsten.

»Erwin, schau«, flüsterte Justus. »Da hinten links, neben dem Wohnwagen. Da isser.«

Tatsächlich. Jean, mit einem Eimer in der Hand, verschloss die Fahrertür des Wagens und verschwand im Vorzelt eines Wohnwagens.

Erwin stellte sein Fahrrad neben dem Weg ab.

»Was hast du denn vor?« Justus stieg auch ab.

»Ich pirsche mich da jetzt ran. Vielleicht kann ich durch das Fenster was erkennen.«

»Und wenn die dich sehen?« Willi hatte einfach keine Nerven.

»Die sehen mich nicht. Ich pass schon auf.« Erwin steckte seine Hände in die Hosentaschen und schlenderte los. Da es später Nachmittag war, herrschte auf dem Campingplatz reger Betrieb. Justus und Willi, immer noch die Helme auf den Köpfen, folgten Erwin und näherten sich vorsichtig dem Wohnwagen wie Antilopen dem Wasserloch.

Erwin, der schon näher dran war, hörte, dass sich die Belmonts unterhielten. Leider war außer einem dumpfen Murmeln nichts zu verstehen.

Justus deutete auf ein paar Eimer, die im Vorzelt des Wohnwagens standen.

Auch Willi wollte sich einbringen und fasste auf die Motorhaube des Lieferwagens. »Ist noch warm«, flüsterte er. Erwin verdrehte die Augen. Klar, wen hatten sie denn bis vor zehn Minuten schweißgebadet verfolgt?

Zum Schrecken aller Beteiligten öffnete sich schlagartig die Wohnwagentür, und Jean betrat das Vorzelt. Erwin versteckte sich hinter dem Wohnwagen, Justus und Willi duckten sich hinter den Lieferwagen. Durch die seitlichen Scheiben des Autos beobachtete Justus, wie Jean sich prüfend umsah, nach einem der Eimer griff und damit im Wohnwagen verschwand.

»Das war knapp«, ächzte Willi.

Erwin stellte sich auf die Zehenspitzen und versuchte, durch eines der Ausstellfenster in den Wohnwagen zu gucken. Dummerweise waren an den großen Fenstern die Vorhänge zugezogen. Doch Erwin entdeckte eine Stelle, durch die er hätte durchsehen können.

»HALT! Was suchen Sie da?«

Ein Wachmann vom Campingplatz, der gerade seine Runde drehte, stieß auf Willi und Justus, die sich immer noch hinter dem Lieferwagen in der Hocke befanden.

Willi kam Justus zuvor: »Wir suchen die Mohrle!«

»Und wer soll das sein, wenn ich fragen darf?«

»Das ist eine Katze. Getigert. Haben Sie vielleicht eine gesehen?«

»Sind Sie denn Gäste des Campingplatzes? Sie kommen mir nicht bekannt vor.«

»Ich habe Sie auch noch nicht gesehen«, sagte Willi und musterte den Wachmann abschätzig.

»Nein, wir sind keine Gäste des Platzes«, räumte Justus ein. »Aber wir haben unsere Katze hier hineinlaufen sehen.«

In dem Moment kam Erwin suchend hinter dem Wohnwagen hervor. »Minka! Miiinka! Miez, miez, miez!«

»Gehört der auch zu Ihnen?«, wollte der Wachmann wissen, obwohl diese Frage eigentlich überflüssig war. Immerhin hatten alle drei den gleichen Helm auf.

Justus nickte zustimmend.

»Warum ruft der dann eine andere Katze?«

»Nun ja, sie hat einen Doppelnamen.« Willi wurde nervös, was dem Wachmann nicht verborgen blieb.

»Sind das Ihre Räder?« Dreimal Kopfnicken. »Es ist nicht erlaubt, Fahrzeuge jeglicher Art auf den künstlich angelegten Wegen abzustellen. Dies kann einen Verweis des Platzes nach sich ziehen, den ich hiermit ausspreche. Paragraph vier der Platzordnung.«

Ohne Gegenwehr schoben die Männer ihre Räder über den Kiesweg. Erwin war nur froh, dass die Belmonts in ihrem Wohnwagen nichts von der Sache mitbekommen hatten.

Der Wachmann geleitete Justus, Willi und Erwin zur Schranke, um sicherzugehen, dass sie den Campingplatz wirklich verließen. Anschließend wünschte er ihnen viel Glück bei der weiteren Suche und verschwand in seinem Häuschen.

»Mensch, das war knapp! Und jetzt?« Erwin richtete seinen

Helm, der ihm beim Versuch, durch das Wohnwagenfenster zu spähen, verrutscht war.

»Was heißt da: *und jetzt?* Weißt du überhaupt, dass wir lediglich haarscharf um eine Anzeige herumgekommen sind?« Justus wirkte aufgebracht.

»Hey!«, beruhigte Willi die Gemüter. »Stellt euch vor, mein Akku war seit der Eisdiele überhaupt nicht an. Deshalb trat es sich auch so schwer!«

»Das tut doch jetzt nichts zur Sache!«, ärgerte sich Erwin. »Wir waren so nah dran. Jetzt können wir wieder von vorne anfangen!«

»Sag mal, Erwin, spinnst du? Ich glaube, du hast immer noch nicht den Ernst der Lage erkannt!«, wetterte Justus. »Wir sind gerade noch so eben an einer Anzeige vorbeigeschrappt!«

Sie einigten sich darauf, in ihr Basislager, also das Kurhotel, zurückzukehren.

Willi nutzte die kurze Strecke, um die volle Akkuleistung bei maximaler Unterstützung des Motors auch noch zu erleben. Einen großen Erfolg konnten sie allerdings verzeichnen: Das Pensum an Bewegung war an diesem Nachmittag mehr als hervorragend.

# Klinisch getestet

Eine leichte Kartoffelsuppe lockte an diesem Abend auch Iris in den Speisesaal. Da sie fast zeitgleich mit Justus, Willi und Erwin eintraf, bot es sich an, sich einen Tisch zu teilen. Neugierig lauschte sie Erwins Erzählungen, der natürlich maßlos übertrieb.

Justus setzte ein paarmal an, um seinen Freund zu berichtigen, ließ es aber sein. Schließlich war er froh gewesen, dass die Belmonts zwischen ihn und den Bankomaten gegrätscht waren. Lange würde er allerdings die Rückzahlung an Erwin nicht mehr hinauszögern können, wenn er nicht wollte, dass er aufflog.

Willi bestand beim Verlassen des Speisesaals darauf, den Aufzug zu nehmen. Immerhin hatte er mit dem Hausmeister das Ding zum Laufen gebracht.

»Schick sehen die beiden wieder aus!«, bemerkte Iris, als sie beim Verlassen des Aufzugs die Belmonts am anderen Ende des Empfangsbereiches entdeckte.

Julie war, wie schon am ersten Abend, stilvoll gekleidet: Sie trug ein anthrazitfarbenes Kleid mit viel Dekolleté und schwarzen Pumps.

Jean stand ihr mit seinem Anzug in nichts nach. Mit dem etwas zwielichtigen Pärchen aus dem Tanzlokal vom Abend vorher hatten die beiden nichts gemein.

»Die führen das perfekte Doppelleben«, diagnostizierte Erwin.

»Fragt sich nur, welches dieser beiden Leben das echte ist?«, sinnierte Iris.

Erwin war in seinem Element und wie besessen von der Idee, den Fall zu lösen. »Lass es uns herausfinden, liebe Iris.«

Justus blickte Willi an.

Der saß in dieser Sache zwischen den Stühlen. Einerseits gab er Justus recht, andererseits wollte er aber Erwin nicht vor den Kopf stoßen.

Der kleine Verkaufsstand der Belmonts war bereits gut frequentiert.

»Darf ich die Dame vielleicht beraten? Ich kenne Sie doch. Haben Sie sich nicht vor ein paar Tagen bei unserer Präsentation zur Verfügung gestellt?« Jean, ganz Charmeur, begrüßte Iris mit Handkuss und zog sie zu sich heran.

Dies verursachte bei Justus erhöhte Aufmerksamkeit.

»Ich habe mich nicht nur zur Verfügung gestellt, sondern habe auch die Nachtcreme bei Ihnen erworben.«

»Daran erinnere ich mich. Sind Sie denn damit zufrieden?«

»Na ja, ich müsste lügen, wenn ich behaupten würde, dass diese Nachtcreme meine bisherigen Cremes in den Schatten stellt.«

Justus war begeistert über so viel Schneid. Er grinste in Richtung Boden.

Jean Belmont bedankte sich gewohnt lässig für diese konstruktive Kritik. »Wissen Sie, woran das liegt?« Er bot Iris einen Stuhl an, den Julie ihr bereitstellte. »Das liegt daran, dass Sie ein sehr feines Hautbild haben. Dies verlangt nach besonders viel Pflege.«

Iris gab sich weiterhin interessiert.

Erwin kramte sehr angeregt in seiner Hosentasche herum, was Justus neugierig machte.

»Was fummelst du denn da an dir rum? Aus der Ferne könnte man wer weiß was denken.«

Erwin zog Justus zur Seite und flüsterte ihm ins Ohr: »Ich habe da ein Diktiergerät, finde aber den verdammten Aufnahmeknopf nicht.« Dummerweise hatte er keine Jacke angezogen, um das Diktiergerät in einer der Taschen platzieren zu können, und sein Hemd hatte keine Brusttaschen. Dieses Versäumnis durfte ihm nicht noch mal passieren. Das war unprofessionell.

»Was willst du denn mit einem Diktiergerät? Wir hören schließlich alles, was die sagen.«

»Aber so kann ich nachher auf dem Zimmer alles akribisch auswerten. Vielleicht höre ich später Dinge zwischen den Zeilen, die uns in diesem Moment überhaupt nicht auffallen. So, es ist an.«

Willi öffnete unterdessen einen der Tiegel und steckte seine Nase hinein, um an der Creme zu riechen.

»Diese Tagespflege ergänzt ganz hervorragend die Nachtcreme. So haben Sie vierundzwanzig Stunden einen ausgezeichneten Schutz vor Umwelteinflüssen.«

»Umwelteinflüsse?« Iris tat ungeheuer aufmerksam.

Erwin fand, dass sie sich sehr souverän verhielt. Er näherte sich mit seiner rechten Hosentasche dem Gespräch.

»Ganz genau, Umwelteinflüsse!« Jean öffnete einen Tiegel und entnahm mit einem Spatel etwas Creme. »Ozon, UV-A, UV-B, Abgase! Nicht zu vergessen der Feuchtigkeitsverlust, den Ihre Haut tagtäglich erleiden muss.«

Julie bestätigte ihren Mann mit fortwährendem Kopfnicken, wie ein Wackeldackel auf der Hutablage eines Ford Taunus.

»Darf ich Ihnen ein wenig auf Ihre linke Wange auftragen? Sie werden sehen, wie Ihre Haut unser Produkt förmlich aufsaugt.«

Iris stimmte zu und hielt ihm ihre Wange hin.

Julie assistierte und nahm ihrem Mann den Spatel ab, während er die Creme mit zwei Fingern sanft und mit Hingabe in Iris' Gesichtshälfte einklopfte.

Willis und Erwins Gesichtsausdrücke verrieten, dass dieser Vorgang abermals eine sehr erotische Note für sie hatte. Besonders deshalb, weil Iris mit geschlossenen Augen »Hm« machte. Es war nicht klar, ob sie es wirklich genoss oder ob sie nur Jeans Vertrauen gewinnen wollte.

Justus hätte sich in diesem Moment auch gut vorstellen können, wie er mit einer Handvoll Creme Julies Gesicht bearbeitete. Immerhin sah sie äußerst scharf aus in ihrem Kleid.

Erwin zog verdeckt das Diktiergerät ein wenig aus seiner Hosentasche. Er wollte überprüfen, ob das Teil auch wirklich aufnahm und musste feststellen, dass es nach wie vor aus war. Innerlich fluchend drückte er sämtliche Tasten, als plötzlich vier Worte laut und deutlich aus seiner Hosentasche zu hören waren: »Batterien, Speicherkarte, Klopapier, Butter!«

Erwin erschrak, zerrte das Gerät aus der Tasche und schaltete es umgehend aus.

Justus fand dies äußerst amüsant, die Belmonts anscheinend weniger. Natürlich hatten auch die beiden vernommen, dass Erwins Hose sprechen konnte.

»Was machen Sie denn da? Sagen Sie, zeichnen Sie unser Beratungsgespräch auf?«

»Ach, woher«, versuchte Erwin, sich aus der Affäre zu ziehen.

»Was machen Sie denn sonst mit dem Gerät in Ihrer Hosentasche?«

Erwin war in diesem Moment glatt überfordert und brachte nicht mehr als »Äh« und »Tja« heraus.

Glücklicherweise bewahrte Willi die Fassung und eilte zwei Schritte herbei, um seinen Freund zu unterstützen. »Das ist schnell geklärt. Mein Freund leidet ein wenig an Demenz. Deshalb spricht er sich wichtige Dinge auf sein Tonbandgerät, damit er sie nicht vergisst.«

Jean und Julie blickten skeptisch zwischen Willi und Erwin hin und her.

Erwin gefiel es überhaupt nicht, dass er nun der Mann mit Demenz war. Allerdings wäre ihm so schnell auch nichts Besseres eingefallen.

Iris bemühte sich, die Aufmerksamkeit wieder auf sich zu lenken. »Sagen Sie, ist es normal, dass die Creme in meinem Gesicht juckt?« Sie stellte diese Frage so laut, dass nun auch andere Kurgäste aufmerksam wurden.

»Das kann nicht sein. Bestimmt reagieren Sie auf etwas anderes«, verteidigte Jean sein Produkt und blickte hilfesuchend zu Julie.

Diese eilte herbei. »Ja, genau! Immerhin handelt es sich hierbei um ein Naturprodukt aus edelsten Essenzen. Eine allergische Reaktion ist somit zu einhundert Prozent auszuschließen.«

»Welche denn?«

»Wie meinen Sie?«

»Ich will wissen, welche Essenzen in diesen Cremes sind!«

Willi wollte nun auch mitspielen und hielt es für angebracht, eine härtere Gangart einzulegen. »Haben Sie denn irgendetwas schriftlich?«

»Nein, wir geben die Zusammensetzung unseres Produktes nicht heraus.«

»Aber ist das nicht Pflicht?«

»Bei kosmetischen Produkten …«

»Wo wurden denn die Cremes klinisch getestet?«, unterbrach Willi und drehte stetig mehr auf, was Erwin überhaupt nicht passte.

»In Amerika.«

»Wo genau? Bundesstaat? Adresse?«

»Sagen Sie mal, was soll denn das?« Julie wirkte unbeholfen.

Justus versuchte, Willi durch Zeichen dazu zu bewegen, einen Gang herunterzuschalten.

Mittlerweile hatte sich eine Traube an schaulustigen Kurgästen gebildet.

»Na, bei dem Preis wird man wohl noch fragen dürfen?«, protestierte Willi.

Jean hatte sich gefangen und gewann schnell seine Souveränität zurück. Er sprach jetzt lauter und wendete sich an das gesamte Publikum, das sich mittlerweile um den Stand geschart hatte.

»Ich danke diesem Herrn für seine umsichtigen Fragen. Der Preis! Wie auch Bioprodukte oder edle Stoffe haben hochwertige Cremes einfach ihren Preis. Die anwesenden Damen wissen sicherlich, wovon ich rede. Nicht wahr?« Jean ging durch die Reihen direkt zu den Zuhörern und holte sich einhellige Zustimmung ab.

»Sehen Sie, deshalb haben wir, meine Frau und ich, heute mit unserer Geschäftsleitung in den USA gesprochen. Wir dürfen Ihnen, meine sehr verehrten Damen und Herren, mitteilen, dass wir Ende der Woche, oder besser gesagt in drei Tagen, exklusiv nur für Sie unsere Produkte mit fünfzig Prozent Rabatt anbieten können. Na? Wie hört sich das für Sie an?«

Die Menge klatschte begeistert, während Julie mit Jean um die Wette grinste.

Erwin sah Willi vorwurfsvoll an, während Iris vom Stuhl aufstand und zu Justus ging.

Der musste sich eingestehen, dass er die Belmonts für ihr Verkaufstalent immer mehr bewunderte. Nicht weil sie etwa diesen ominösen Rabatt für alle herausgeschlagen hatten. Dafür war er lange genug im Verkauf tätig gewesen, um zu wissen, dass es so etwas wie einen wirklichen Rabatt nicht gab. In den meisten Fällen wurde der Preis vorher einfach angehoben. Vielmehr galt seine Bewunderung der Tatsache, mit welchem Geschick dieses dreiste Pärchen es schaffte, sich aus ausweglosen Situationen erstklassig herauszumanövrieren.

»Das ging wohl in die Hose«, flüsterte Iris.

»Oder in deinem Fall ins Gesicht.«

Während die Leute immer noch klatschten, packten die Belmonts ihre Cremes in ihre Präsentationskoffer und verschwanden. Julie ließ es sich nicht nehmen, triumphierend zu Willi und seinen Freunden zu blicken.

»Na, jetzt sind die aber ganz schön ins Schwitzen gekommen!«

»Willi, sag, was war denn das? Um ein Haar hättest du alles kaputt gemacht. Was, wenn die kalte Füße bekommen?«, beschwerte sich Erwin.

Willi hatte eigentlich mit Lob für seinen beherzten Einsatz gerechnet. »Ich dachte einfach, ich beschleunige das Ganze ein wenig.«

»Beschleunigen? Du bist gut. Justus, sag du auch mal was!«

Justus konnte sich über die beiden Schmalspurschnüffler köstlich amüsieren und hatte für Erwin nur vier Worte: »Batterien, Speicherkarte, Klopapier, Butter!«

# Ringe auf Schwimmnudeln

Frühstück in einem Hotel hieß für Justus normalerweise Rühreier mit Speck, frisch gepresster Orangensaft, Toast, Lachs und zum Abschluss eine Scheibe Honigmelone. Vielleicht mit zwei Scheiben Parmaschinken garniert. Jedenfalls kannte er diese Auswahl vom *Ammersteiner Hof*. Im Kurhotel fiel das Angebot eher mager aus. Wie jeden Tag kreiste Justus mit einem Teller bewaffnet um das Frühstücksbuffet, in der Hoffnung, er würde auf wundersame Weise etwas entdecken, das ihm während der vergangenen Tage verborgen geblieben war. Das Ergebnis war jeden Tag dasselbe: zwei Scheiben Vollkornbrot, eine Scheibe Gelbwurst ohne Grün, drei Scheiben Salami, ein Klecks Quittenmarmelade und ein Butterröschen, das er aus einer Schüssel mit Eiswasser fischte.

»Ach, das sieht ja wieder lecker aus!«, freute sich Erwin überschwänglich und rieb sich die Hände.

Justus hatte ihn, während der verzweifelten Suche nach einer Leckerei, überhaupt nicht bemerkt.

»Guten Morgen, Sherlock. Auch schon wach?«

»Ich bin schon seit fünf Uhr wach. Ich musste nämlich alles, was wir in den letzten Tagen über die …«

»Wage es nicht, heute diesen Namen zu nennen!«, ermahnte

ihn Justus. »Nur einen Tag würde ich gerne in Ruhe ohne Schnüffeleien verbringen. Denkst du, das wäre möglich?«

Erwin willigte mürrisch ein, ließ sich aber seine gute Laune nicht vermiesen.

»Na, ihr zwei? Ach, freue ich mich jetzt auf ein leckeres Frühstück!« Willi war soeben eingetroffen und bediente sich äußerst großzügig an der überschaubaren Wurst- und Käseauswahl.

Justus konnte bloß den Kopf schütteln. Anscheinend waren seine beiden Freunde noch nie in den Genuss eines fürstlichen Frühstücks gekommen. Auf dem Tisch stand schon die Thermoskanne Kaffee, aus der Justus sich und seinen Freunden in die Tassen goss. »Denkt dran, wir haben heute diese Wassergymnastik. Nicht dass wir die verpassen.«

»Wann ist das noch mal?«, fragte Willi, während er mit der halb gefrorenen Butter seine Scheibe Brot zerfledderte.

»Gleich nach dem Mittagessen.«

»Ach, das ist schade. Da wollte ich mit dem Werner noch mal den neuen Rasentraktor ausprobieren.«

»Das wirst du verschieben müssen, Willi. Immerhin haben wir gebucht«, entschied Erwin. »Außerdem hält dich der Hausmeister von unseren Ermittlungsarbeiten ab.«

»Entschuldigen Sie meine Neugier, aber darf ich fragen, weshalb Sie hier sind? Ich beobachte Sie schon seit zwei Tagen. Drei Herren wie Sie in dieser Kuranstalt? Das trifft man selten.«

Justus drehte seinen Kopf und blickte in die Augen einer Dame, die schon frühmorgens wie Queen Mum gekleidet war. Die blond gefärbten Haare wirkten, als wären sie in Beton gegossen. Sie trug ein geblümtes Kleid und eine Brille mit goldfarbenem Rahmen. Um den Hals hing ein Amulett an einer großgliedrigen Kette, die sicherlich ebenso alt war wie die vielen Ringe, die sie auf fast alle Finger verteilt hatte. Altersmäßig durfte sie Erwin und Willi sicherlich überholt haben.

»Was meinen Sie damit? Sind wir denn wirklich so außergewöhnlich? Wenn es darum ginge, dann dürften Sie erst recht nicht hier sein, oder?«

Justus' Charme entlockte der Dame ein verlegenes Lächeln und seinen Freunden einen verstörten Blick. Anscheinend machte Justus nun auch vor Frauen dieses Alters nicht halt.

»Ich setze mich kurz. Wenn ich mich vorstellen darf? Ich heiße Gertrud von Bergen. Sie können aber gerne das *Von* weglassen.«

Justus, ganz Kavalier, erhob sich und rückte der Dame den Stuhl zurecht.

Erwin und Willi erhoben sich ebenfalls und machten einen Diener.

»Tasse Kaffee?«, bot Justus an.

»Ja, sehr gerne!«

Justus organisierte vom unbesetzten Nebentisch eine Tasse.

»Also? Wollen Sie es mir nun verraten?«

»Das geht ganz schnell. Wir machen einfach nur Urlaub!«

Für einen kurzen Moment hielt Frau Bergen inne. Dann aber prustete sie lautstark los, was Erwin als äußerst unangenehm empfand.

Willi holte sich ein Stück Teewurst vom Buffet.

»Entschuldigen Sie meine Entgleisung. Normalerweise ist das überhaupt nicht meine Art. Aber Urlaub? Im *Kurhotel Erika*? Da könnte ich Ihnen aber ganz flink zehn bessere Orte nennen.«

»Mit Verlaub, Frau ...«

»Bergen. Gertrud Bergen.«

»Frau Bergen, warum sind *Sie* denn hier?«

Frau Bergen rückte ein wenig näher an Justus heran, was Erwin dazu animierte, das Kauen zu unterbrechen. »Ich gönne mir einfach alle zwei Jahre eine kleine Auszeit auf Kasse.« Sie nippte an ihrem Kaffee.

»Wie? Und das geht so einfach?« Justus zeigte Interesse.

Frau Bergen streckte ihren Kopf in Richtung Tischmitte. »Einfach ist es natürlich nicht. Man benötigt den richtigen Arzt und einen guten Grund. Und seien wir mal ehrlich: Mit der Hüfte hat es doch jeder von uns im Alter. Wenn nicht das, dann zumindest etwas Psychosomatisches.«

»Mit Verlaub, gute Frau«, mischte sich Erwin ein. »Aber ist das nicht Betrug an der Krankenkasse?«

»Pff! Was heißt denn bitteschön *Betrug*? Wenn sich die Politiker jedes Jahr ihre Diäten erhöhen, darf es wohl erlaubt sein, wenn ich mich hin und wieder verwöhnen lasse. Wofür zahlt man denn die ganzen Jahre ein?«

Willi fand Gefallen an dieser Frau. »Genau! Die Politiker«, warf er ein und widmete sich weiter seinem Teller.

»Aber dass Sie Urlaub machen, das ist witzig.«

»Na ja«, entgegnete Willi. »Ganz so freiwillig sind wir nicht hier.«

»Das tut nichts zur Sache«, unterbrach Erwin. »Warum sind Sie denn dann nicht in einem schickeren Kurhotel, wenn Sie sich schon nicht vorstellen können, hier Urlaub zu machen?«

»Die Kasse schlägt einem diese Häuser vor. Das ist schließlich kein Wunschkonzert. Da muss man natürlich genügsam sein. Aber Urlaub?«

Erwin signalisierte nun ebenfalls Interesse. »Sie sagten vorhin etwas von *psychosomatisch*. So einfach ist das doch nicht. Da benötigen Sie bestimmt ein Gutachten.«

Frau Bergen winkte ab. »Ach was! Wir befinden uns ja nicht in einem Irrenhaus. Ich rede von den geläufigen Dingen. Burnout und so. Ist seit einiger Zeit anerkannt und hat heutzutage fast jeder. Bei mir ist das überhaupt kein Problem. Wissen Sie, ich leite mit meinem Mann immer noch unsere Papierfabrik in Bremen. Die ist schon seit fünf Generationen im Familienbesitz. Nun raten Sie mal, wie alt ich bin?«

Da man als Mann bei solchen Fragen ganz unbarmherzig in die Falle tappen konnte, hielten es die Männer für angebracht, diese nicht zu beantworten.

»Neunundsiebzig!«, triumphierte sie nach einer kleinen Weile der Stille.

Justus, Erwin und Willi zollten ihr Bewunderung.

»Da ist es normal, dass man bei der ganzen Personalverantwortung einmal ausgebrannt ist.«

»Und wie lange treiben Sie dieses Spielchen schon?«

»Seit dreiundzwanzig Jahren. Ist das nicht toll?«

Erwin rechnete im Stillen nach, wie viele Krankenkassenbeiträge diese Frau wohl mittlerweile verbraten hatte. Er wollte aber nochmals auf die Psychokiste näher eingehen.

»Was wird denn so angeboten?«

»Ganz was Tolles«, freute sie sich und hielt Justus auffordernd ihre leere Tasse vor die Nase. Der schenkte nach. »Ich bin da immer bei Frau Klarmann. Ihres Zeichens Psychologin. Die hat eine ganz wundervolle Methodik. Die heißt: *Sprich mit der Puppe*. Sie glauben überhaupt nicht, was die mir alles entlockt. Das würde ich einem Menschen überhaupt nicht erzählen.«

Willi wurde neugierig und bat Frau Bergen, näher auf dieses Thema einzugehen.

Frau Bergen erklärte, dass Frau Klarmann unzählig viele Handpuppen besäße, unter denen sie sich eine aussuchen würde. Dann würde gesprochen werden.

»Aber Sie sind nicht alleine mit der Puppe? Die Psychotante ist immer noch mit im Raum.«

»Selbstverständlich. Sie hat schließlich die Hand in der Puppe.«

Justus war das alles suspekt. Er war von jeher eher der Realität zugewandt und hielt nicht viel von diesen Dingen. Er glaubte lediglich an das, was er mit eigenen Augen sehen konnte. Probleme waren für ihn nicht dazu da, um sich mit ihnen auseinanderzusetzen. Viel besser fand er es, sie beiseitezuschieben. Erst recht konnte er sich nicht vorstellen, darüber mit einer Puppe zu reden. Absolut absurd!

»Ich suche mir jedes Mal die Schnecke aus. Mit dem Krokodil habe ich es auch schon probiert, aber dem erzähle ich lange nicht so viel wie der Schnecke. Das Krokodil ist mir auch irgendwie unsympathisch. Die Biene ist noch ganz nett.«

Justus musste sich zusammenreißen, um nicht an Ort und Stelle kreischend vom Stuhl zu fallen. Er ballte seine Hand zur Faust und presste sie vor seinen Mund.

»Oh, ist es schon so spät? Tja, wenn ich mal zu plappern anfange, dann hält mich nichts mehr. Ich habe jetzt gleich meine Therapie.« Sie stand auf und rückte den Stuhl an den Tisch.

Justus, Erwin und Willi standen ebenfalls zur Verabschiedung kurz auf.

»Also, man sieht sich. Urlaub! Das finde ich so witzig! Tschüssi!« Und weg war sie.

»Also, seid mir nicht böse, aber die hat voll einen an der Waffel!«, diagnostizierte Willi.

Erwin gab ihm recht.

Justus ließ seiner aufgestauten Energie freien Lauf und kriegte sich nur schwer wieder ein. »Was war denn das? Puppe? Schnecke? Krokodil? Unfassbar!« Er wischte sich die Tränen von der Wange.

»Immerhin ist sie so schlau und ist hier für lau. Während wir schön jeden Tag löhnen.« Erwin ärgerte solch eine Dreistigkeit.

»Komm, lass sie doch! Dafür musst du dich nicht jeden Tag mit einer Puppe unterhalten, sondern darfst mit uns vorliebnehmen.« Justus hatte sich beruhigt und lehnte sich entspannt zurück.

»Ich wüsste überhaupt nicht, was ich so einer Puppe erzählen würde«, überlegte Willi.

»Genau«, pflichtete Justus ihm bei.

»Ich würde sie eher was fragen!«

»Ach ja, Erwin? Und was?«

»Wann bekomme ich von Justus mein Geld zurück?«

Justus schluckte. »Gestern wollten wir zum Automaten. Dann sind uns deine Belmonts dazwischengekommen. Du bekommst es schon noch!«

»War nur Spaß!«

»Was ist denn das mit dem Geld bei euch?«, wollte Willi wissen. »Letztens habt ihr schon davon geredet. Dürfte ich vielleicht auch mal erfahren, was da bei euch los ist?«

»Da ist überhaupt nichts los, Willi. Erwin hat mir Geld geliehen, als das Lesegerät für die Karte kaputt war.«

»Kaputt stimmt nicht«, ergänzte Erwin. »Bei mir ging's.«

»Wie auch immer! Gehen wir jetzt?«

***

»Habt ihr Erfahrung mit Kneippen?«

»Klar, Willi«, sagte Justus. »Aber da saß ich an einer Theke und hatte ein Bier in der Hand!« Justus und Willi lachten.

Erwin schlurfte mit seinen Badelatschen hinter den beiden her.

»Oje. Wie es aussieht, sind wir wieder einmal die Letzten.«

Sie betraten durch den langen, gefliesten Gang den Badebereich und standen vor dem Gruppentherapiebecken, das bereits fast so dicht besiedelt war wie ein Freibad in Hongkong.

»Zur Kneippgruppe?« Michael Pfaff, der Physiotherapeut des Kurhotels, stand mit einer Namensliste am Beckenrand und wirkte mit seiner Pfeife um den Hals wie ein Bademeister.

»Genau. Volz, Degen und Bach. Volz mit *V*!«

»Ah, da habe ich Sie. Dann legen Sie bitte Ihre Bademäntel

ab und hüpfen zu den anderen ins Becken. Wir wären dann komplett.«

Erwin suchte intensiv nach einem geeigneten Platz für seine Badelatschen. Kurzerhand steckte er sie in die Taschen seines Frotteemantels, bevor er ihn an einen Haken hing.

Willi war in dieser Hinsicht schmerzfrei. Er parkte seine Schlappen direkt vor der Einstiegsleiter des Beckens und kletterte hinein. »Ach, herrlich!«, schwärmte er und schwamm genau einen Zug. Zu mehr reichte es aus Platzgründen nicht. War aber auch nicht notwendig, wie sich schnell herausstellte, da Wassergymnastik angesagt war.

Herr Pfaff startete seinen beachtlichen Ghettoblaster und erfreute die Runde, die aus bestimmt fünfundzwanzig Kurgästen bestand, mit beruhigenden Klängen aus Fernost.

Erwin und seine beiden Freunde waren im Becken mit Abstand die Jüngsten.

Der Therapeut verteilte Handpaddel. Für die drei Freunde waren diese Geräte Neuland. Herr Pfaff zog sich die Paddel ebenfalls über seine Hände, obwohl er am Beckenrand blieb.

Justus bereute ab diesem Zeitpunkt, sich nicht für eine Wanderung angemeldet zu haben, ließ sich aber nichts anmerken. Schon deshalb nicht, weil Erwin und Willi voller Elan die vorgeturnten Bewegungen des Herrn Pfaff nachahmten.

»Das geht ganz schön in die Arme«, bemerkte Willi, der wie verrückt und völlig übertrieben die Paddel durch das Wasser zog.

»Das ist wegen des erhöhten Wasserwiderstandes. Das liegt an den Paddeln!« Erwin packte noch eine Schippe drauf und setzte sich als Ziel, Willi zu übertrumpfen. Während der Rest des Beckens, einschließlich Justus, die angenehme muskuläre Belastung der Arme genoss, machten die beiden einen Sport daraus; nur um Erwin und Willi herum blubberte das Wasser.

»So, dann machen wir als Nächstes mit den Armen eine

Schwimmbewegung im Stand und holen weit aus …«, rief Herr Pfaff vom Rand aus und führte die Bewegung vor.

In puncto Wasserverdrängung standen Willi und Erwin einem Schaufelraddampfer in nichts nach.

Willis Übermut führte dazu, dass er mit jeder Schwimmbewegung einer älteren Frau mit blauer Badekappe Wasser ins Gesicht schaufelte.

»Hey! Sagen Sie mal! Sind Sie verrückt?«

»Oh, entschuldigen Sie bitte.«

»Wir sind doch nicht bei einer Olympiade!«

Die Dame verlegte ihren Standort ein bisschen nach links. Dadurch verbesserte sich ihre Gesamtsituation dennoch nicht, weil Erwin anscheinend ebenso den Versuch unternahm, das gesamte Wasser aus dem Becken zu schaufeln.

Justus stand mittlerweile in der hintersten Ecke, damit niemand auf die Idee kam, dass sie zusammengehörten.

Herr Pfaff bat Willi und Erwin, die Paddel ein wenig weiter unter Wasser zu drücken.

Die ältere Dame hatte nun ihre Paddel zweckentfremdet und spritzte mit aller Kraft zurück.

Offenkundig fühlten sich die anderen Kurgäste in ihre Kindheit zurückversetzt, da sie sich nach und nach rege an der Wasserschlacht beteiligten.

Herr Pfaff bat um etwas mehr Disziplin, wurde aber nicht erhört. Kurzerhand unterbrach er das wilde Treiben im Becken mit ein paar beherzten Pfiffen und nahm der Gruppe die Paddel wieder ab.

Dies entlockte ein paar Teilnehmern vereinzelte Buhrufe.

Eine Putzkraft schwirrte aufgeregt mit einem Gummischaber um das Becken, da das gesamte Umfeld überschwemmt war.

»So, ich hoffe, alle haben sich beruhigt. So viel Elan hätte ich Ihnen nicht zugetraut. Respekt!« Herr Pfaff bemühte sich, die allgemeine Stimmung ins Positive zu wenden und ein bisschen mehr Ruhe in die Meute zu bringen.

»Ich könnte ihn ja im Becken voller Elan ein wenig tauchen«, witzelte Erwin zu Willi.

»Bin dabei! Ich zieh ihn …«

Erwin hielt Willi am Arm fest. »Bist du wahnsinnig? Das war bloß Spaß.«

Herr Pfaff warf nun für jeden eine Schwimmnudel ins Becken. Alle sollten sich das Teil zwischen die Beine klemmen und das vordere Ende festhalten. So, als würde man auf einem Besen reiten.

Eine sehr zierliche Dame, die sicher weniger als fünfzig Kilogramm auf die Waage brachte, hatte dermaßen viel Auftrieb, dass sie ständig zur Seite kippte.

Herr Pfaff löste dieses Problem mit einer dünneren Nudel.

Willi hingegen hätte gut eine dickere Nudel gebrauchen können.

»So, liebe Kurgäste. Wir machen jetzt ein ganz tolles Spiel. Ich lasse Musik laufen, und Sie alle hopsen mit der Nudel nach vorn zum Beckenrand. Sobald ich die Musik stoppe, drehen Sie sich alle um und hopsen nach hinten zum anderen Beckenrand. Wer ihn als Erster berührt, hat gewonnen.«

Die Begeisterung hielt sich in Grenzen.

»Machen Sie mit! Sie werden sehen, es macht Spaß!« Herr Pfaff gab sich alle Mühe, heitere Stimmung zu verbreiten.

»An dem ist wohl ein Pädagoge verloren gegangen. Findet ihr nicht?« Justus kam zu seinen Freunden genudelt.

»Irgendwie kann er einem aber auch leidtun. Wir sind einfach nicht sein Publikum.«

Herr Pfaff drückte die Play-Taste, und sehr laute Panflötenmusik hallte durch die Badeanstalt.

Justus sah sich geistig in einer Fußgängerzone, wie er vier mit Decken bekleideten Peruanern Kleingeld in einen Hut warf. Diese Ablenkung vermieste ihm einen guten Start, und er bildete das Schlusslicht. Nach einer Weile stoppte die Musik, und alle, inklusive Justus, drehten sich um. Sie hüpften wie Kinder auf ihren Steckenpferden zurück zum anderen Beckenrand. Justus war durch seine anfangs schlechte Position auf einmal an erster Stelle und erreichte somit auch weit vor den anderen das Ziel.

Herr Pfaff belohnte den Sieger augenblicklich mit einem Plastikring, den er ihm auf den Teil der Nudel steckte, der aus dem Wasser ragte. Justus freute sich über seine Leistung, war aber umgehend peinlich berührt, als er Iris etwa zehn Meter vom Becken entfernt auf einer Liege entdeckte. Anscheinend beobachtete sie das Treiben seit geraumer Zeit. Als sie ihm auch noch für seinen überragenden Sieg applaudierte, hätte er am liebsten samt Nudel das Becken verlassen.

»Seid mir nicht böse, aber das ergibt doch alles keinen Sinn«, maulte Erwin. »Diesmal bleib ich einfach stehen, dreh mich um und zack: gewonnen!«

»Mach einfach ihm zuliebe mit, Erwin. Schau, er gibt sich solche Mühe«, bat Justus.

»Genau wie der Pantomime bei uns in der Innenstadt«, meinte Willi. »Der gibt sich auch die allergrößte Mühe, und es klappt auch nur mäßig.«

»So, und nun alle in Reih und Glied zu mir an den Beckenrand, bitte!« Herr Pfaff nahm erneut voller Begeisterung seine Pfeife in den Mund.

»Okay, ich mach mit«, beteuerte Erwin. »Dann aber richtig! Wir kämpfen uns nach vorne, bis die Musik aufhört. Kein Stehenbleiben und kein Trödeln. Hier hat der Geist des Sports Vorrang! Willi, bist du dabei? Mano-a-Mano! Was so viel heißt wie *Mann gegen Mann*!«

»Ich weiß, was das heißt!« Willi ging in Startposition.

Bevor Justus seine Freunde bitten konnte, das Ganze nicht ausufern zu lassen, blies der Physiomensch in die Pfeife. Offensichtlich fühlte sich der Rest der Gruppe ebenfalls olympisch.

Jeder wollte nun unbedingt einen Ring ergattern.

Herr Pfaff unterschätzte den Enthusiasmus, der durch dieses Spiel bei den männlichen Kurgästen freigesetzt wurde. Seine Bitte, ein wenig langsamer zu machen, ging vollständig im Getöse des Wassers unter. Erwin arbeitete sich wacker nach vorne, Willi lag knapp dahinter. Wie zwei Wikinger kämpften sie sich mit ihrer Nudel an die Spitze der gesamten Meute. Justus lag im Mittelfeld, weil er durch Iris abgelenkt war und abermals den Start verpasst hatte. Herr Pfaff ließ sich diesmal Zeit mit der Musik, in der Hoffnung, dass die älteren Semester eventuell schneller ermüden könnten.

Willi gab alles, als drehe es sich um seine Rente.

Und als die Musik verstummte, ging es erst so richtig los. Die Mannschaft schmiss sich geschlossen in die andere Richtung und hopste mitsamt der Schwimmhilfe zum Ausgangspunkt zurück.

Im Therapiebecken nebenan herrschte himmlische Ruhe, da sich die dortige Gruppe voll und ganz auf Herrn Pfaff und seine Wilden konzentrierte.

Willi, ohne Rücksicht auf Verluste, hatte bereits zwei Mitstreiter buchstäblich überrannt.

Erwin packte ihn am Arm und hielt ihn fest.

Ein Herr mit Badekappe und Schwimmbrille nutzte die Gelegenheit und kämpfte sich an den beiden vorbei. Dies führte kurzfristig zu einer Verbrüderung zwischen Erwin und Willi, und der Gegner mit Brille wurde eliminiert.

Justus, der es vorzog, langsamer zu machen, wurde zwischenzeitlich von zwei korpulenten Damen unter Wasser getaucht. Machte aber nichts, da er dank der Schwimmnudel wie von selbst an die Wasseroberfläche zurückkehrte.

Dies kam für einen schmächtigen Kameraden unerwartet und führte zu einer Kollision zwischen dessen Kinn und Justus' Hinterkopf.

Das Wasser schwappte abermals literweise aus dem Becken, während Herr Pfaff hilflos mit seiner Pfeife neben seinem Ghettoblaster stand.

»Erster!«, brüllte Erwin und klatschte mit seiner Hand auf den Beckenrand.

»Aber wirklich nicht! Ich war eine Handbreit schneller als du.«

»Das wüsste ich aber. Meine Nudel hatte den Rand schon lange berührt, da warst du mit deiner Hand noch nicht einmal in der Nähe!«

»Es zählt aber die Hand und nicht die Nudel!«

Herr Pfaff packte die Gelegenheit beim Schopf, um seine pädagogischen Fähigkeiten unter Beweis zu stellen.

»Die Herren, so beruhigen Sie sich bitte! Ich habe genau gesehen, dass Sie zeitgleich ins Ziel gekommen sind.«

Justus mischte sich ein und schlug vor, dass beide einen Ring bekommen sollten.

Dies befanden auch die anderen im Becken für fair, während sie sich das Wasser aus den Ohren pulten.

Herr Pfaff steckte beiden Männern einen Ring auf die Nudeln, wofür sie kräftigen Applaus ernteten. Danach beendete er die Gymnastikstunde und wies der Gruppe den Weg ins Kräutersitzbad. Wahlweise könne man auch gerne zum Wassertreten. Jedoch bat er alle Beteiligten, Rücksicht auf andere Gäste der Badeanstalt zu nehmen.

Während die Putzkraft mit dem Gummischaber wiederum um das Becken huschte, sammelte Herr Pfaff die Nudeln ein und verstaute sie im Geräteraum. Er wirkte müde und abgekämpft.

Als Justus den Liegenbereich ansteuerte, war Iris bereits verschwunden. Gern hätte er in diesem Moment seine Ehre bei ihr wiederhergestellt.

»Wassertreten oder Sitzbad?«, wollte Erwin wissen.

# Es ist immer peinlich

»Jungs! Was ist los? Sitzbad beendet?« Erwin schnürte sich den Bademantel, als er in den Ruhebereich kam.

»Pst!«, zischte ein älterer Herr auf der anderen Seite des Raumes und wies auf das Schild mit der Aufschrift *Ruhebereich*.

Erwin wählte eine freie Liege rechts von Justus.

»Ich hatte keine Lust mehr auf das Sitzbecken. Das war mir viel zu warm untenrum«, flüsterte Justus und kippte seine Liege nach hinten, um ein wenig zu relaxen.

Erwin stand nochmals auf und breitete eine Wolldecke auf der Liege aus.

Willi schnarchte.

Zwischenzeitlich kam ein Ehepaar in den Ruheraum und legte sich neben Erwin.

Kopfnickend grüßten diese, während Erwin seinen Zeigefinger auf die Lippen legte und auf das Schild an der Wand deutete.

Justus stellte sich sicherheitshalber schlafend.

Es dauerte nicht lange, bis das Paar aus einem mitgebrachten Korb zwei Wurstsemmeln hervorholte und diese auspackte.

Die Alufolie erzürnte abermals den Mann gegenüber.

»Salami«, flüsterte die Frau zu Erwin.

»Mit Gürkchen?«

»Ja!«

»Pst!«

Willi wachte auf. Er hob den Kopf, die Augendeckel leicht geöffnet, schmatzte zweimal und fiel zurück ins Land der Träume.

Ein weiteres Paar kam herein, reservierte zwei Liegen mit Handtüchern und ging wieder.

Erwin wurde unruhig. »Justus.«

»Was?«

»Ich habe jetzt auch Hunger!«

»Pst! So seien Sie doch bitte leiser.«

»Entschuldigen Sie«, beschwichtigte Justus den Mann. »Jetzt nicht, Erwin! Leg dich einfach einmal fünf Minuten hin und gib Ruhe.« Justus lehnte sich zurück und schloss die Augen.

Erwin ergab sich. Er verlagerte sein Gewicht ebenfalls nach hinten. Seine Liegefläche setzte sich in Bewegung, die Lehne wippte rückwärtig, und das Fußteil bewegte sich nach oben. Somit befand sich Erwin quasi in Schocklage. Das Paar neben ihm raschelte mit der Alufolie und zerknüllte diese nach dem letzten Bissen zu einem kleinen Ball.

Willi schnarchte mit geöffnetem Mund, während sich Justus in eine Art Duldungsstarre begab.

»Justus«, flüsterte Erwin.

»Was?«

»Ich spüre meine Beine nicht mehr.«

Justus setzte sich kurz auf, spähte zu Erwin hinüber und lehnte sich wieder in die Waagerechte. »Sie sind noch da, keine Panik.«

»So meine ich das nicht. Das ganze Blut läuft mir aus den Beinen in den Kopf. Schau mich mal an? Bin ich schon rot im Gesicht?«

»Pst! Also bitte, Herrschaften. Zum letzten Mal!«

Justus sah zu Erwin und bedeutete ihm mit Handzeichen, dass mit seinem Gesicht alles in Ordnung sei.

Der Mann neben Erwin öffnete eine Flasche Sprudel.

»Justus, mir ist schlecht!«

»Nehmen Sie bitte den Mann und gehen Sie mit ihm an die frische Luft. Das darf doch alles nicht wahr sein!« Der Mann gegenüber saß mittlerweile auf seiner Liege. Er hatte einen roten Kopf.

Willi wurde wach. »Was ist?«

»Erwin spürt seine Beine nicht mehr und wird gleich bewusstlos!«, witzelte Justus.

»Was?« Willi stand mit einem Mal. »Komm, Erwin, ich helfe dir!«

Willi versuchte vergeblich, die Lehne von Erwins Liege zurückzustellen. Anscheinend hatte sich der Mechanismus verhakt.

Erwin wedelte mit den Armen und guckte hilfesuchend zu Justus.

Der erhob sich und versuchte mit Gewalt, die Position der Lehne zu verändern.

»Komm, hilft alles nichts. Wir heben dich von der Liege. Willi, packst du ihn an den Beinen?«

Willi tat, wie ihm befohlen. »Ich nehme die Arme, dann stellen wir ihn aufrecht hin.«

Erwin fühlte sich hilflos wie lange nicht mehr. Während ihn seine Freunde von der Liege hoben, kam Iris an der großen Scheibe des Ruheraums vorbei.

Sie blieb stehen und klopfte sachte ans Glas.

Justus reagierte und winkte nach draußen. Dabei ließ er dummerweise Erwins Arm los, wodurch dieser Schlagseite bekam.

»Mensch, pass auf!«

»Entschuldigung!« Justus krallte sich schnell den zweiten

Arm. »Was ist das bloß mit dieser Iris? Als ob sie es riechen würde, wenn es peinlich ist!«

»Schon mal die Möglichkeit in Betracht gezogen, dass es immer peinlich ist?«, fragte Willi.

Justus ärgerte es, dass sie gerade in diesem Moment vorbeikommen musste. Zuletzt hatte sie ihn mit einer Schwimmnudel zwischen hüpfenden Senioren im Therapiebecken beobachtet.

»Haben Sie es bald?«, schimpfte der Herr von der gegenüberliegenden Liege.

»Es würde deutlich schneller gehen, wenn Sie mit anpacken würden, statt nur zu meckern«, bellte Erwin zurück, während er zwischen seinen Freunden in der Luft baumelte.

»So weit kommt es noch. Sie haben sich schließlich selbst in diese Lage gebracht.«

»Vielleicht beruhigen wir uns alle mal. Es ist doch nichts passiert.« Justus deutete Willi an, Erwins Beine auf den Boden zu stellen, um ihn in die Senkrechte zu bekommen.

Erwin stand, brauchte aber noch Justus' Schulter, bis seine Beine aufgewacht waren.

Das Ehepaar öffnete unterdessen eine Frischhaltebox und bot den Anwesenden im Ruheraum selbst gemachte Muffins an.

Justus lehnte dankend ab, während Willi sich dankend bediente. Beherzt biss er zu.

»Ui, gar nicht mal so gut«, flüsterte er Erwin ins Ohr, der an seiner Schulter hing. »Bisschen trocken.«

Die Männer steuerten eine Sitzgruppe an, die sich zwischen den Therapiebecken und den Umkleidekabinen befand. Justus und Willi setzten sich.

Erwin blieb stehen und prüfte seine Zehen auf deren Funktionstüchtigkeit.

»Mit euch beiden kommt man auch nicht zur Ruhe!« Justus rieb sich die Augen.

»Was heißt hier *mit euch beiden*?«, wollte Erwin wissen. »Du stehst uns in nichts nach. Mir hängt heute noch deine Geburtstagsfeier in den Knochen. Oder sollte ich besser sagen: das Besäufnis?«

»Ja, das hatte was!«, klinkte sich Willi ein und wippte nun auch mit den Zehen auf und ab.

»Apropos Besäufnis. Wann bekomme ich mein Geld?«

»Erwin, ich sagte dir, dass ich es dir bei nächster Gelegenheit gebe. Wann sollte ich denn auf der Bank gewesen sein? Wir waren doch die ganze Zeit zusammen.« Justus' Laune sank in den Keller. Immerhin hatten sie ausgemacht, dass dieses Thema unter ihnen beiden bleiben sollte. Schlimm genug, dass auch Willi bereits davon wusste. Dann musste die Sache nicht auch noch ständig vor ihm diskutiert werden. Es war sowieso schwierig genug, sich irgendwie aus dieser Misere zu manövrieren, ohne dass er sich vor Willi erklären musste.

Für den war dieses Thema allerdings bereits vom Tisch. Völlig unvermittelt erzählte er:

»Ich mache mit meiner Frau eine Kreuzfahrt!«

»Mit Eva?« Erwin starrte ungläubig drein.

»Nein, mit der anderen Frau. Natürlich mit Eva! Mit wem denn sonst?«

Für Justus war das eine sehr willkommene Ablenkung vom vorangegangenen Thema. »Lass aber dein Werkzeug zu Hause, hörst du? Eine falsche Schraube, und du flutest den Kahn!« Justus stupste Erwin an, und die beiden lachten hämisch.

»Ihr zwei seid doof. Das ist eine große Sache für mich.«

»Schon gut«, beschwichtigte Erwin. »Woher der Sinneswandel? Sonst gehst du deiner Frau seit geraumer Zeit eher aus dem Weg. Und jetzt willst du dich mit ihr auf so einem Kutter einsperren lassen?«

»Ich weiß, was du meinst. Aber mir ist hier mit euch etwas klar geworden: Seit Beginn meiner Rente hatte ich das Gefühl, dass mein Leben vorbei ist. Dabei habe ich jetzt Zeit für so viele Dinge.«

»Vielleicht schraubst du mal ein wenig mehr an deiner Ehe rum. Der eine oder andere Aufzug wird es dir danken.«

»Welch weise Worte, Justus!«, warf Erwin ein. »Besonders vom zweimal Geschiedenen!«

»Das mag schon sein. Aber auch negative Erfahrungen sind Erfahrungen. Nur weil ich zurzeit nicht verheiratet bin, bedeutet das nicht gleich, dass ich nicht erkenne, was bei anderen passiert.« Justus war unsicher, ob er nicht besser das Thema gewechselt hätte. Seine missratenen Ehen waren für ihn ein ebenso leidiges Thema wie die Sache mit seinen Schulden.

»Hey! Es geht gerade nicht um euch! Ich erzähle euch, dass ich mein Leben umkrempeln möchte, und ihr …«

»Bitte entschuldige, Willi!«, sagte Justus, erneut dankbar, von sich ablenken zu können.

Erwin rückte näher an Willi heran. »Ja, Willi! Entschuldige. Weiß Eva denn schon von deinen Plänen?«

»Nein. Aber gleich, wenn ich daheim bin, packe ich sie, setze sie ins Auto und fahre mit ihr ins Reisebüro.«

»Ach, was würde ich darum geben, wenn ich noch mal mit Renate …« Erwin hielt inne und betrachtete den gefliesten Boden, fing sich aber schnell wieder. »Weißt du, Willi, für dich hat sich viel geändert. Auf einmal hast du Zeit. Aber für Eva … für die hat sich nichts geändert. Sie hat immer noch den Haushalt, die Wäsche, das Kochen … Du gehst in Rente. Für sie als Hausfrau ändert sich nichts. Wenn ihr nicht am selben Strang zieht …«

Justus fiel ihm ins Wort. »Stimmt nicht ganz, Erwin. Für Eva hat sich eine ganze Menge geändert. Zu ihrer Hausarbeit, dem Kochen und Einkaufen hat sie jetzt noch eine Sache dazubekommen. Dich, Willi! Auf einmal bist du den ganzen Tag zu Hause und stehst im Weg rum. Wahrscheinlich gibst du ihr noch Tipps, wie sie die Hausarbeit besser machen kann, oder stehst dumm am Herd herum und würzt nach.«

Willi schüttelte den Kopf. »Stimmt überhaupt nicht! Außerdem, was ist schon dabei, wenn ich ihr zur Hand gehe. Und, seien wir mal ehrlich: Es macht viel mehr Sinn, erst Staub zu wischen und dann zu saugen.«

»Ha!«, riefen Erwin und Justus fast zeitgleich.

»Ertappt«, fuhr Justus fort. »Jahrzehntelang hat sie alleine den ganzen Haushalt geschmissen. Jetzt kommst du und erklärst ihr, wie es richtig geht?« Justus lachte laut. »Darauf hat sie gewartet!«

Willi konnte nicht umhin, seinen Freunden recht zu geben. Da es nun eh schon egal war, erzählte er, wie er den Geschirrspüler optimal eingeräumt und das Ergebnis für seine Frau fotografiert hatte. Vielleicht war das der Grund gewesen, dass sie tagelang nicht gekocht hatte.

»So im Nachhinein ist mir das irgendwie peinlich, wie ich mich Eva gegenüber manchmal aufführe«, gestand Willi und verdrehte die Augen.

»Quatsch. Peinlich wird es erst, wenn du es daheim zugibst. Ich rate dir, fahr heim, sei still und buche die Reise«, meinte Justus lässig, als wäre er der Frauenversteher.

»Wirklich?«, fragte Erwin nach. »Das ist dein Plan?«

***

»Habt ihr heute schon die Belmonts gesehen?« Erwin drehte sich zu seinen Freunden um, als sie nach dem Abendessen den Speisesaal verließen.

»An die habe ich heute noch gar nicht gedacht.« Justus blickte suchend umher. »Viel interessanter ist, wo Iris abgeblieben ist. Die war nicht beim Abendessen.«

»Vielleicht hat sie sich mit ihrem Freund oder Mann getroffen?«, warf Willi ein, der seine Zahnzwischenräume mit einem Zahnstocher quälte.

»Iris ist nicht verheiratet!«

»Oh. Was für ein Glück, was?«

»Was soll das denn heißen, Erwin? Ich sorge mich halt.«

»Ist ja schon gut. Aber wie in Teufels Namen kannst du nicht an die Belmonts denken? Ich hoffe, du verlierst nicht unseren Plan aus den Augen.«

»Was für einen Plan?«

»Jetzt hört ihn euch an. Bevor wir abreisen, müssen wir die beiden unbedingt dingfest machen! Ich weiß zwar noch nicht, wie, aber …« Erwin guckte seine beiden Freunde vorwurfsvoll an. »Sagt mal, bin ich etwa der Einzige, der sich Gedanken um dieses Duo macht? Was ist denn das für ein Team? So wird das nichts. Wenn die so beim Geheimdienst arbeiten, dann gute Nacht!«

»Erwin, wir sind nicht beim Geheimdienst. Du bist Rentner, ich will eine Kreuzfahrt machen, und Justus sucht Iris. Sieht so etwa ein Geheimdienst aus? Das wüsste ich aber!«

»Trotzdem. Das geht so nicht. Also … seid ihr noch dabei?«

»Klar!«, bestätigte Willi.

Justus klang weniger enthusiastisch. »Seid mir bitte nicht böse, aber Urlaub hin oder her, ich muss unbedingt noch ein paar Angebote rausschicken und E-Mails checken. Ich bin heute Abend raus.«

Justus hoffte, sich mit diesem Vorwand ohne große Mühe zurückziehen zu können. Er musste schnell zu Geld kommen. Schließlich rückte der Tag der Abreise ständig näher – und damit auch eine weitere Rechnung.

»Kein Wunder, dass du solch ein erfolgreicher Immobilienmakler bist. Du gönnst dir nicht mal eine Woche Ruhe.«

»Erwin, wenn es Spaß macht, ist es keine Arbeit!«

»Ich sehe schon, du wirst arbeiten, bis du neunzig bist.

Willi, dann müssen wir beide alleine ran.« Erwin klopfte seinem Freund voller Tatendrang so fest auf die Schulter, dass der fast in die Knie ging.

»Was hast du denn vor?«, erkundigte sich Willi.

»Wir beide beschatten die Belmonts. Irgendwann müssen die einen Fehler machen. Und dann sind wir zur Stelle. Justus, wir brauchen deinen Autoschlüssel.«

Justus bekam einen Lachanfall. »Ha! Das wüsste ich aber.«

»Da gibt es überhaupt nichts zu lachen. Unter Freunden hilft man sich.« Erwin streckte Justus fordernd die offene Hand entgegen.

»Erwin, das ist ein SL. Den fährt niemand außer mir. Nicht einmal der Typ aus der Werkstatt fährt meinen Wagen auf die Hebebühne.«

Willi mischte sich ein: »Erwin, mit diesem Wagen können wir nicht erfolgreich observieren. Der ist doch viel zu auffällig.«

»Da siehst du es!« Justus war sichtlich erleichtert. Allein schon deshalb, weil seine Tankanzeige kurz vor der Reserve stand.

»Willi, da hast du allerdings recht. Wir müssen uns was anderes überlegen.« Erwin rieb sich die Nase und grübelte, während Justus weiter nach Iris Ausschau hielt. »Ich hab's! Wir holen uns zwei elektrische Fahrräder. Dann können wir noch mal zum Campingplatz fahren.«

»Die bekommt ihr aber um diese Uhrzeit nicht mehr. Außerdem sind das E-Bikes«, verbesserte Justus.

»Ihr wisst schon, was ich meine. Und ja, Justus, wir zwei bekommen die Räder um diese Zeit nicht mehr. Aber Willi schon.«

Willi blickte ratlos drein. »Wieso ich?«

»Weil du, mein Lieber, deine Beziehungen spielen lassen wirst. Wofür hast du denn sonst deinen neuen Freund?«

»Ach, du meinst den Werner! Stimmt, den könnten wir fragen.«

»Tut, was ihr nicht lassen könnt. Ich verschwinde auf mein Zimmer. Lasst euch nicht erwischen, hört ihr?«

»Nur Amateure werden erwischt.« Erwin zog Willi am Arm. Er wollte keine Zeit verlieren. Zusammen machten sie sich auf die Suche nach dem Hausmeister.

»Wir sagen dem aber bloß, dass wir noch eine kleine Radtour machen wollen, hörst du? Nicht dass der mit den Belmonts am Ende noch unter einer Decke steckt.«

»Der Werner? Niemals. Für den lege ich meine Hand ins Feuer.«

Erwin blieb stehen. »Na, das geht vielleicht schnell bei dir. Da zeigt man dir kurz einen Rasenmäher, und schon hat man dein Vertrauen. Nur gut, dass du keine Frau bist. Für einen Schirmchencocktail würdest du sofort mit jedem mitgehen.«

»Erstens ist das ein Aufsitzmäher, zweitens habe ich eine sehr gute Menschenkenntnis.«

»Pass jetzt lieber auf, was du sagst. Da vorne ist dein Busenfreund.«

Werner Wirth stand auf der Leiter und wechselte gerade eine Leuchtstoffröhre im Gang zu den Therapieräumen, als er Willi und Erwin auf sich zukommen sah.

»Na, seid ihr nicht bei dem Vortrag im Kursaal?«

»Vortrag?«, fragte Willi und blickte fragend zu Erwin.

Der zuckte ahnungslos mit den Schultern.

»Na, heute Abend ist der Vortrag über die Galapagosinseln. Danach gibt es noch einen Kurs zu dem Thema *Fettfrei kochen und trotzdem gut.*«

»Nö. Habe ich überhaupt nicht mitgekriegt. Du etwa, Erwin?«

»Nein!«

Die beiden drucksten herum, als wären sie acht Jahre alt

und wollten ihre Eltern fragen, ob sie am Wochenende zum Zelten dürften.

Erwin traute sich als Erster. »Herr Wirth, ich hätte eine Frage. Denken Sie, es wäre möglich, dass wir uns zwei von den elektrischen Fahrrädern ausleihen?«

»Da seid ihr aber spät dran. Nach sechzehn Uhr darf ich die überhaupt nicht mehr rausgeben.«

»Komm schon, Werner«, unterstützte Willi seinen Freund. »Wir passen auf. Kennst mich ja.«

Diesen Zusatz empfand Erwin als vollkommen überflüssig. Besonders deshalb, weil er von Willi kam. Dem Master of Desaster!

»Wir setzen auch brav die Helme auf und schalten das Licht an. So, wie sich das gehört. In spätestens zwei Stunden sind wir wieder da«, versprach Erwin, bevor Herr Wirth auf Willis Aussage antworten konnte.

»Na gut. Was soll schon passieren. Wir sind schließlich ein Kurort und nicht Berlin-Mitte. Aber unbedingt die Helme aufsetzen. Sonst darf ich die Räder nicht rausgeben. Habt ihr denn überhaupt Erfahrung mit den E-Bikes?«

»Klar. Wir sind schon damit gefahren. Herr Pfaff hat sie uns gegeben.«

»Ah, der Pfaff. Was war denn mit dem los? Der kam mir heute auf dem Gang entgegen und sah fix und fertig aus. So kenne ich den überhaupt nicht. Ganz apathisch lief er an mir vorbei. Wisst ihr was?«

»Nö.«

»Nein!«

Herr Wirth schloss die Abdeckung der Lampe und stieg von der Leiter. »Könnt ihr mir mit der Leiter helfen? Dann nehme ich das Werkzeug. Die Sachen müssen sowieso in den Raum, in dem die Fahrräder parken.«

»Klar!«

# Schmalspurschnüffler

»Findest du eine Stirnlampe nicht ein wenig übertrieben?«

»Die ist optimal, Willi. So habe ich die Hände frei.«

»Für was denn?«

»Um Aufzeichnungen zu machen oder um mich zu wehren.«

Willi bremste ab, da sie das Kurgelände verließen und die Straße überqueren mussten, um auf den Radweg zu gelangen. Er haderte ein bisschen mit sich, weil er auch gerne den Vortrag über diese Inseln gehört hätte. Andererseits konnte er seinen Freund nicht im Stich lassen.

»Was hast du denn da alles am Gürtel?«, wollte Willi wissen.

»Das ist die normale Grundausrüstung. Handy, Klappmesser, Notizblock und diverse andere Dinge.«

»Du weißt schon, dass wir nicht den Everest besteigen, sondern nur ein wenig spionieren, was dieses Pärchen so treibt. Wenn ich das sage, komme ich mir jetzt schon vor wie ein Spanner.«

»Quatsch, Spanner! Wir observieren. Das ist ein großer Unterschied.«

»Weißt du noch in der Schule? Die Mädels in der Umkleide?

Haben wir da auch *observiert*?«

»Willi, wir waren elf, und ich will nicht mehr darüber sprechen.«

Willi beließ es dabei. Schließlich wollte er ihm nicht den Spaß verderben. Es dämmerte leicht, aber die Fahrradleuchten taten ihren Dienst. Erwins Stirnlampe hatte allerdings deutlich mehr Power. Willi nahm es wortlos hin. Zumindest sagte er so lange nichts, bis Erwin ihm mit dem Ding direkt in die Augen leuchtete. Nur eine beherzte Vollbremsung konnte Willi davor bewahren, den Radweg unfreiwillig zu verlassen und in einen Weidezaun zu krachen.

Die beiden warteten eine Weile, bis Willis Augen sich wieder an die Dämmerung gewöhnt hatten und er keine Luftballons mehr auf der Netzhaut sah.

Erwin sicherte so lange das Gelände und spähte aufgeregt hin und her. Hätte er sich dabei um die eigene Achse gedreht, hätte man aus der Ferne annehmen können, dass es sich bei ihm um einen Leuchtturm handele.

Nach einer Weile erreichten sie die Einfahrt des Campingplatzes. Erwin schaltete seine Stirnlampe aus, um in der Dämmerung nicht unnötig aufzufallen. Vorsichtig schlichen sie sich zum Schlagbaum, der um diese Uhrzeit verschlossen war. Wie es sich für echte Camper gehörte, wurden selbstverständlich die Ruhezeiten strikt eingehalten. Zu Erwins Erleichterung befand sich auch niemand am Eingang. Diesen Vorteil nutzten er und Willi umgehend, stiegen ab und marschierten mit ihren Rädern geradewegs aufs Gelände.

»Weißt du noch, wo der Wohnwagen steht?«, flüsterte Willi.

»Ja. Wir müssen hier links abbiegen.« Erwin schob sein Fahrrad über den Schotter.

Einige Camper zogen mit ihrem Geschirr in kleinen Plastikwannen in den Waschraum, während andere mit ihren Hunden Gassi gingen. Eine Frau hatte sogar eine Katze an der Leine. Dies erschien Willi derart suspekt, dass er, während er sich fast den Hals verrenkte, mit Erwin kollidierte.

»Pass auf!«, schimpfte Erwin.

»Pst!«

»Schau, da vorne brennt Licht im Wohnwagen. Das ist er. Sie sind zu Hause.«

Die Rentner lehnten ihre Fahrräder an einen Baum. Willi machte sich daran, seines abzuschließen.

»Was machst du denn da?«

»Na, wenn das jemand klaut?«

»Willi, es klaut dir auf diesem Campingplatz niemand das Fahrrad. Außerdem musst du dir immer einen Fluchtweg offen halten. Stell dir vor, die erwischen uns. Glaubst du, der Belmont wartet, bis du das Schloss aufgesperrt hast, bevor er dich verfolgt?«

Das klang für Willi schlüssig, und er tat es seinem Freund gleich, der das Rad einfach an den Baum lehnte.

In leicht vorgebeugter Haltung tippelten sie mit ihren feuerroten Fahrradhelmen auf dem Kopf hintereinander zum Wohnwagen der Belmonts. Mittlerweile war es fast finster.

»Wie wollen wir denn nun vorgehen?«, fragte Willi. Sie waren nur noch wenige Schritte vom großen Ausstellfenster auf der Rückseite des Wagens entfernt.

»Ich würde sagen, dass wir uns zu dem Fenster dort bewegen und darunter in Deckung gehen«, wisperte Erwin. »Du kannst, während ich innen etwas zu erkennen versuche, einen Blick in das Vorzelt werfen.«

Willi nickte Erwins Vorhaben ab. Sie verschanzten sich an besagter Stelle.

Erwin griff an seine Gürteltasche und holte sein Diktiergerät hervor. Er hielt es mit beiden Händen vor sein Gesicht, als wäre es eine Waffe.

»Was willst du denn damit?«

»Pst. Nicht so laut. Vielleicht kann ich ein Gespräch aufzeichnen.«

»Außer uns zweien wird da aber nichts zu hören sein.«

Aus dem Wohnwagen ertönte leises Murmeln, dem Erwin einen Moment lang angestrengt lauschte. »Auch wieder wahr!« Erwin steckte das Gerät zurück in den Gürtel. Dafür holte er nach und nach alles heraus, was er sonst noch eingepackt hatte.

Willi sah ihm verständnislos dabei zu. Was auch immer zum Vorschein kam: Es war für diesen Einsatz nicht zu gebrauchen. Spätestens bei den Kabelbindern zweifelte Willi an der Zurechnungsfähigkeit seines Freundes.

»Ich werfe mal einen Blick in das Vorzelt, bis du dich sortiert hast. Vielleicht gibt es dort etwas Interessantes zu entdecken.«

»Pass aber auf, dass dich niemand sieht.«

Willi humpelte in der Hocke um den Wagen herum. Da war nach wie vor das Gemurmel, und ab und an klapperte etwas. Weit und breit war niemand auf den Wegen des Campingplatzes zu sehen. Anscheinend genoss der gemeine Camper um diese Uhrzeit die Ruhe in seinen zehn Quadratmetern Eigenheim.

Während Willi leise den Reißverschluss des Vorzeltes öffnete, reckte Erwin den Kopf nach oben, um einen Blick in das Wageninnere zu werfen. Dummerweise war er mit seinem Gesicht zu nah am Wohnwagen, sodass er mit dem unteren Rand des Ausstellfensters seine Stirnlampe einschaltete. Er leuchtete damit erstklassig ins Wageninnere der Belmonts. Glücklicherweise erkannte Erwin umgehend seinen Fauxpas und hielt schnell seine Hand vor die Leuchte, bevor er sich ruckartig zurück in die Hocke bewegte. Dort hielt er seinen Atem möglichst flach und bewegte sich nicht mehr.

»Hast du das gesehen?«, hörte er aus dem Inneren.

»Was?«

»Das Licht. Ich schau mal nach draußen.«

Verdammt! Nun galt es für Erwin, schnell zu handeln. Auf allen Vieren krabbelte er Richtung Vorzelt, um seinen Freund zu warnen. Als er um die Ecke spähte, entdeckte er Willi, der auf dem Rasen kniete und seinen Kopf durch den Reißverschluss des Vorzelts steckte.

»Willi!«, zischte Erwin. »Willi!«

Willi zog seinen Kopf aus dem Vorzelt und schaute sich, weiterhin kniend, nach hinten um.

Erwin wedelte wie verrückt mit der Hand, damit Willi zu ihm kam. Doch bevor der begriff, was sein Freund von ihm wollte, öffnete sich die Wohnwagentür. Schnurstracks und in Windeseile krabbelte Willi zu Erwin zurück und verschanzte sich mit ihm an der Rückseite des Wohnwagens.

Jean Belmont öffnete den Reißverschluss des Vorzeltes komplett und trat nach draußen.

»Und?«, hörte man Julie rufen. »Ist da was?«

»Nö«, meinte Jean. »Alles ruhig. Wahrscheinlich Kinder oder so.«

»Dann komm wieder rein! Wir haben noch einiges zu tun.«

Jean tat, wie ihm befohlen. Er schloss das Vorzelt und ging zurück zu Julie.

Die beiden Männer atmeten erleichtert aus.

»Was war denn das jetzt? Bist du etwa gegen die Scheibe gekommen?«

»Ach, woher!«, flunkerte Erwin. »Wahrscheinlich haben sie dich mit dem Reißverschluss gehört. Du musst besser aufpassen.«

»Nie im Leben«, flüsterte Willi. »So vorsichtig, wie ich war.«

»Pst. Nicht so laut! Und jetzt? Hast du was gesehen?«

»Haufenweise Frittenfett steht im Vorzelt. Du, und wenn die so etwas wie ein Catering haben?«

»Quatsch. Catering. Was ist denn das überhaupt?«

»Das hatten wir bei Evas Sechzigstem. Weißt du nicht mehr? Die Datteln im Speckmantel, die du so gerne mochtest. So ein Lieferdienst halt.«

»Ach was! Die kochen bestimmt nicht im Wohnwagen für fremde Leute. Ich guck noch mal.«

»Pass aber diesmal auf, hörst du?«

Natürlich hörte er nicht mehr und streckte seine Nase erneut nach oben, um einen Blick durch die Scheibe zu erhaschen. Durch den Schlitz der zugezogenen Vorhänge sah er die Belmonts.

Jean goss etwas aus einem großen Eimer in einen Topf. Julie rührte darin herum. Außerdem blieb Erwin nicht verborgen, dass sich einige elektrische Kochplatten im Wohnwagen befanden, auf denen allesamt irgendetwas vor sich hin köchelte.

Willi zog an Erwins Jacke. »Und? Siehst du was?«

Erwin kam zurück nach unten und kauerte sich auf die Erde. »Du, ich glaube, das ist ein Drogenlabor.«

»Ach was. Wie kommst du denn da drauf?«

»Pst, Willi. Leise! Ich schwöre dir, die brauen sich da drinnen astreines Kokain oder so.«

»Mit Frittenfett?«

»Tut mir leid, Willi. Das Rezept habe ich gerade nicht im Kopf.«

»Und jetzt?«

»Wenn ich meinen Fotoapparat dabeihätte … Aber so?«

»Du hast doch dein Handy.«

»Gute Idee.« Erwin kramte sein Telefon heraus und tippte den Code ein. Dieser Vorgang wurde zur Nervenprobe, da sich Erwin bereits zweimal vertippt hatte.

»Warte, Erwin! Ich will auch kurz gucken.«

»Nichts da. Am Ende sehen sie dich noch mit deinem roten Helm.«

Willi grinste und zeigte mit dem Finger auf Erwins Kopf. Der drehte seine Augen nach oben und betastete sein Haupt.

»Egal. Du passt lieber auf, dass keiner kommt. Ich halte das Beweismaterial fotografisch fest.«

Murrend gab Willi nach und scannte die Gegend. »Ist alles ruhig«, flüsterte er.

Erwin streckte sich mit seinem Handy abermals nach oben und knipste freudig drauflos. Er blieb mit seinem Kopf unterhalb des Fensters, um nicht gesehen zu werden. Nach jedem Foto drehte er das Handy in eine andere Richtung, in der Hoffnung, alle Ereignisse innerhalb des Wagens festzuhalten.

Willi starrte nun auch gebannt zu Erwins Handy. »Siehst du was auf dem Display?«

»Nö, ist zu dunkel. Du?«

»Nö, ich auch nicht. Hab meine Lesebrille nicht dabei. Aber vielleicht kannst du die Schärfe noch ein wenig einstellen. Ich glaube, dafür musst du hier drücken?«

Willi zeigte Erwin die Stelle auf dem Display, die er meinte. Ihm zuliebe drückte Erwin drauf, hielt das Handy wieder vor das Fenster und betätigte den Auslöser. Plötzlich wurde es hell. Dummerweise war dies die Aktivierung für den Blitz gewesen.

»Scheiße. Jetzt aber flinke Füße!«, zischte Erwin und lief los.

Willi starrte ihn wie versteinert an.

»Hey!«, rief es aus dem Inneren des Wagens. Dann öffnete sich die Tür. Jean machte sich an dem Reißverschluss des Vorzeltes zu schaffen.

»Nun komm schon!«, hetzte Erwin, schwang sich auf sein Rad und trat in die Pedale.

Er merkte erst am Schlagbaum, dass sein Freund ihm nicht gefolgt war. Nervös stellte er das Rad neben der Einfahrt ab und machte sich zu Fuß auf den Weg, um Willi zu suchen.

Ein Camper, der noch einsam seine Runde drehte, war nicht minder überrascht, als er Erwin mit Helm herumspazieren sah.

Jean stand vor dem Wohnwagen und blickte sich um.

»Was ist denn nun?«, fragte Julie, als auch sie aus dem Wohnwagen kam.

»Da hat was geblitzt. Als ob jemand fotografiert hätte!«

»Vielleicht zieht ein Gewitter auf!«

»Quatsch, Gewitter.«

»Dann eben Wetterleuchten. Jetzt komm, damit wir fertig werden. Ich bin müde.«

Willi traute sich kaum zu atmen. Diese Aufregung war ihm eindeutig zu viel. Was, wenn sich Jean bückte, um unter den Wohnwagen zu sehen? Wenn sie wirklich nur kochten, wäre es nicht so schlimm. Was aber, wenn Erwin recht hatte und die Belmonts Drogendealer waren? Wie würde er wohl auf einen Schnüffler reagieren? Nein! Willi verwarf den Gedanken. Drogendealer an einem Kurort, das ergab keinen Sinn.

Endlich verschwand Jean wieder im Wagen. Es war höchste Zeit, den Campingplatz zu verlassen.

»Willi? Willi!«

Das war Erwins Stimme, die aus der Dunkelheit kam.

Willi robbte unter dem Wohnwagen hervor und schlich zu seinem Kompagnon.

Erleichterung stand Erwin ins Gesicht geschrieben.

»Da bist du ja endlich. Was machst du denn noch hier?«, flüsterte Erwin und klappte den Ständer von Willis Rad nach oben.

»Du bist gut. Lässt mich einfach zurück.«

»Jetzt komm, lass uns verschwinden! Wir müssen unbedingt heute noch die Bilder auswerten.«

»Da bin ich mal gespannt.« Willi schnappte sich das E-Bike und schob es schnellen Schrittes und tatsächlich ungesehen vom Campingplatz.

»Sag mal, Erwin, findest du es nicht auch komisch, dass hier kein Remmidemmi ist? Kein Schwein ist zu sehen.«

»Vielleicht mag es der gemeine Camper eher ruhig?«

»Na, aber dass gar keiner umherläuft? So spät ist es überhaupt noch nicht.«

***

Als Erwin und Willi die Eingangshalle ihres Hotels betraten, erblickten sie Justus und Iris, die sich angeregt unterhielten.

»Justus! Gut, dass du noch hier bist. Kannst du das Handy an deinen Computer anschließen?«, keuchte Erwin. »Hallo, Iris!«

»Hallo erst mal. Wie seht ihr denn aus? Willi, was ist denn mit deiner Hose passiert?«

Alle begutachteten Willis Kniebereich und beäugten erstklassige Grasflecken, gekrönt von einer aufgerissenen Stelle. Stolz erzählten Willi und Erwin von ihren Erlebnissen.

Iris schmunzelte, aber Justus schüttelte missbilligend den Kopf. »Und wenn die euch erwischt hätten?«

»Haben sie nicht«, meinte Erwin. »Da müssen diese Belmonts schon eher aufstehen. Schau, Justus. Ich habe das Kabel. Wir müssen das Bildmaterial auswerten. Warum sitzt du eigentlich mit deinem Laptop hier, wo du doch in Begleitung einer wunderschönen Frau bist?«

Iris fühlte sich sichtlich geschmeichelt. »Das ist aber lieb, Erwin. Aber … da muss ich Justus in Schutz nehmen. Ich habe ihn quasi überfallen und ihn von der Arbeit abgehalten.«

»Eine schönere Unterbrechung konnte ich mir nicht vorstellen, liebe Iris!«

Während Willi mit seinem Taschentuch und Spucke versuchte, die Grasflecken aus seiner Hose zu entfernen, wurde Erwin langsam unruhig. »Justus, nun schließ endlich das Handy an! Wir sind da einer ganz großen Sache auf der Spur, ich sage es euch.«

»Ja, Justus. Schließ das Handy an«, bat Iris. »Ich bin auch schon ganz neugierig. Ach, ist das aufregend mit euch!«

Da konnte Justus natürlich nicht widersprechen und saugte das Beweismaterial aus Erwins Telefon auf seinen Computer.

»Diese Flecken gehen nie wieder raus«, jammerte Willi.

Keiner reagierte, weil alle gespannt auf den Bildschirm blickten.

»So, Download beendet. Dann schauen wir uns mal euer belastendes Bildmaterial an.« Justus öffnete die Datei.

Er musste sich beim Anblick des ersten Fotos schwer zusammenreißen.

Auch Iris hielt sich sicherheitshalber die Hand vor den Mund, um Erwin nicht allzu sehr zu kränken.

»Was ist denn da passiert?« Erwin rückte mit seiner Nase sehr nahe an den Bildschirm.

Auch Willi ließ nun von seiner Hose ab und lugte über Erwin hinweg auf den Bildschirm, während Justus fröhlich durch das Bildmaterial klickte.

Auf dem ersten Bild sah man Erwin und Willi von oben. Perspektivisch in etwa so, als wenn ein Hund von seinem Herrchen aus dem Stand fotografiert wird. Danach sah man Erwins Stirnlampe, gefolgt von einem Bild, auf dem nur ein Busch zu sehen war. Weitere Bilder von Erwins Helm und ein gelungener Schnappschuss, auf dem Willi seine Augen geschlossen hatte, rundeten die Fotosession ab.

»Sagt mal, ihr zwei: Hattet ihr etwa die Selfie-Kamera aktiviert?«

Erwin verstand nicht. »Welche Sel…, wie heißt das Ding?«

»Na, die Selfie-Kamera. Vorne am Handy!« Justus musste sich schwer zusammenreißen.

Iris hatte der Runde bereits den Rücken zugewandt, um ihren Lachtränen freien Lauf zu lassen.

»Wie? Da sind zwei Kameras?« Erwin drehte sein Handy hin und her. »Das ist wirklich ein Wunderwerk der Technik!«

»Warum drückst du auch ab, wenn ich die Augen geschlossen habe? Schau, das wäre ein so schönes Bild von uns geworden.«

»Weil mir nicht klar war, dass ich uns fotografiere! Wisst ihr denn überhaupt, was das bedeutet?«

Schweigen im Walde, bis Willi sich zu Wort meldete.

»Das bedeutet, dass das die ersten Bilder unseres Urlaubs sind, der schon fast wieder vorbei ist!«

»Nein! Das bedeutet, dass wir null Beweise haben und die ganze Aktion umsonst war.«

»Seht es einmal von der positiven Seite«, meinte Iris aufmunternd. »Immerhin habt ihr eine schöne Radtour unternommen!«

»Genau«, unterstützte Justus. »Und Willi bekommt eine neue Hose!«

Justus und Iris lachten hemmungslos, was Willi und Erwin überhaupt nicht erfreute.

»Jetzt mal von vorne. Was habt ihr denn überhaupt beobachtet?«

Erwin erzählte, wie er die Belmonts beim Kochen ausspioniert hatte. Er berichtete von großen Töpfen. Iris bohrte nach, und Willi bekundete, dass das Vorzelt voll von Eimern mit Frittenfett sei.

»Okay!«, rief Justus und klappte seinen Laptop zu. »Fall abgeschlossen.«

»Was heißt *Fall abgeschlossen*? Justus, hast du nicht zugehört? Die machen dort unrechte Dinge.«

»Erwin, alles, was wir nach eurer bahnbrechenden Aktion wissen, ist, dass die Belmonts in ihrer Freizeit sehr gerne kochen und anscheinend eine Vorliebe für Fritten haben. Was genau meinst du denn, dass die dort tun?«

»Erwin meint, dass die in dem Wohnwagen ein Drogenlabor haben.« Willi war sich nach Justus' Zusammenfassung auch nicht mehr so sicher, ob sie sich nicht in etwas verrannt hatten.

»Ein Drogenlabor? Dass ich nicht lache! Erwin, komm, lass es gut sein.«

Mit diesen Worten verabschiedete sich Justus von der Runde und stand auf.

Iris folgte ihm.

Willi schaute den beiden hinterher.

»Sag mal, Erwin, läuft da jetzt eigentlich was Ernstes zwischen Justus und Iris? Ich meine, die zwei hängen immer zusammen …«

Erwin ging nicht darauf ein. Für ihn stellte sich eine ganz andere Frage.

»Was machen die auf diesem Campingplatz?« Er massierte sich nachdenklich sein Kinn.

»Ich würde gerade lieber wissen, ob Justus allein auf sein Zimmer geht.«

Diese Frage allerdings blieb an diesem Abend unbeantwortet.

# Von Buddhas und Zwergen

»Ach, das ist mal nett, dass Sie sich doch noch zu uns gesellen!«

»Tut mir leid, ich habe den Raum nicht gefunden!« Justus wirkte gehetzt.

»Na, jetzt haben Sie es zum Glück geschafft. Nehmen Sie Platz, dann können wir beginnen.«

Justus nickte und grüßte flüchtig in die Runde der Kursteilnehmer.

»Justus! Hier!«, meldete sich Willi, der einen Platz für seinen Freund zwischen sich und Erwin freigehalten hatte. »Wo warst du denn? Ich habe bestimmt zehnmal gegen deine Tür geklopft.«

»Der Gentleman genießt und schweigt.«

»Du Hund!«, freute sich Erwin und klopfte Justus auf die Schulter.

Die Dozentin klatschte ungeduldig in die Hände. »Wenn ich um Ruhe bitten dürfte. So, da wir nun endlich vollzählig sind, begrüße ich Sie nochmals recht herzlich zu unserem Töpferkurs. Mein Name ist Gerti Sänger. Ich begleite Sie an diesem Vormittag. Mit ein bisschen Glück können Sie sich Ihr Kunstwerk schon morgen bei mir abholen.«

Erwin hörte Frau Sänger aufmerksam zu, während Willi sein Werkzeug begutachtete.

Justus stützte den Kopf auf seiner Hand ab und fiel in einen Sekundenschlaf.

»Vor Ihnen liegt diverses Werkzeug, das Sie zum Modellieren verwenden können. Ob Sie das Messer oder lieber die Spatel verwenden möchten, bleibt ganz Ihnen überlassen. Sie können sich jetzt alle mit dem Schneidedraht ein Stück Ton abschneiden.«

»Frage! Wo sind denn diese Drehscheiben?«

»Guter Mann, wie ist Ihr Name?«

»Volz! Erwin Volz!«

»Herr Volz, um mit einer Drehscheibe arbeiten zu können, bedarf es schon ein wenig Übung. Das schaffen wir in drei Stunden nicht. Sie werden sich Ihr Stück am Platz mit Ihren Händen modellieren müssen.«

»Schade!«

»Tja! Wenn sonst keine Fragen sind, dürfen Sie anfangen. Und bitte achten Sie auf Sauberkeit an Ihrem Arbeitsplatz.«

Willi startete als Erster, um sich ein Stück Ton abzuschneiden. Immerhin wollte er für seine Frau etwas Schönes töpfern.

»Willi? Bringst du mir ein bisschen Ton mit, wo du da gerade stehst?«

Willi, wie auch die restlichen Kursteilnehmer, sägten sich mit dem Schneidedraht beachtliche Stücke vom Tonblock ab. Anscheinend hatten alle das gleiche Ziel: ein zwölfteiliges Teeservice inklusive Kännchen und Zuckerdose.

»Die hat ganz schön Haare auf den Zähnen«, sagte Justus zu Erwin.

»Sei ruhig! Wenn die dich hört. Die hat einen ordentlichen Regimentston am Leib. Aber jetzt erzähl mal, Justus. Warst du die ganze Nacht bei Iris?«

»Ich sage überhaupt nichts, Erwin. Das tut man nicht.«

»Ach, komm! Unter Freunden.«

Willi knallte seinen beiden Töpferkollegen den Ton auf den Tisch. »Reicht das?«

»Ich weiß nicht, Willi. Wir sollten die Frau Sänger besser noch mal fragen, wie groß ihr Ofen ist. Nicht dass sie unser Zehn-Kilo-Objekt am Ende nicht brennen kann.«

»Dann hol dir doch das nächste Mal …«

»War nur Spaß. Was töpfert ihr denn?«

»Ich mach mir eine Vase«, verkündete Erwin voller Stolz. »Und ihr?«

»Ich wollte erst einen Aschenbecher töpfern«, meinte Justus. »Den kann ich nämlich schon. Aber ich rauche leider nicht. Also werde ich mir einen kleinen Gartenzwerg basteln.«

»Töpfern!«

»Was?«

»Du wirst einen Gartenzwerg töpfern«, verbesserte Willi. »Ich werde meiner Eva einen Buddha mit nach Hause bringen. Dann weiß sie, dass ich ihr doch ab und an zuhöre. Sie hat nämlich erwähnt, dass sie mal nach Indien will. Außerdem liebt sie Räucherstäbchen.«

»Na, dann auf ins Gefecht!«, feuerte Justus seine Mitstreiter an.

Die anderen sieben Teilnehmer waren bereits eifrig dabei, ihrem Tonklotz mithilfe von Wasser eine Form zu geben. Dies allerdings erwies sich als schwieriger als anfangs gedacht. Insbesondere deshalb, weil sich Frau Sänger immer mehr als wahrer Feldwebel entpuppte. Künstlerische Freiheit war in diesem Kurs absolut verpönt. Es sei denn, die Vorstellungen der Töpferlehrlinge waren deckungsgleich mit denen, die Frau Sänger im Kopf hatte. Wie sich aber schnell abzeichnete, war dies bei niemandem der Fall. Akribisch prüfte die Dozentin die Ideen der Kursteilnehmer.

»Wenn Sie Figuren modellieren, müssen Sie die Aushöhltechnik oder die Aufbautechnik mit Tonwülsten anwenden. Die beiden Techniken dienen dem Zweck, Hohlräume zu schaffen. Diese sind wichtig, damit beim Brennen kein Malheur passiert!«

Barbara, eine Dame mittleren Alters, war bereits nach zwanzig Minuten den Tränen nahe, weil sie sich von Frau Sänger nicht verstanden fühlte. Während sie nämlich eine eckige Schale töpfern wollte, bestimmte die Dozentin auf ihre forsche Art, dass diese Form bereits in den Achtzigern out gewesen sei. Um ihrer Meinung Ausdruck zu verleihen, kappte sie kurzerhand die Ecken des Kunstwerks und rundete diese ab. Klaus, der neben Barbara saß, erwischte es noch härter. Sein Aschenbecher wurde umgehend von Frau Sänger eliminiert, weil sie die Nase voll davon hatte. Immerhin war ihr Kurs mehr als der Unterricht in einer vierten Klasse Grundschule. Umgehend entschieden sich zwei weitere Kursteilnehmer verstohlen um, füllten die Zigarettenaussparungen ihrer Kunstwerke mit Ton auf und gaben vor, eine Müslischale zu töpfern. Im Raum war es mucksmäuschenstill. Einzig Frau Sänger betonte unentwegt, wie viel Spaß das Töpfern mache und dass es nichts Befriedigenderes gäbe, als der eigenen Kreativität freien Lauf zu lassen.

»Geht euch die Alte auch so auf den Keks?«, flüsterte Justus.

Erwin nickte. »Wenn die nicht bald einen Gang zurückschaltet, bewerfe ich sie mit Ton.«

Im nächsten Moment verstummten die Männer. Frau Sänger war im Anmarsch, um das Handwerk von Erwin und Co. zu begutachten.

»Na, die Herren? Was haben wir denn da? Ah, ich sehe schon. Ein Schneemann.«

»Das wird ein Buddha«, wehrte sich Willi und hielt schützend eine Hand vor sein Schmuckstück.

»Davon sind Sie aber noch weit entfernt. Sie wissen schon, dass ein Buddha immer im Schneidersitz sitzt.«

»Meiner eben nicht. Der kommt gerade und steht.«

»Wo kommt er denn her?«

»Vielleicht vom Klo!«

»Vom Klo? Wer soll das denn glauben?«

»Na, wegmeditieren wird er sich seine Notdurft wohl nicht.«

»Und warum modellieren Sie ihm einen Penis?«

»Da kommt später noch ein Lendenschurz rum.«

Frau Sänger war irritiert, gab aber nicht auf. »Wenn man ihn nicht sieht, brauchen Sie ihn auch nicht zu modellieren.«

»Ich weiß aber, dass er da ist. Schließlich sind wir hier nicht bei Barbie und Ken.«

Erwin ahnte, wohin sich dieses Gespräch dank Willis Dickschädel entwickeln konnte und grätschte dazwischen. »Frau Lehrerin? Können Sie mal kurz?« Er hob die Hand und schnippte wild mit seinen Fingern.

»Ja?«

»Schauen Sie mal. Immer wenn ich mit dem Spatel von innen Ton herauskratzen möchte, bricht die Wand dort ab.«

»Sie brauchen mehr Wasser. Ihr Ton ist staubtrocken. Das ist kein Speckstein, mit dem Sie hier arbeiten. Was soll es denn werden?«

»Eine Vase. Hübsch, gell?« Erwin drehte sein halb fertiges Kunstwerk auf der Handfläche, um Frau Sänger das schöne Stück von allen Seiten zu präsentieren.

»Ich dachte eher an einen Eimer. Aber gut. Noch ist nichts verloren. Wenn Sie nicht nur Sonnenblumen darin aufbewahren wollen, sondern auch mal ein Moosröschen, empfehle ich Ihnen, zwei Drittel der Außenwände abzutragen. Außerdem bekomme ich Ihr Ungetüm so nicht in den Ofen.«

Erwin vertiefte sich in seine Arbeit und benetzte seine halb fertige Vase mit viel zu viel Wasser.

»Was haben wir denn hier?« Frau Sänger stützte sich mit beiden Händen vor Justus auf dem Tisch ab und kam mit ihrem Kopf gefährlich nah an ihn heran.

Justus wich ein Stück nach hinten aus. Die Nähe einer Frau hatte er bis eben stets als angenehm empfunden. Frau Sänger jedoch war ihm suspekt. Eine Frau wie sie fraß auch kleine Hunde.

»Nach was sieht es denn aus?«, forderte Justus die Dozentin heraus.

Erwin, Willi und die anderen Kursteilnehmer unterbrachen umgehend ihre Arbeit. Man hätte eine Stecknadel fallen hören können.

Frau Sänger nahm Justus' Tongebilde in die Hand und betrachtete es aus nächster Nähe. »Ich würde sagen, ein Gartenzwerg.«

»Richtig.«

»Hübsch«, lobte sie in einem schnippischen Tonfall, stellte den Zwerg zurück auf den Tisch und drehte weiter ihre Runde.

Willi und Erwin sahen fragend zu ihrem Freund.

Justus hob nur seine Augenbrauen. Er tat, als wäre er nicht sonderlich überrascht von Frau Sängers Meinung.

Plötzlich ein Aufschrei. Barbaras Schale, die ursprünglich eckig werden sollte, brach bei dem Versuch, sie noch filigraner zu gestalten, in der Mitte auseinander.

Frau Sänger bescheinigte ihr, dass die Schale nicht mehr zu retten sei. Sie könne vielleicht noch schnell etwas anderes töpfern. Statt Barbara gut zuzureden, wandte sie sich mit mahnenden Worten an alle Teilnehmer: »Sehen Sie, was gerade passiert ist, und lernen Sie aus den Fehlern anderer. Töpfern ist nicht einfach nur ein Handwerk oder eine Bastelei. Das Töpfern spiegelt Ihre Seele. Übertriebener Perfektionismus könnte sich am Ende rächen. Hätte sich diese Dame mit dem Ergebnis ihrer Arbeit zufriedengegeben, hätte sie nun ein schönes Stück, das sie mit nach Hause nehmen könnte. Nun steht sie vor einem ungebrannten Scherbenhaufen. Vielleicht muss nicht immer alles perfekt sein!«, beendete sie ihre Predigt und schaute nochmals mit ermahnendem Blick zu Barbara, die in Tränen aufgelöst fluchtartig den Raum verließ.

»Ich betone nochmals«, ermahnte die Dozentin, »es ist sehr wichtig, dass Ihr Brenngut keinen geschlossenen Hohlraum hat. Ausgehöhlte Stücke müssen stets an einer Stelle offen sein.«

Justus spähte nach links, dann nach rechts.

Willi und Erwin erkannten in seinem Blick, dass er was im Schilde führte.

»Denkt ihr auch, was ich denke?«, flüsterte er.

»Wenn du sagst, was du denkst, kann ich dir sagen, ob ich das auch denke«, lachte Erwin.

»Wäre es nicht schön, wenn wir die arme Barbara rächen könnten?«

»Wir kennen die Frau doch nicht.« Willi erlöste seinen Buddha mit einem modellierten Lendenschurz von seiner Nacktheit.

»Trotzdem. Diese Tussi geht mir dermaßen auf den Zeiger. Wir sind hier nicht im Knast. Wer ist dafür, dass wir die Dame ein wenig erden und auf Spur bringen?«

Willi und Erwin überlegten. Ihre Entscheidung fiel schlagartig, als Frau Sänger in rüdem Ton verkündete, dass niemand außer ihr den Ofen anfassen dürfe.

»Okay, ich bin dabei!«

»Ich auch«, schloss sich Willi an. »Wollen wir sie jetzt mit Ton bewerfen?«

»Viel besser, Willi. Viel besser!«

Gespannt beobachteten die zwei Justus, wie er den Hohlraum seines Zwerges, der im Übrigen wirklich gelungen war, mit einem Stück Ton an der Unterseite zukleisterte.

»Du weißt aber schon, dass das deinem Zwerg im Ofen überhaupt nicht guttut.«

Justus sah Erwin an. »Genau das ist der Plan.«

»Ah!« Willi begriff noch vor Erwin, was Justus vorhatte.

»Das ist eine gute Idee. Aber was passiert dann mit meinem Freund?«

Drei Augenpaare richteten sich auf Willis Buddha. Zumindest auf das Gebilde, das einen Buddha darstellen sollte.

»Ganz ehrlich, Willi? Ich glaube, mit dem verschreckst du deine Eva bloß.«

»Genau«, fügte Erwin hinzu. »Vor allen Dingen, wenn sie unter sein Röckchen blickt.«

»Das ist ein Lendenschurz!«, verteidigte Willi sein Kunstwerk, sah aber nach näherer Betrachtung schnell ein, dass seine künstlerischen Fähigkeiten in vielerlei Hinsicht zu guten Ergebnissen führten. Nur eben nicht im Umgang mit Ton.

»Gut!«, entschied Willi. »Mein Buddha wird Angst und Schrecken verbreiten. Einer für alle, alle für einen. Soll ich ihn auch irgendwo verschließen?«

»Nein«, meinte Erwin. »Den zerreißt es auch so!«

Justus nahm den kleinen Spatel und zog seinem Zwerg die Mundwinkel nach unten. Dadurch bekam das freundliche Kerlchen umgehend einen fiesen Gesichtsausdruck, der zu sagen schien: *Leg dich nicht mit mir an!* Auch die runden Kulleraugen modellierte er kurzerhand um und stellte sich dabei äußerst geschickt an. Mit diesem Gesichtsausdruck hätte sich Justus den Zwerg bestimmt nicht mehr in den Vorgarten gestellt. Außer, um Einbrecher oder Nachbars Katze zu verschrecken.

»Jetzt nur nicht auffallen. Die anderen haben alle ihre kleinen Kunstwerke auf die Platte gestellt. Die Dozententante schiebt die Sachen gleich in die Röhre. Kommt mit!«

Willi und Erwin folgten Justus zum Ofen, in den die Dozentin gerade fein säuberlich das Brenngut räumte. Justus schickte Erwin vor, um sie abzulenken.

»Sagen Sie mal, Frau Lehrerin? Bei wie viel Grad brennt jetzt so ein Ofen ganz genau?«

Frau Sänger wandte sich Erwin zu und stand nun mit dem

Rücken zum Ofen. »Nun, die Temperatur liegt zwischen neunhundert und tausendeinhundert Grad.« Sie wollte sich gerade wieder umdrehen, als Erwin mit seiner Fragerei fortsetzte. »Und der heizt jetzt sofort auf die Temperatur hoch?«

»Um Gottes willen! Sind Sie verrückt? Der Ton muss erst einmal bei sehr niedriger Temperatur trocknen.«

Interessiert bohrte Erwin mit Willis Unterstützung weiter, während Justus die Gunst der Stunde nutzte. Er schnappte seinen Zwerg und stellte ihn in den Ofen. Direkt ins Epizentrum, umringt von kleinen Vasen, Figuren und einem Aschenbecher. Anscheinend hatte sich jemand über Frau Sängers Befindlichkeiten hinweggesetzt und mutig sein Vorhaben durchgezogen. Willi gab, nachdem er von Justus grünes Licht bekommen hatte, der Frau seinen Buddha in die Hand, mit der Bitte, ganz besonders auf seinen kleinen Kerl aufzupassen.

Frau Sänger verzog ein wenig das Gesicht und stellte das Gebilde mit in den Ofen. Danach Erwins Vase.

Während sie ihren Arbeitsplatz reinigten, schauten die drei Freunde dabei zu, wie Frau Sänger ihren heiß geliebten Ofen einstellte und die Luke schloss. Die Ahnungslose.

# Alles hinüber

»Ich liebe veganes Essen«, schwärmte Iris, als sie mit Justus, Erwin und Willi den Speisesaal verließ.

»Ich auch. Aber nur als Beilage.«

»Willi, deine Gesundheit würde es dir danken, wenn du weniger Fleisch essen würdest«, meinte sie.

»Die schon, aber mein Metzger nicht. Man sollte immer zusehen, dass es den Menschen aus der eigenen Region gut geht.«

Erwin mischte sich ins Gespräch. »Hast ja recht, Iris. Aber muss es denn ständig gleich schwarz oder weiß sein? Ich mag Fleisch und weiß immer, wo es herkommt.«

»Ich auch«, ergänzte Justus. »Aus der Kühltheke!« Dafür bekam er von Iris einen Tritt vor sein Schienbein. »Au!«

»Geschieht dir ganz recht!«

»Ist ja gut. Aber musste es denn ausgerechnet Tofu sein? Was meinen die damit, wenn sie schreiben: *Veganes Schnitzel*? Das widerspricht sich schon von Grund auf. Ich gehe immerhin auch nicht in eine Gaststätte und bestelle mir einen alkoholfreien Schnaps. Entweder ich esse ein Schnitzel oder nicht. Schnitzel aus Tofu! Dass ich nicht lache. Da kann man doch schreiben: *Panierte Tofuwürfel*. Da hat man doch gleich eine ganz andere Erwartungshaltung.«

Gerade als Iris ansetzen wollte, Justus in Sachen Gesundheit weiter aufzuklären, lief Frau Sänger, die Töpfertante, wie von der Tarantel gestochen mit den Armen wedelnd durchs Gebäude und schrie hysterisch: »Oh, mein Gott! Ein wahres Massaker!«

Justus ahnte natürlich, was passiert war, wollte sich aber nichts anmerken lassen. Er befürchtete, dass Iris womöglich noch zu Frau Sänger halten könnte. Das wollte er keinesfalls riskieren und stellte sich daher dumm. Seine Freunde taten es ihm gleich.

Justus fasste sich ein Herz und stoppte Frau Sänger auf dem Flur vor dem Speisesaal.

»Frau Sänger! Was ist denn passiert? Will Ihr Ofen keinen Ton von sich geben?«

Willi grinste und bewunderte seinen Freund für dieses exzellente Wortspiel, das er mal so eben aus der Hüfte schoss.

»Es ist alles kaputt!«

»Was denn? So sagen Sie schon!«

»Die Vasen, Skulpturen, Schalen … alles ist hinüber. Irgendetwas hat nicht gestimmt. Als ob das Ofeninnere einfach explodiert wäre!«

Willi und Erwin führten die völlig aufgelöste Dozentin zu einer Sitzgruppe, die in einer Nische vor dem Speisesaal stand.

»Wie? Und mein Zwerg? Bitte sagen Sie mir, dass mein Zwerg es geschafft hat!«

Frau Sänger nahm einen Schluck Wasser, den Erwin ihr aus dem Wasserspender brachte. »Wie ich schon sagte, alles hinüber.«

Die Männer taten betroffen und senkten ihre Häupter.

Willi faltete sogar seine Hände.

»Nein!«, verbesserte sich Frau Sänger. »Stimmt nicht ganz. Ihr Schneemann hat es unbeschadet überlebt. Er stand als Einziger im Ofen und grinste heraus!«

»Das ist kein Schneemann, sondern ein Buddha.«

»Wie auch immer. Nur seine Hose hat es nicht überlebt.«

»Das wiederum war ein Lendenschurz. Buddhas tragen keine Hosen!« Willi wirkte angesäuert, und es war nicht ganz klar, woran das lag. Entweder an der Fehlinterpretation seitens Frau Sänger, oder dass er nun das Ungetüm wirklich mit nach Hause nehmen musste.

Justus wollte Frau Sänger noch nicht vom Haken lassen. Immerhin hatte sie an diesem Vormittag drei Stunden lang zehn Erwachsene um deren kreative Freiheit beraubt.

»Sie haben bestimmt den Ofen falsch eingestellt. Haben Sie denn die Trockenzeit eingehalten? Ich dachte, Sie kennen sich aus?«

»Sie müssen mir glauben«, flehte Frau Sänger. »Ich habe alles ordnungsgemäß durchgeführt. Ich mache das schließlich nicht zum ersten Mal.«

»Mein schöner Gartenzwerg«, moserte Justus. »Die ganze Arbeit!«

Frau Sänger stand auf und entschuldigte sich nochmals für dieses Missgeschick. »Ich muss jetzt den anderen Bescheid sagen. Sie können sich dann morgen Ihren Buddha abholen«, sagte sie zu Willi und machte bei dem Wort *Buddha* jeweils mit zwei Fingern imaginäre Gänsefüßchen. »Ich glasiere ihn heute noch für Sie. Ach ja, eines muss ich Ihnen leider noch mitteilen. Ihr Buddha ist nun doch geschlechtslos.«

»Wie! Sie meinen, sein …«

»Ganz genau.« Sie senkte ihr Haupt. »Sein … na, Sie wissen schon, hat es leider auch nicht geschafft.«

Kurze Schweigeminute. Dann legte Frau Sänger nach: »Ich habe ihn aber in der hinteren Ecke des Ofens gefunden. Soll ich ihn ankleben?«

»Nein, lassen Sie nur. Nicht dass Sie ihn verkehrt herum … ach, legen Sie ihn mir einfach dazu. Ich schaue mir das Ganze in Ruhe an.«

Frau Sänger nickte und schlich demütig davon.

»Jetzt klärt mich mal auf, Männer«, forderte Iris, als die Dozentin den Flur hinunter war. »Ich verstehe immer nur Buddha und Gartenzwerg.«

»Lange Geschichte, Iris. Erzähle ich dir ein anderes Mal«, versprach Justus.

»Ihr habt bestimmt schon wieder was angestellt. Ich rieche das förmlich!«

»Nein!«

»Wir?«

»Ach, woher! Alles, was du riechst, ist das Tofu-Schnitzel.«

Iris kniff die Augen zusammen und musterte alle drei ganz genau.

Die Männer drehten ihre Köpfe hin und her und vermieden es, Iris in die Augen zu blicken. Ihre Lebenserfahrung verbot es ihnen, da Frauen in dieser Hinsicht übersinnliche Kräfte besaßen.

»Wie auch immer, ich muss jetzt zum Pilates!« Sie wandte sich Justus zu und fragte leiser: »Sehen wir uns nachher?«

»Klar!«

Erwin und Willi winkten Iris, als sie sich vor der Tür zum Treppenhaus nochmals umdrehte.

»Sehen wir uns auch nachher, Justus?«, hauchte Willi.

Erwin grinste. »Ja, Justus. Sehen wir uns nachher noch?«

»Ihr seid zwei Blödmänner. Wir verstehen uns einfach.«

»Das habe ich dir schon immer geraten«, meinte Erwin altklug. »Du solltest dir Frauen in deinem Alter suchen, dann klappt es auch mit der Verständigung.«

Justus nickte zustimmend, damit diese Unterhaltung nicht in einem Vortrag endete.

»Hör auf mich, Justus. Diese Lebensweisheit gibt es gratis von mir.«

Sie schlenderten zum Aufzug.

»Apropos gratis«, bohrte Erwin. »Wann darf ich denn mit meinem Geld rechnen, Justus?«

Das kam für Justus äußerst ungelegen. Erstens fand er es ärgerlich, dass Erwin erneut vor Willi mit diesem Thema anfing, zweitens stand er finanziell mit dem Rücken zur Wand. Da lag es nahe, dass Justus vielleicht etwas unwirsch auf Erwins berechtigte Forderung reagierte: »Du kriegst es schon noch. Mein Gott! Die paar Kröten.«

»Für dich mögen es bloß ein paar Kröten sein. Mir ist es ehrlich gesagt sehr unangenehm, dass ich dich dauernd daran erinnern muss.«

»Dann lass es halt!«, fauchte Justus.

»Jetzt mach aber mal halblang, Justus! Ich denke nicht, dass du in der Lage bist …«

»Leute! Leute! Jetzt hört auf. Das lässt sich alles in einem normalen Ton regeln.« Willis Versuch, sich als Streitschlichter einzubringen, wurde von Justus genauso schlecht aufgenommen wie Erwins Forderung: »Was mischst du dich denn da jetzt ein? Schau du lieber, dass du mit deiner Frau in Urlaub fährst!« Justus war derart erregt, dass er die umstehenden Kurgäste überhaupt nicht wahrnahm.

»Das ist jetzt aber wirklich unfair, Justus. Wir sind schließlich im Urlaub. Wäre doch schade, wenn wir unsere gemeinsame Zeit damit verschwenden, uns …«

»Keine Angst, ihr beide«, schnappte Justus. »Ich werde euren heiligen Urlaub schon nicht stören. Ihr seid diejenigen, die sonst zu Hause nur dumm rumsitzen. Ich habe ja meinen Urlaub ein paarmal im Jahr. Da brauche ich euch nicht dazu.«

Erwin wurde es zu bunt. Er drehte sich um und ging.

»War das jetzt wirklich nötig, Justus? Was ist denn auf einmal los mit dir?«

»Ach! Lasst mich einfach in Ruhe!« Justus stürmte in die andere Richtung und ließ Willi auf dem Flur zurück.

***

»Verdammt!«, schimpfte Justus, als er auf seinem Zimmer ankam. Er knallte die Tür zu und schmiss seine Jacke aufs Bett. Er lehnte an der Wand neben dem Fenster und starrte hinaus.

Draußen auf der Wiese versuchten sich ein paar Kurgäste an Tai-Chi. Der Umstand, dass Werner Wirth, der Hausmeister, mit seinem neuen Spielzeug um sie herum den Rasen mähte, störte die Gruppe offenbar nicht im Geringsten. Die waren in ihrer Mitte. Unten, am Nebeneingang, entdeckte Justus die Belmonts, wie sie Eimer aus dem Kofferraum luden und ins Haus trugen. Selbst Justus stellte sich nun die Frage, ob da wirklich nicht mehr dahintersteckte. Jedoch verflog dieser Gedanke schnell wieder.

Der Streit mit Erwin machte ihm zu schaffen. Auch dass er Willi angegriffen hatte, war absolut unnötig gewesen. Er hockte sich aufs Bett und stierte auf seine Hände, die zitterten. Sein Kloß im Hals zwang ihn, zweimal zu schlucken. Justus musste sich wohl oder übel eingestehen, dass er das Ende der Fahnenstange erreicht hatte. Es war vorbei. Er war pleite. Mit sechzig Jahren. War er darum eben so ausgerastet, oder war es die Scham, die er seinen Freunden gegenüber verspürte?

Immerhin war er stets der große Justus gewesen, zu dem sie aufsahen. Der, der das Leben richtig anpackte. Der frei war! Selbstständig! Und nun?

Jetzt sahen sie ihn, wie er nicht einmal fähig war, das Auto für die Rückreise zu betanken. Geschweige denn, das Zimmer in diesem drittklassigen Hotel zu bezahlen. Nicht auszudenken, wenn die Buchung für den *Ammersteiner Hof* nicht schiefgelaufen wäre! Obwohl, das war auch schon egal. In dem Fall wäre er wenigstens mit wehenden Fahnen untergegangen. In dieser Unterkunft fühlte sich das Ganze eher noch deprimierender an. Aber so war er am Ende vielleicht genau am richtigen Ort. Vielleicht sollte er sich seinen Stress morgen bei Frau Sänger wegtöpfern? Justus schnaubte verächtlich. Spaß beiseite!

Die Lage war ernst; er musste Farbe bekennen. Und da war auch noch Iris. Was, wenn sie mitbekam, dass sein Leben nichts als heiße Luft war? Dass er alles andere war, bloß nicht dieser Justus, der er vorgab zu sein? Immerhin verspürte er ihr gegenüber Gefühle, die er schon sehr lange nicht mehr für eine Frau empfunden hatte. Was, wenn sie sofort das Weite suchte, sobald sie erfuhr, dass sie sich einen Pleitegeier geangelt hatte? Einen Blender! Er schlug mit der Faust auf seinen Nachttisch und stand auf. Hastig öffnete er das Fenster und atmete tief durch.

***

Erwin verließ das Kurhotel und schritt energisch aus. Er war sehr verärgert über Justus. So hatte er seinen Freund noch nie erlebt. Was war nur in ihn gefahren? Vielleicht war er überarbeitet? Nein. Das konnte es nicht sein. Sie waren schließlich im Urlaub. Überhaupt wollte er in diesem Augenblick nicht nach einer Entschuldigung für Justus' Verhalten suchen. Er hatte sich sehr danebenbenommen, dafür hatte sich Justus bei ihm zu entschuldigen.

Erwin bog in das nahe gelegene Waldstück ein. Ein Spaziergang im Grünen war für ihn schon immer die beste Art gewesen, um zur Ruhe zu kommen. Das hatte er nach diesem Streit auch bitter nötig. Warum diese unnötige Eskalation? Nicht allein, weil es um eine jahrzehntelange Freundschaft ging, sondern auch aus einem anderen Grund. Schließlich gab es noch eine Mission zu erfüllen: die Aufklärung des Falles Belmont.

Solange Justus sich nicht entschuldigte, war die Mission gefährdet. Das durfte auf keinen Fall passieren!

Dieses Paar würde Erwin in seinen Gedanken noch Wochen später verfolgen. Sein Gerechtigkeitssinn war zu ausgeprägt, als dass er diesen Fall ungelöst zu den Akten legen konnte. Er musste eine Lösung finden!

# Rotlichtmilieu

»Irgendwie habe ich heute Abend überhaupt keinen Hunger«, bemerkte Erwin, als er sich mit Willi im Speisesaal an den Tisch setzte.

»Ach was! Der Hunger kommt mit dem Essen. Solange es nichts Vegetarisches gibt, ist alles in Ordnung.«

Justus war nicht zum Essen erschienen. Dies blieb zwischen Erwin und Willi aber unausgesprochen. Keiner der beiden wollte sich dazu hinreißen lassen, über Justus zu reden, wenn er nicht anwesend war. Das hatten sie noch nie getan; es würde gegen ihren Ehrenkodex verstoßen. Im Freundeskreis wurde ausschließlich über jemanden gesprochen, wenn derjenige auch dabei war. Außerdem wollte keiner der beiden dem anderen die Stimmung, die sowieso schon angeschlagen war, noch mehr vermiesen.

»Und? Was hast du noch gemacht heute?«

»Ich war im Wald spazieren. Und du?«

»Ich durfte eine Runde mit Werners Mäher drehen. Wusstest du, dass das Ding eine Schnittbreite von fast einem Meter hat?«

»Ach was!« Erwin tat beeindruckt, obwohl ihn an diesem Abend die Schnittbreite eines Rasentraktors am allerwenigsten interessierte.

»Na, ihr zwei? Wo ist denn euer Dritter im Bunde?«

»Hallo, Iris. Du, ich weiß nicht. Wird schon noch kommen. Oder weißt du was, Willi?«

»Nö. Vielleicht unter der Dusche. Sollen wir ihm was ausrichten?«

»Nein. Ich versuche es vielleicht später auf seinem Handy.«

Kaum war Iris ein paar Schritte weitergegangen, klopfte auch schon der Hausmeister grüßend auf den Tisch. Es ging zu wie im Taubenschlag.

»Hallo, Männer. Was gibt's denn heute Feines?«

»Hallo, Werner. Ich habe noch gar nicht nachgesehen. Was machst du denn hier?«, fragte Willi und schnappte sich die Karte, die auf dem Tisch lag.

»In der Küche ist eine Herdplatte ausgefallen.«

»Ui!«, freute sich Willi. »Soll ich mal gucken?«

»Nein, lass mal! Geht schon wieder. War nur eine Sicherung!«

»Hätte ich auch getippt. Magst du dich setzen?«

Werner zog einen Stuhl beiseite und nahm Platz.

Erwin war nicht sonderlich begeistert, was Willi auch nicht verborgen blieb. Das war ihm aber gerade egal. Und wie sich schnell herausstellte, kam es Erwin sogar zugute, dass Willi Insiderkontakte besaß.

»Sag mal, Werner, diese Belmonts … Was sind das für Leute?«

Erwin war ganz Ohr.

»Die Belmonts? Ich sage es mal so. Ich für meinen Teil bin froh, wenn die wieder weg sind.«

»Wie meinst du das genau? Magst du uns ein bisschen was erzählen?«

Werner Wirth rückte mit dem Kopf näher in Richtung Tischmitte und wurde leiser. »Aber ich habe nichts gesagt. Hört ihr?«

»Klar, Werner. Kannst dich auf uns verlassen.«

»Genau, Herr Wirth. Sie können sich auf uns verlassen!«, versicherte auch Erwin und rückte mit seinem Stuhl dichter an den Tisch.

»Die tun immer so geheimnisvoll. Er geht ja noch. Aber sie hat Haare auf den Zähnen. Wobei, ihn kann ich auch nicht leiden. Der ist so aalglatt. Ich traue dem nicht weiter, als mein linkes Auge sehen kann. Und das ist wirklich schlecht.«

»Was meinst du mit *geheimnisvoll*?« Willi legte die Menükarte ungelesen zur Seite.

»Einmal haben die mich nicht gehört, als ich in den Kursaal gekommen bin. Ich sollte mich um das Mikrofon kümmern. Sie haben irgendetwas getuschelt. Plötzlich hat sie mich gesehen. Ihr glaubt nicht, wie die mich zusammengefaltet hat! Warum ich mich so anschleichen würde, und ich solle nicht so neugierig sein.«

Erwin fand Werners Ausführungen äußerst interessant.

»Herr Wirth, was …«

»So sagen Sie doch *Werner* zu mir!«

»Gut, Werner. Ich bin Erwin.«

»Angenehm.«

Sie reichten einander die Hände und standen dabei kurz auf. Willi stand kameradschaftlich auch mit auf.

»Also. Werner. Was tragen die denn da ständig für Eimer hin und her?«

»Welche Eimer?«

Erwin und Willi weihten den Hausmeister in ihre bisherigen Ermittlungen ein und ließen nichts aus.

»Das ist ja interessant!«, fand Werner. »Endlich rührt sich hier mal was. Außer Rasenmähen und defekten Sicherungen passiert hier ja den lieben langen Tag nichts. Außer wir haben Gäste wie dich, Willi. Die hier wild in der Gegend herumschrauben.« Werner lachte.

Willi ließ sich zu einem kleinen Lächeln hinreißen.

»Ich hätte euch gerne mehr über die Belmonts erzählt. Aber bisher bin ich den beiden lieber aus dem Weg gegangen.«

»Haben die denn einen Raum, in dem sie ihre Sachen lagern können?«, wollte Erwin wissen.

»Nicht dass ich wüsste. Ich kann aber mal bei der Hausleitung nachfragen. Vielleicht wissen die mehr.«

»Bloß nicht!«, mahnte Erwin. »Wir bleiben schön unter dem Radar. Je weniger davon wissen, desto besser. Nicht dass wir die am Ende noch verschrecken. Dann sind sie weg.«

»Ich verstehe«, meinte Werner. »Wenn wir den beiden doch nur das Handwerk legen könnten! Das wäre schon was, dieser schnippischen Person eins auszuwischen.« Er stand auf. »Ich muss weiter. Im Zweiten leckt ein Wasserhahn. Ich schau mal, was ich über die Belmonts noch rauskriege.«

»Aber immer schön leise und vorsichtig. Hörst du?«, bat Willi.

»Klar. Leise und vorsichtig.«

»Ach, Werner, noch eins. Weißt du, wie lange die Sauna geöffnet hat?«

»Bis zehn Uhr abends.«

Willi guckte Erwin an, als Werner den Speisesaal verlassen hatte. »Ich komme mir vor, als wenn wir einen Spion angeworben hätten.«

»Das hast du gut gemacht, mein Lieber. Jetzt haben wir eine Kontaktperson vor Ort. Ich würde sagen, wir überlegen alles Weitere bei einem gepflegten Saunagang. Vorausgesetzt natürlich, wir sind allein.«

»Ich glaube nicht, dass heute nach dem Essen noch viele in die Sauna gehen. Sind doch alles alte Leute«, prahlte Willi und schaute sich im Speisesaal um.

»Du bist aber auch keine zwanzig mehr. Das ist dir schon klar?«

»Man ist immer so jung, wie man sich fühlt. Jetzt komm!«

»Wir haben noch überhaupt nichts gegessen.«

»Stimmt!« Willi sah in die Karte. »Kasseler! Echt jetzt?«

»Besser als Tofu oder wie das Zeug heißt.«

***

»Schau! Wie ich gesagt habe. Kein Schwein ist hier. Senioren ab sechzig schwitzen nicht gerne. Zumindest nicht abends«, frohlockte Willi.

Der Saunabereich war menschenleer, als er und Erwin nur mit Handtüchern bekleidet aus der Umkleide kamen.

»Vielleicht tauchen die noch auf, Willi. Mir ist das egal. Was haben wir denn da? Dampfsauna!« Erwin öffnete die Tür, steckte seinen Kopf hinein und schloss sie sofort wieder. »Da sehe ich ja nichts. Weiß Gott, wo ich mich da hinsetze!«

Willi versuchte es gegenüber. Neben der Tür hing ein Schild. »Finnische Sauna. Neunzig Grad! Sind die wahnsinnig? Da beginnt Wasser zu verdampfen! Was glaubst du, wie wir da nachher aussehen? Falten habe ich schon genug. Da lässt mich meine Eva daheim nicht mehr rein!«

Erwin pflichtete ihm bei und probierte es eine Tür weiter. »Hier, Willi! Genau die richtige Größe für uns. Zwei Sitzplätze!«

»Ist das nett! Das ist ja nicht größer als ein Passfotoautomat. Was soll denn das sein?«

Erwin pirschte sich nah an das Schild heran. »Infrarotsauna! Interessant! Wollen wir die mal ausprobieren?«

Willi nickte und trat nach Erwin in die Kabine.

»Lies du mal, Willi, was dort steht. Ist sehr dunkel hier.«

»Erwin, denkst du nicht, dass du wirklich langsam mal eine Brille benötigst?«

»Quatsch. Jetzt lies schon!«

Willi kniff die Augen zusammen und begann logischerweise

bei Punkt eins auf der Anleitung, die links neben ihm an der Seite hing. »›Wählen Sie die gewünschte Temperatur, die Ihnen angenehm erscheint.‹ Was meinst du, Erwin? Fünfzig Grad?«

Erwin nickte zustimmend, verschränkte die Arme vor seinem Körper und schloss die Augen.

»Die Aufheizzeit beträgt etwa sieben bis zwölf Minuten. Wählen Sie zwischenzeitlich die Lichtfarbe, die Ihnen am angenehmsten erscheint. Eine Erklärung finden Sie direkt neben dem Schiebeelement.«

Willi stand auf und betrachtete die bunte Scheibe an der Decke, die man vor der Lampe hin- und herschieben konnte. »Das ist aber billig gemacht. Das muss ich dem Werner sagen. Einmal zu stark geschoben, und du hast die Scheibe in der Hand!«

»Dann schieb einfach vorsichtig, und setz dich auf deine vier Buchstaben. Du machst mich ganz hibbelig!«

Willi las die Erklärung neben der Lampe und entschied sich für Rot. Rot sollte Vitalität und Energie geben sowie den Stoffwechsel und das Immunsystem anregen.

»Das sieht aus, als wären wir in einem Bordell. Nicht dass ich mich in solchen Etablissements auskenne, ich habe das mal im Fernsehen gesehen!«, versicherte Erwin seinem Freund.

»Ich kann auch eine andere Farbe …«

»Passt schon!«

»Spürst du schon was?« Willi fasste prüfend an seine Stirn.

»Nee. Du?«

»Nein. Dort stand aber auch, dass es etwas dauern würde. Wir müssen darauf achten, dass wir nachher genügend trinken. Sonst sehen wir aus wie Dörrobst.«

Während Erwin sich zu entspannen versuchte, hatte Willi Probleme damit, untätig herumzusitzen. Ständig rutschte er hin und her, stand auf und ruckelte nochmals an der Scheibe über ihnen, ob diese auch wirklich festsaß.

»Also, weißt du, Willi, das macht keinen Spaß mit dir. Keine fünf Minuten kannst du ruhig sitzen.«

»Ja, gleich. Guck, da ist ein Knopf für die Musik. Soll ich da mal drücken?«

»Wenn ich jetzt *Nein* sage, drückst du trotzdem, oder?«

»Ja.«

»Also. Los, drück schon, damit endlich Ruhe ist.«

Willi ließ es sich nicht zweimal sagen und drückte den Knopf, in der Hoffnung, vielleicht schöne Schlager zu hören, während er sanft vor sich hin brutzelte. Zu seinem Bedauern kam nur sanfte Entspannungsmusik aus einer minderwertigen Box, untermalt von nervigem Rauschen. Ausschalten oder ändern konnte man das Programm nicht, da es lediglich einen Knopf gab, der an eine Zeitschaltuhr gekoppelt war. Und um an die heranzukommen, hätte Willi die Kabine auseinandernehmen müssen, was er auch sicher in Betracht gezogen hätte, wäre er allein gewesen. So nahm er es wie ein Mann und lebte mit der akustischen Untermalung.

»Jetzt wird's warm. Ist sehr angenehm. Findest du nicht?«, sagte er.

»Du hast recht. Sehr angenehm. Was wollen wir denn jetzt mit den Belmonts machen?«, griff Erwin sein Lieblingsthema auf. Vielleicht konnte er Willi ruhig halten, wenn er ihn in gemeinsame Überlegungen verstrickte.

»Weiß nicht. Hast du einen Plan?«

»Ich dachte mir, dass …« Weiter kam er nicht.

»Da seid ihr! Ich habe euch schon gesucht.«

Justus stand in voller Montur vor der gläsernen Kabinentür und sah auf seine rot angestrahlten Freunde.

»Na, jetzt hast du uns ja gefunden«, erwiderte Erwin knapp und schloss wieder die Augen.

»Der Hausmeister hat mir verraten, wo ihr seid. Und? Wie ist es?«

»Warm.«

»Ah. Hört mal, ich muss mich bei euch entschuldigen.«

»Ist das so?«

»Ja. Ihr habt es nicht verdient, dass ich euch so anpflaume.«

»Schön, dass du das einsiehst. Willi, mach doch mal 'nen Aufguss!«

»Geht nicht. Das ist eine Infrarotsauna.«

Justus öffnete die Glastür und zog sich einen kleinen Schemel heran. »Hört mal, ihr zwei, ich möchte euch erklären, wieso ich vorhin so ausgerastet bin. Meine Nerven liegen momentan ein bisschen blank.«

»Nimm Johanniskraut«, schlug Willi vor. »Meine Frau hatte letzten Sommer …«

»Willi, ehrlich gesagt, kann ich mir nicht mal das leisten.«

Erwin setzte sich, endlich aufmerksam, gerade hin. »Wie sollen wir denn das verstehen?«

»Das soll heißen: Ich bin pleite.«

»Wie, *pleite*?«

»Pleite! Ich kann mir nicht mal mehr die Tankfüllung nach Hause leisten. Meine Konten, die Kreditkarten, alles … gesperrt.«

»Also lag es nicht an dem Apparat neulich Abend?«

»Ach, woher!«

Erwin hätte nun wirklich allen Grund gehabt loszulegen. Dass ihn Justus für dumm verkaufen wollte und er ihnen die ganze Zeit den erfolgreichen Geschäftsmann vorgespielt hatte. Wo sie immerhin seit einer halben Ewigkeit die besten Freunde waren. Aber er tat es nicht.

Auch Willi hielt sich zurück. Allein schon deshalb, weil es ihn fuchsig machte, dass er die Musik nicht abstellen konnte.

Justus fuhr fort: »Ich glaube, ich habe da wohl etwas über meine Verhältnisse gelebt. In letzter Zeit lief es nicht mehr so gut mit den Immobilien. Vielleicht hätte ich mein Leben besser den Umständen angepasst. Ach, ich weiß auch nicht.«

Es tat ihm gut, endlich mit der Wahrheit herauszurücken. Er rechnete es seinen Freunden hoch an, dass sie ihn reden ließen.

Nach einer Weile kam Justus zum Ende seines Vortrags.

Seine Freunde ließen seine Worte kurz sacken.

Endlich räusperte sich Erwin: »Eines begreife ich nicht, Justus. Warum bist du denn nicht gleich damit rausgerückt? Ich meine, wir sind deine Freunde. Warum musste es an deinem Geburtstag unbedingt Champagner und so weiter sein?«

Justus druckste herum. »Na, ich weiß auch nicht … weil … weil ihr mich immer so bewundert habt. Bei euch war ich wer. Vielleicht hätte ich auch einen Gang heruntergeschaltet. Aber dann kam Iris dazwischen. Wisst ihr, eine Frau wie sie, die erwartet was. Ihr seht doch selbst, was für ein Kaliber die ist.«

»Justus«, fuhr Erwin dazwischen, »die erwartet wirklich was. Nämlich die Wahrheit! Weiß sie denn schon, dass das alles nur Fassade ist?«

»Gott bewahre!«

»In dem Fall würde ich das schleunigst klären. Je länger du wartest, desto wahrscheinlicher ist es, dass sie das Weite sucht. Wenn dir ein bisschen was an ihr liegt, dann kläre das.«

Willi nickte bestätigend.

»Okay, genug gehört.« Erwin blickte Justus mahnend an. »Du lässt dir jetzt helfen und basta. Vorausgesetzt natürlich, dass du von jetzt an mit offenen Karten spielst.«

»Das kann ich nicht verlangen.«

»Klar kannst du das. Wir sind deine Freunde. Nicht wahr, Willi?«

Willi lief der Schweiß über die Nase und tropfte von dort auf den Boden.

»Alles, was du willst«, grunzte er. »Aber können wir langsam mal hier rausgehen? Ich bekomme schon keine Spucke mehr zusammen.«

Justus rückte mit seinem Hocker zur Seite, damit Willi und Erwin die Kabine verlassen konnten.

Erwin klopfte Justus auf die Schulter. »Jetzt mach dir mal wegen dieser Woche keine Sorgen, das kriegen wir hin. Von wie viel reden wir überhaupt?«

»Viel!«

»Ach herrje! Na, das klären wir später. Jetzt müssen wir uns aber erst einmal um andere Dinge kümmern.«

»Ach ja? Um was denn?« Justus hatte keine Ahnung, was noch wichtiger sein könnte als seine Finanzprobleme.

»Wir haben weiterhin einen Fall zu lösen. Du bist dabei, oder?«

Justus wollte ansetzen, Erwin von dem Vorhaben, in das er sich verrannt hatte, abzubringen. Dann entschied er sich anders: »Klar bin ich dabei. Was habt ihr denn vor? Gibt es einen Plan?«

»Noch nicht. Ich würde sagen, wir schnappen uns noch drei Pils aus dem Automaten oben und besprechen das Ganze. Und du machst morgen mit Iris reinen Tisch. Hörst du? Endlich ist da mal eine, die zu dir passt. Versau das nicht!«

Justus versicherte, die Sache zu klären. Auch wenn er befürchtete, dass eine Frau wie Iris sofort das Weite suchen würde. Früher oder später würde sie selbst dahinterkommen. Sicherlich war es besser so. Ihm wurde klar, dass er seinen Freunden dankbar war. Sehr sogar. Während Erwin und Willi unter dem Wasserhahn hingen, warf Justus einen Blick in die Kabine.

»Was ist denn das für ein Ding?«

Willi unterbrach seine Wasserzufuhr. »Eine Infrarotkabine. Das Neueste! Ich muss aber mit dem Werner noch ein paar Sachen ändern, dann wird sie richtig gut.«

»Ah! Ich frage bloß, weil ich so ein Ding noch nie gesehen habe. Als ich euch beide vorhin da drin hab sitzen sehen, musste ich an die Herbertstraße in Hamburg denken. Da sitzen sie auch mit Rotlicht im Fenster. Aber geschminkt!«

»Und woher weißt du das so genau?«, forschte Erwin, während er seinen Bademantel zuschnürte.

»Aus dem Fernsehen!«

# Gefahr im Verzug

Erwin wartete auf dem Parkplatz vor dem Kurhotel ungeduldig bei Justus' Wagen.

»Jetzt kommt schon!«, drängelte er, als Justus und Willi aus dem Gebäude kamen. »Wir haben das doch gestern besprochen. Wir müssen den Überraschungseffekt ausnutzen.«

»Erwin, ich glaube, dass die am Nachmittag genauso überrascht sein würden. Immerhin fallen wir wie die Hunnen über die beiden her.«

»Los, schließ auf, damit ich unser Ziel ins Navigationsgerät eingeben kann.«

»Erwin, sag doch einfach *Navi*. Außerdem … du weißt, wo der Campingplatz ist. Warum sollen wir den in das Teil eingeben?«

»Weil ich das Ding nicht umsonst mitgeschleppt habe. Hast du dein Handy aufgeladen, Justus? Wegen den Beweisbildern?«

»Check!«, rief der und zeigte Erwin freiwillig sein Telefon, weil er sonst sowieso keine Ruhe gegeben hätte.

Sie stiegen ein und schlossen alle gleichzeitig die Türen.

Erwin schaltete das Navi an und gab den Campingplatz »Alte Heide« als Ziel ein. Dann drückte er auf den Button am Display, der die Route berechnete. Er wusste noch, dass es der in der unteren rechten Ecke war. Es war gut, dass er sich das gemerkt hatte. In seiner Muttersprache war auf dem Display nämlich immer noch nichts zu lesen. Machte aber nichts, dafür gab es die Pfeile. Das Navi hatte die Berechnung beendet.

Justus startete den Wagen.

»Volg de weg!«, ertönte es aus dem Kästchen.

Justus trat aufs Gas. »Wir müssen noch tanken.«

»Kein Problem! Ich mach das. Jetzt *volg* aber erst einmal *de weg*! Hast du denn schon mit Iris gesprochen?«, fragte Erwin.

»Wann denn? Gestern Abend war es zu spät.«

»Mach das aber heute noch!«

»Ja.«

Nach einem Kilometer steuerte Justus eine Tankstelle an. Zuerst wollte er nur halb voll tanken. Erwin aber bestand darauf, den Tank ganz zu füllen.

Als es weiterging, verteilte Erwin Traubenzucker, den er an der Tankstelle erstanden hatte. Schließlich mussten sie alle topfit sein. Und wie schnell war man in diesem Alter unterzuckert?

»Also, Jungs«, instruierte Erwin sie, während Justus den holländischen Pfeilen folgte. »Wir erledigen das so, wie es die Sondereinheiten immer machen. Wir kommen schnell rein, sichern das Terrain, sind laut und nutzen den Überraschungseffekt.«

»Und was heißt das genau, den *Überraschungseffekt nutzen*?«, erkundigte sich Willi.

»Wenn wir die überrumpeln, haben sie keine Chance, Beweismaterial verschwinden zu lassen.«

Erwin wirkte angespannt. »Jetzt gilt es. Lasst mich bloß nicht hängen!«, ordnete er an.

»Warum sollen wir eigentlich laut sein?«

»Weil es die GSG 9 auch so macht. Hat was mit dem Stressfaktor oder so zu tun. Ist denn nun alles klar?« Erwin ging voll in seiner Rolle des Einsatzleiters auf.

»U heeft uw bestemming bereikt!«, kam es aus dem Navi, als sie auf den Außenparkplatz des Campingplatzes »Alte Heide« fuhren.

»Schade, dass wir mit dem Wagen nicht direkt vor den Wohnwagen brettern dürfen. Das wäre es gewesen!«, meinte Erwin, als er ausstieg.

»Wir hätten ihn gleich rammen können!«, ergänzte Justus Erwins Vorschlag.

»Bist du wahnsinnig? Die Gefahr, alle Beweismittel zu vernichten, wäre viel zu groß!«

»Genau!«, lachte Justus, als er das Auto absperrte. »Das ist der Grund, warum wir das nicht tun sollten.«

Die Gelegenheit war günstig, da die Platzwache am Eingang nicht anwesend war. Bei genauer Überlegung war das Häuschen eigentlich bisher noch nie besetzt gewesen.

Erwin marschierte zielstrebig voran.

Justus und Willi hatten zu tun, mit dem Einsatzleiter Schritt zu halten.

Der Wohnwagen war in Sichtweite. Vielleicht wäre es besser gewesen, vorher genau zu besprechen, was nun passieren sollte. Am Vorabend hatte es nach der Sauna bloß geheißen: *Wir stürmen das Ding!*

Erwin trat vor den Wohnwagen und machte sich lautstark bemerkbar. »Hey, ihr zwei! Es ist vorbei. Kommt raus, wir wissen, was ihr da treibt!«

Erwin bückte sich und machte sich am Reißverschluss des Vorzeltes zu schaffen.

Willi schirmte den hinteren Bereich ab.

Justus stand seitlich und grüßte die Camper, die links neben den Belmonts gerade vor ihrem Wohnmobil das Frühstück zu sich nahmen.

Der Herr grüßte zurück und schenkte seiner Frau Kaffee nach. Ein Hund bellte. Noch rührte sich nichts.

Erwin wies Willi an, gegen eine der Scheiben zu klopfen. Der Reißverschluss war mittlerweile offen. Erwin hämmerte mit der Faust gegen die Tür.

»Was zum Teufel …«, hörten sie aus dem Inneren.

Es rumpelte kurz, und Erwin trat einen Schritt zurück. Er war auf alles gefasst. Besonders darauf, dass er innerhalb der nächsten Minuten von einem der Belmonts eins auf die Murmel bekommen könnte.

Mit einem Ruck knallte die Tür des Wohnwagens auf, und Jean Belmont trat, einzig mit einer Pyjamahose bekleidet, ins Freie.

»Was soll der Aufstand da draußen? Es gibt Menschen, die ausschlafen wollen.« Jean musterte die drei Männer, die um seinen Wohnwagen standen. »Ich kenne euch. Ihr seid aus dem *Erika*! Was wollt ihr hier?«

»Für Sie immer noch Sie! Das Spiel ist aus. Wir wissen genau, was Sie in Ihrem Wohncontainer treiben.«

Julie kam nun auch heraus und wischte sich den Schlaf aus den Augen. »Was ist los?«

Sie wirkte sehr unschuldig und verletzlich im Pyjamaoberteil ihres Mannes. Sie stand barfuß im Gras und blinzelte gegen die Sonne.

Justus konnte bei diesem Anblick nicht anders, als sie freundlich zu grüßen.

»Magst du ihr vielleicht noch einen Kaffee bringen?«, blaffte Erwin seinen Freund an. »Nicht das Ziel aus den Augen verlieren, mein Lieber!«

Zwischenzeitlich gesellte sich auch die Platzwache dazu und wollte wissen, was hier vor sich ginge.

»Ich verlange von Ihnen, dass Sie diese Männer des Platzes verweisen. Immerhin bin ich hier zahlender Gast!«, rief Jean dem Wachmann entgegen.

»Sie sind die Männer mit der Katze! Suchen Sie immer noch?«

Erwin war nicht mehr zu bremsen. »Quatsch, Katze! Sie beherbergen Drogendealer auf Ihrem Campingplatz!«

Bei dem Wort »Drogendealer« lachte Jean übertrieben laut und zeigte Erwin einen Vogel.

Julie verschränkte die Arme und stellte sich neben ihren Mann. Sie grinste eher gequält.

Mittlerweile waren auch etliche Camper vor Ort und genossen die Vorstellung. Endlich rührte sich hier mal was!

»Jetzt mal der Reihe nach!«, kommandierte der Wachmann. »Was genau werfen Sie diesem Paar vor?«

»Drogendealer sind das!«, schimpfte Erwin.

»Wie kommen Sie denn da drauf?« Jean grinste Erwin hämisch an.

»Ich habe es genau gesehen. Willi! Nun sag auch mal was!«

»Ich … äh …« Mehr kam leider von ihm nicht.

Der Wachmann wollte genau wissen, was Erwin gesehen haben wollte und wann.

Erwin schilderte die Sachlage aus seiner Sicht.

Das brachte Jean und Julie natürlich in Rage. »So! Sie schnüffeln also nachts umher und sehen fremden Leuten durchs Fenster. Ein Spanner sind Sie. Ein alter noch dazu.«

»Jetzt aber mal halblang!«, unterstützte Justus seinen Freund. »So alt ist er auch wieder nicht!«

»Ich schlage vor, dass ich kurz in Ihren Wohnwagen gucke, damit ich mir ein Bild machen kann«, schlug der Wachmann vor.

»Das kommt ja überhaupt nicht infrage!«, wehrte sich Jean.

»Ha!«, schrie Erwin. »Nur wer schuldig ist, hat etwas zu verbergen!«

»Glauben Sie doch, was Sie wollen, alter Mann! Hierbei handelt es sich schließlich um unsere Privatsphäre! Wo kommen wir denn da hin, wenn jeder dahergelaufene Schnüffler und Spanner Behauptungen aufstellen dürfte. Ich muss überhaupt nichts beweisen!«

Julie wirkte äußerst nervös. »Jean, Schatz, beruhig dich doch.«

»Was machen Sie denn da? Finger weg!«, rief Jean zu Willi.

»Entschuldigen Sie. Das war da nicht richtig drin. Jetzt passt es wieder!«, rief Willi freudig zurück. Er hatte bemerkt, dass das Vorzelt an der einen Seite nicht ordnungsgemäß mit dem Wohnwagen verbunden war und hatte den Fehler schnell behoben. Er stellte sich wieder neben seine Freunde.

»Tja, die Privatsphäre muss ich schützen. Da kann ich nichts machen«, sagte der Wachmann.

Für Erwin war es aber noch lange nicht vorbei. »Und was, wenn da drinnen wirklich Drogen gebraut werden?« Er sprach extra laut, sodass ihn die schaulustigen Camper auch hören konnten. »Sieht man doch im Fernsehen. Da ist reichlich Äthanol und so Zeug im Spiel. Aber gut! Von mir aus! Soll meinetwegen ein Wohnwagen nach dem anderen in die Luft fliegen. Es stehen überall genügend Gasflaschen herum. Aber ich habe nichts gesagt. Das müssen Sie als Wärter des Campingplatzes entscheiden.«

Ein kluger Schachzug von Erwin. Der Druck auf den Wachmann erhöhte sich durch Zwischenrufe der Camper.

Justus entfernte sich ein wenig vom Tatort und stand mittlerweile unter den Schaulustigen.

Willi hingegen überprüfte derweil die andere Seite des Vorzeltes. »Ich darf mal?«, fragte er Julie, als er an ihr vorbeiging, ohne die Antwort abzuwarten.

»Gut! Ich rufe jetzt die Polizei. Jeder bleibt, wo er ist.« Der Wachmann tippte die Nummer in sein Handy.

»Das ist lächerlich. Komm, Julie, wir gehen zurück in den

Wagen.« Jean legte den Arm um seine Frau und versuchte, lässig zu wirken.

»Nix da. Sie bleiben schön hier draußen!« Erwin breitete die Arme aus und stellte sich zwischen Vorzelt und Gaunerpärchen.

Keine zehn Minuten später traf die Polizei ein. Zwei Uniformierte stiegen gleichzeitig aus dem Wagen und setzten ihre Mützen auf.

Der Wachmann nahm die Amtspersonen in Empfang und schilderte kurz die Sachlage. Dabei gestikulierte er wild mit den Armen und deutete abwechselnd zwischen Erwin und den Belmonts hin und her.

Die zwei Polizisten hörten sich in aller Ruhe alles an, wobei einer der beiden Julie im Visier hatte und ihr zuzwinkerte.

Das blieb Jean natürlich nicht verborgen, woraufhin er sie näher an sich heranzog.

»Wer von Ihnen hat gesehen, dass dort Drogen hergestellt werden?«, fragte der Polizist.

Erwin hob die Hand und kam näher. Er erzählte wild drauflos, was er an dem besagten Abend durch das Fenster des Wohnwagens beobachtet hatte.

Dies führte natürlich dazu, dass der Polizist wissen wollte, warum er des Nachts durch die Fenster fremder Leute schaute.

»Weil er ein Spanner ist!«, brüllte Jean dazwischen, wurde aber umgehend vom Kollegen um Ruhe gebeten.

Julie tippelte auf der Stelle von einem Fuß auf den anderen, als ob sie auf die Toilette müsse.

»Ich werde mir selbst ein Bild machen. Gehen Sie bitte alle zur Seite, ich betrete den Wohnwagen. Kurt, sicherst du bitte den Außenbereich ab?« Der Polizist tat unwahrscheinlich wichtig.

*Aber warum auch nicht*, dachte Erwin. Endlich war in diesem verschlafenen Nest einmal mehr los als Nachbarschaftsstreit um eine zu hohe Hecke oder Ärger wegen eines Parksünders.

»Und wenn ich das nicht möchte, dass Sie in unseren Privatbereich hineinspazieren? Ich meine, da könnte schließlich jeder kommen und einfach irgendwelche Sachen behaupten!«, protestierte Jean und baute sich vor dem Beamten auf.

Der schob ihn sanft beiseite. »Das stimmt. Da es aber um mögliche Drogen und eventuelle Explosionsgefahr geht, ist Gefahr im Verzug. Somit haben Sie kein Recht, den Zutritt zu verweigern. Bitte, machen Sie Platz!«

Erwin sah sich schon in Siegerpose. Ein Mann, der so vehement dagegen war, seine Unschuld zu beweisen, konnte nur etwas zu verbergen haben.

Auch Willi und Justus wirkten ziemlich zuversichtlich.

Weitere Camper kamen hinzu und standen mittlerweile in zweiter Reihe, während sie von den bereits Anwesenden über die Geschehnisse aufgeklärt wurden.

»Kurt! Kommst du mal?«, hörte man den Beamten aus dem Wohnwagen rufen. Der Kollege verschwand ebenfalls durch das Vorzelt ins Wageninnere. Draußen zückten die ersten Camper ihre Handys und filmten.

Justus und Willi liefen zu Erwin, ließen dabei aber kein Auge vom vermeintlichen Tatort.

»Na? Was habe ich euch gesagt? Sie haben was gefunden.«

»Leck mich am Arsch, Erwin. So wie es aussieht, hast du recht«, nickte Justus. »Schau, wie unruhig die beiden dastehen in ihrem geteilten Schlafanzug. Er wippt schon ganz nervös mit dem Fuß.« Justus deutete zu Jean.

Der warf Justus und seinen beiden Freunden böse Blicke zu, während Julie auf ihrer Unterlippe kaute und ständig zur Wohnwagentür starrte.

»Ich habe denen das Vorzelt gerichtet. Es war links aus der Schiene raus. Da habe ich es schnell eingefädelt. Rechts ist alles in Ordnung«, verkündete Willi stolz.

Kurt holte derweil eine graue Kiste aus einem Schrank.

Julie sah durch die offene Vorzelttür zum Eingang des Wohnwagens. Sie hob eine Hand vor den Mund und drückte Jean ihren Ellbogen gegen die Rippen.

Jean sah nun auch, was die Polizisten dort gefunden hatten.

»Das geht nun wirklich zu weit!«, rief er und stürmte das Vorzelt. Er packte die Kiste und wollte sie dem Polizisten entreißen. Der aber sah das überhaupt nicht ein und hielt dagegen.

Ein Raunen ging durch die Schaulustigen.

Einer aus der zweiten Reihe feuerte die Männer an.

Erwin wollte den Beamten zu Hilfe eilen, wurde aber von Justus zurückgehalten.

Jean zerrte wie verrückt und versuchte, die Kiste in seinen Besitz zu bekommen.

Nun hatte auch der andere Polizist seine Hände im Spiel und zog dagegen. »So seien Sie vernünftig. Sie behindern die Justiz!«

»Das ist mir scheißegal. Das hier geht Sie überhaupt nichts an!« Mit diesen Worten und einem kräftigen Ruck entriss er ihnen die Kiste. Sie glitt ihm aus den Händen, machte sich selbstständig und flog in hohem Bogen durch das Vorzelt nach draußen.

Alle Augen verfolgten voller Spannung das Corpus Delicti.

Ein Polizist hechtete der Kiste hinterher, während der andere Jean zu Boden riss. Die Kiste und die Männer schlugen zeitgleich auf dem Boden auf.

Erwin trat einen Schritt zur Seite.

Das Beweismaterial landete direkt zwischen Justus, Erwin und Willi. Durch den Aufprall löste sich der Deckel. Der Inhalt verteilte sich gleichmäßig auf dem Rasen.

Erwin traute seinen Augen nicht. Vor ihm lag ein Sortiment dessen, was man gemeinhin als Erwachsenenspielzeug bezeichnete.

Justus blickte interessiert auf den Boden, dann zu Julie. Die schien zuerst peinlich berührt, nahm im nächsten Augenblick aber sofort Haltung an, als wolle sie sagen: *Und? Da braucht ihr überhaupt nicht so zu glotzen! Was weiß denn ich, was ihr alles hinter verschlossenen Vorhängen treibt?*

Willis Technikverliebtheit trieb ihn dazu, einen schwarzen Dildo aufzuheben und ihn einzuschalten. Mit glänzenden Augen stand er da und schaute dem Teil zu, wie es sich an der Spitze freudig im Kreis bewegte.

»Verblüffend!«, urteilte er. »Welche Kraft das Ding hat. Guck, Erwin, ich kann es mit der Hand nicht stoppen.«

Erwin konnte die Begeisterung seines Freundes nicht teilen. Ihm dämmerte, warum die Belmonts etwas dagegen hatten, dass die Polizei einen Blick in ihren Wohnwagen werfen wollte. Sie wollten einfach nicht, dass alle Welt die Ledermaske erblickte, die Willi nun in der anderen Hand hielt.

Jean hatte sich zwischenzeitlich von dem Polizisten befreit und eilte zu seiner Kiste. Er ließ sich auf alle viere nieder und packte schnell Handschellen, Augenbinde und diverse andere Vergnügungsutensilien ein. Anschließend stand er auf und entriss Willi die Maske und den Dildo, der in der Kiste munter weitervibrierte.

»Hier. Bitte. Ihre Peitsche. Oder ist es die Ihrer Frau?« Justus grinste, als er Jean das schwarze Teil aus Leder vors Gesicht hielt.

Der schnappte sich das Ding, warf es zurück in die Kiste und knallte wütend den Deckel drauf.

Auf den Lederslip mit dem Reißverschluss musste er künftig verzichten. Den hatte sich ein Mischlingsrüde gekrallt und verschwand soeben damit kauend in den Büschen. In tausend Jahren würde man seine Überreste sicherlich bei irgendwelchen Ausgrabungen entdecken.

»Und?«, schnaubte Jean die Polizisten an. »Haben Sie nun

alles gefunden, was Sie gesucht haben?«

»Tut mir leid!«, meinte der eine. »Wir machen lediglich unsere Arbeit.«

Jean warf die Kiste in den Wohnwagen zurück, während Erwin sich den Polizisten näherte. »Sie müssen weitersuchen. Ich schwöre, das war noch nicht alles. Wo sind denn die Kochplatten und das Fett? Die Eimer und das ganze Zeug. Kommen Sie, ich helfe Ihnen suchen.«

»Hiergeblieben! Jetzt ist Schluss. Ich denke, Sie haben für heute genug Unruhe gestiftet.« Der Polizist wirkte genervt.

Julie näherte sich, baute sich vor Erwin auf und grinste ihn zufrieden an. »Na, du kleiner Spanner? Hast du alles gesehen? Dann kannst du jetzt zurück in deine Anstalt und irgendetwas basteln.«

»Jetzt beruhigen wir uns alle mal. Im Grunde ist nichts passiert. Was glauben Sie, was wir alles zu sehen bekommen. Nein. Das stimmt so nicht«, schmunzelte der Beamte. »So was sehen wir auch nicht alle Tage, nicht wahr, Kurt?«

Kurt nickte und zwinkerte Julie erneut zu.

Die meinte nur: »War's das jetzt?«

»Natürlich. Wir sind so weit fertig. Sie haben natürlich das Recht, gegen diese Herren Anzeige zu erstatten.«

»Was?«, rief Erwin. »Wieso denn das?«

»Da fallen mir schon ein paar Dinge ein: Ruhestörung, Verleumdung, Eingriff in die Privatsphäre. Da kommt einiges zusammen.«

Erwin schluckte und guckte gebannt zu Julie.

Die blickte ihn nur von oben bis unten abfällig an. »Lassen Sie nur! Was hat der denn sonst noch außer Detektivspielen. So ein armseliges Würstchen zeige ich doch nicht an.«

Jean trat neben seine Frau und legte den Arm um ihre Hüfte.

»Na, kommt schon«, wendete sich Jean an die drei Männer.

»Zurück ins Heim!«

Erwin wollte gerade loslegen, seine Ehre als Rentner zu verteidigen, als er von Justus gebremst wurde.

»Bitte entschuldigen Sie die Unannehmlichkeiten. Ich glaube, wir haben uns da in etwas verrannt!«, bekundete er reumütig und zog Erwin von den Belmonts weg. Nicht dass die beiden es sich noch anders überlegten.

Willi folgte seinen Freunden und winkte Julie zum Abschied.

Sie grüßte zurück. Mit ihrem Mittelfinger.

Willi empfand diese Geste alles andere als damenhaft.

»Das war ja wohl ein Schuss in den Ofen«, stöhnte Justus, als er den Wagen startete.

»Wohin haben die das ganze Zeug gebracht?«, wunderte sich Erwin. »Wir sollten …«

»Wir sollten überhaupt nichts!«, fuhr ihn Justus bestimmt an. »Wir haben gepokert, sie wollten sehen. So einfach ist das. Wir haben verloren. Lass es uns wie Männer nehmen, ein Bier trinken und die ganze Sache vergessen.«

»Volg de weg!«

»Und mach das Ding aus. Das macht mich wahnsinnig!«

# Gruss von Louis Vuitton

»Erwin!« Es klopfte heftig an der Tür. »Erwin!«

»Was zum Teufel …« Erwin rappelte sich auf und öffnete. »Ach, Werner. Ist Feuer ausgebrochen? Wird Willi vermisst? Hat er etwas angestellt?« Erwin war überrascht, dass Werner bei ihm geklopft hatte.

»Nein. Ich dachte, es könnte dich interessieren, was ich gerade mitbekommen habe.«

Erwin bat den Gast in sein Zimmer und schloss die Tür.

»Ich würde dir gerne was zu trinken anbieten, aber ich habe nix.«

»Schon gut.«

»Was verschafft mir denn die Ehre?«

Werner setzte sich auf den Stuhl, der mittig im Raum stand, und nahm seine Schiebermütze ab. »Ich habe gerade eine hitzige Diskussion bei den Belmonts mitgehört.«

»Ui. Ganz schlechtes Thema! Da sind wir vorhin ganz schön aufgelaufen.« Erwin erzählte ausführlich von dem gescheiterten Einsatz.

Werner lauschte gespannt. Insbesondere die Geschichte mit den Dildos wollte er ganz genau hören.

»Deshalb kommt dieses Thema momentan nicht so gut

bei Willi und Justus an. Verstehst du?«, beendete Erwin seinen Bericht.

»Trotzdem. Irgendetwas ist wirklich faul an den beiden.«

»Was genau hast du denn aufgeschnappt?«

»Ich habe gerade die Stühle für deren Veranstaltung heute Abend im kleinen Kursaal aufgestellt und bin in den Technikraum gegangen, um das Mikro zu holen. Die beiden haben mich nicht bemerkt und sind vor meiner Tür stehen geblieben. Er hat wie irre auf sie eingeredet.«

»Und was genau haben die geredet?«

»Alles habe ich natürlich nicht verstanden. Nur dass sie unbedingt abreisen und die Veranstaltung absagen wollte. Er solle zur Kurleitung gehen und sagen, dass sie krank sei oder so. Daraufhin ist er fast ausgeflippt. Er meinte, in dem Fall wäre alles umsonst gewesen. Er müsse das Geschäft heute Abend noch mitnehmen. Zur Not auch ohne sie. Dann allerdings wäre es aus zwischen den beiden.«

Erwin stand auf, rieb sich das Kinn und spähte aus dem Fenster.

Werner schwieg und wartete ab.

»Wir müssen Willi und Justus informieren. Telefonkonferenz!«

Erwin schnappte sich sein Handy und rief bei Willi an.

»Willi? Leg jetzt nicht gleich auf, aber es gibt Neuigkeiten über die Belmonts! Willi? Willi?« Erwin lugte auf das Display. »Nicht zu fassen! Jetzt hat der tatsächlich aufgelegt. Ich probiere es mal bei Justus.« Erwin wählte die Nummer. Mailbox.

»Warum gehst du denn nicht einfach rüber? Immerhin wohnt ihr alle nebeneinander.«

»Weil man das eben so macht. Das verstehst du nicht.« Erwin war verärgert über seine Freunde. So konnte man nicht arbeiten.

»Soll ich vielleicht zu Willi rübergehen und ihn herholen?«

»Bitte! Versuch dein Glück. Aber ich sag dir gleich, da wirst du dir die Zähne ausbeißen.«

Werner stand auf und verschwand nach nebenan.

Erwin schmunzelte über den optimistischen Hausmeister.

Wie sich aber schnell herausstellte, konnte er Willi tatsächlich bewegen rüberzukommen.

»Mensch, Erwin, sag doch gleich, dass Werner bei dir ist.«

Erwin verkniff es sich, Willis Ansage zu kommentieren. Obwohl es ihn mächtig wurmte, dass sein langjähriger Freund bei ihm aufgelegt hatte, aber dem Hausmeister nach ein paar Tagen Bekanntschaft wie ein Lemming hinterherhechelte.

»Na, jetzt bist du ja hier«, knurrte Erwin knapp und fragte, wo Justus sei.

»Der wollte zu Iris. Reinen Tisch machen.«

»Schade. Ausgerechnet jetzt.« Erwin brachte Willi auf den neuesten Stand, wobei es lange dauerte, bis er Willis volle Aufmerksamkeit hatte. Das Thema *Belmont* war selbst ihm mittlerweile zu viel. Wobei er den Unterhaltungswert des Vormittags sehr wohl zu schätzen wusste.

»Jetzt fällt mir noch was ein«, fuhr Werner dazwischen. »Er hat auch noch zu ihr gesagt, dass alle im Haus viel zu senil wären, um das zu merken.«

»Um was zu merken?«, fragten Erwin und Willi im Chor.

»Das hat er nicht gesagt. Sie weiß bestimmt, worum es geht. «

Erwin war voll in seinem Element. Er stellte sich mitten ins Zimmer, um den nächsten Einsatzplan zu besprechen.

Auch Willi war wieder bei der Sache, was aber sicher daran lag, dass auch der Hausmeister mit von der Partie war. Und wenn der schon der Ansicht war, dass an den Belmonts etwas faul sei, musste etwas dran sein.

Erwin hinterfragte den Sinneswandel seines Freundes nicht. Hauptsache, sein Team stand. Bis auf Justus natürlich, aber der würde schon auch noch mitmachen.

»Also, wie wollen wir vorgehen?«, fing Erwin an. »Immerhin haben wir nichts in der Hand. Und so eine Blamage wie heute Vormittag möchte ich nicht mehr erleben.«

»Wer will das schon?«, fügte Willi hinzu.

»Wer hat denn gesagt, das Vorzelt sei voller Frittenfett?«

»Bei dem du gleich auf ein Drogenlabor geschlossen hast!«

»Leute!«, ging Werner dazwischen. »Lasst uns sachlich bleiben.«

Erwin gehorchte mürrisch und atmete hörbar aus, als es erneut an der Tür klopfte.

Willi, der näher dran war, öffnete.

Es war Justus, der über das ganze Gesicht grinste.

»Da seid ihr! Ich klopfe wie wild an deine Tür, Willi. Hallo, Herr Wirth. Ist was kaputt? Wollte Willi die Heizung entlüften?« Justus lachte dreckig.

»Ach, kommen Sie, dann ist es rund. Mit den anderen beiden habe ich schon.« Herr Wirth streckte Justus die Hand entgegen. »Ich bin der Werner.«

»Justus! Also?«

Erwin musste nun ganz sachte vorgehen und durfte nicht gleich im ersten Satz den Namen *Belmont* erwähnen. Er haderte und wand sich, bis es endlich aus ihm herauspurzelte: »Es gibt Neuigkeiten von den Belmonts!«

Justus zuckte regelrecht zusammen, als er den Namen vernahm. Anscheinend war er aber allerbester Laune und zog das eben Gehörte ins Lächerliche.

»Stimmt. Es gibt wirklich Neuigkeiten«, witzelte er. »Julie peitscht ihren Jean des Nachts durch den Wohnwagen, bevor sie ihn ans Bett fesselt und danach von oben bis unten eincremt.«

»Glaubst du wirklich, dass es Menschen gibt, die so etwas machen?«, fragte Willi ungläubig nach. »Vielleicht reitet sie gerne!«

Diese Naivität trieb Erwin und Justus Lachtränen in die Augen. »Ach, Willi! Also manchmal habe ich das Gefühl, du machst das absichtlich«, ächzte Justus. »Herrlich! Aber: Wenn sie reiten würde, hätte sie bestimmt keine Peitsche, sondern eine Gerte und eine Reitkappe. Bei den Stiefeln wären wir jedoch wieder beim Thema.«

»Versteh ich nicht!«, verkündete Willi und kratzte sich am Kopf.

»Können wir nun zurück zum Wesentlichen kommen?« Erwin erzählte Justus in drei Sätzen, wie der Wissensstand war.

»Leute, was wollt ihr denn noch? Wir sind denen heute voll ins offene Messer gelaufen. Alles, was wir in den letzten Tagen herausgefunden haben, ist, dass die beiden gerne kochen und sich hin und wieder einen Klaps auf den Hintern geben. Soweit ich weiß, ist das bei uns nicht strafbar. Was also können wir da noch tun?«

»Genau, Justus. Du sagst es!« Erwin hatte dieses Funkeln in den Augen. »Was können wir da tun? Ich würde sagen, einfach heute Abend vor Ort sein und die Augen offen halten.«

»Damit kann ich leben«, willigte Justus ein.

Auch Willi war damit einverstanden.

»Aber keine weiteren Eskapaden mehr, hörst du?«, mahnte Justus.

»Warum siehst du mich so an?«, protestierte Erwin.

»Ich meine nur. Die haben uns heute in hohem Bogen vom Campingplatz geschmissen.«

»Ja«, erwiderte Erwin, »aber hier können die uns nichts. Wir können getrost da hingehen zu deren Veranstaltung. Immerhin sind wir zahlende Gäste. Wenn, dann müssen die gehen!«

»Genau!«, bestätigte Willi.

»Also, Männer, ich muss dann mal wieder an meine Arbeit.« Werner stand auf.

Auf Willis Frage, ob er helfen solle, ging er nicht ein. Wahrscheinlich hatte er sie nicht gehört.

»Was war eigentlich bei Iris?«, erkundigte sich Erwin. »Hast du ihr gesagt, auf wen sie sich da einlässt?«

»Klar, Erwin. Und stell dir vor, es ist ihr egal!«

»Hört, hört!«, unkte Willi und klopfte Justus auf die Schulter.

»Ja«, fuhr Justus fort. »Sie hat gemeint, dass sie in ihrem Alter schon für sich alleine sorgen könne. Habt ihr gewusst, dass sie einige Mehrfamilienhäuser besitzt?«

»Na, das ist jetzt blöd«, meinte Willi und sah traurig drein.

»Wieso ist das blöd?«

»Weil du ihr nun überhaupt nichts verkaufen kannst. Schade aber auch.«

»Willi, du bist wirklich schwer von Begriff. Ich soll ihr die Bunker vermieten. Sie will das aber mit mir noch mal in aller Ruhe durchsprechen, wenn wir wieder daheim sind.«

Erwin freute sich über den Lichtblick, der sich für seinen Freund ergeben hatte. »Das sind aber mal prima Neuigkeiten. Auf diese Weise kommt hoffentlich bald Geld in die Kasse. Das ist gut für dich, Justus.«

»Es kommt aber noch besser. Sie hat eine schöne, bezahlbare Wohnung für mich. Ist das nicht klasse? Dann verkaufe ich mein Haus und kann den größten Teil meiner Schulden tilgen. Jetzt muss ich bloß noch einen geeigneten Käufer dafür finden.« Justus grinste bis über beide Ohren und strotzte nur so vor Elan.

»Schau, Justus. So schnell kann sich das Blatt wenden. Und bis es so weit ist, helfe ich dir aus. Ich habe dir doch erzählt, dass Renate und ich für später gespart hatten. Es gibt da bei mir sozusagen ein kleines Polster.«

»Das kann ich aber nicht annehmen, Erwin.«

»Klar kannst du das. Wofür sind Freunde denn da? Renate hätte es so gewollt. Sie mochte dich doch. Was ich nie verstanden habe«, frotzelte er. »Und jetzt lasst uns etwas trinken gehen.«

»Aber es ist erst Nachmittag«, bemerkte Willi.

»Das macht nichts. Es gibt was zu feiern, und wir sind im Urlaub.«

***

»Du siehst aus wie James Bond!«, meinte Erwin, als er Justus nach dem Abendessen vor seinem Zimmer abholte.

Auch Willis Tür ging auf. »Männer! Seid ihr bereit?«

»Klar, Willi. Schicke Krawatte.«

»Letzter Abend. Da kann man ruhig zeigen, was man hat. Kommt Iris auch mit?«

»Natürlich.« Justus richtete sich seine Fliege. »Wir treffen sie vor Ort.«

»Ist sie denn auf dem neuesten Stand?«

»Na ja, sie ist keine dreißig mehr. Was soll man da sagen.«

»Ich meinte …«

»Ich nehme dich auf den Arm. Ich habe sie vorhin angerufen. Sie weiß Bescheid.«

»Gut. Auf in die Schlacht!«, brüllte Erwin und ging voran.

Justus blickte zu Willi. Der zuckte nur mit den Achseln.

***

»Schau sich einer diese Frau an!«, schwärmte Justus, als er Iris am Eingang des Kursaals erblickte. Er begrüßte sie mit einem Kuss und drehte sie um ihre eigene Achse. »Toll siehst du aus.«

Iris sah wirklich blendend aus. Natürlich war ein weißes, bodenlanges Kleid mit passendem Bolerojäckchen nicht die passende Kleidung für diese Umgebung. Aber schließlich hatte sie bei ihrer Abreise nicht für eine Kuranstalt gepackt.

»Danke. Meine Devise ist, lieber ein bisschen drüber als

underdressed. Und du? Fliege? Wirklich?«

»Klar. Fliege passt stets. Krawatte hatte für mich immer schon einen Touch von Kreissparkasse.«

»Iris. Wunderschön!«, schwärmte Erwin und gab ihr einen angedeuteten Handkuss. »Also, ich muss schon sagen: Du siehst immer gleich aus!«

»Na, das hört man als Frau gerne. Du siehst immer gleich aus! ›Schatz, egal, was du machst, du siehst immer gleich aus.‹«

Erwin blinzelte irritiert. Er war sich sicher, ein Kompliment gemacht zu haben.

»Kommt. Wir gehen rein.« Justus nahm Iris' Arm und hakte sie bei sich unter.

Erwin versicherte Iris, dass er das eben ganz anders gemeint hätte.

Es herrschte schon reger Betrieb im Kursaal. Die Belmonts hatten die Werbetrommel die Woche über gut gerührt. Von *spitzenmäßigen Angeboten* war die Rede und *einmaliger Chance auf ein Schnäppchen.*

Justus und Willi wollten sich Plätze in einer der mittleren Reihen sichern.

Dies war aber nicht Erwins Plan. Er bestand darauf, sich in die erste Reihe zu setzen. Er wollte provozieren und durch seine penetrante Anwesenheit das Paar verunsichern. Wie sollte das aus einer der mittleren Reihen geschehen?

Iris unterstützte Erwin in seinem Vorhaben und steuerte geradewegs auf die erste Reihe zu.

Justus konnte seiner Angebeteten den Wunsch natürlich nicht abschlagen.

Willi dackelte hinterher. Ihm war alles recht.

»Ah! Was verschafft uns denn diese Ehre, dass Sie uns mit Ihrer Anwesenheit beglücken?« Jean Belmont grinste bis über beide Ohren, als er Erwin und sein Gefolge erkannte.

Julie wendete sich ab.

»Pröbchen, die Herrschaften? Garantiert drogenfrei!«, witzelte Jean siegessicher.

Erwin wollte gerade ansetzen, eine seiner Anklagesalven abzulassen, als Iris ihm zuvorkam.

»Ich glaube, die Herren wollten sich bei Ihnen beiden entschuldigen. Sie haben mir von der ganzen Sache erzählt. Das alles war lediglich ein dummes Missverständnis. Ein Mann wie Sie sieht doch bestimmt über einen kleinen Fehler hinweg, oder?«

Jean Belmont haderte mit sich, ob er die Truppe des Saales verweisen oder durch Großmut glänzen sollte. Er entschied sich für Letzteres.

»Na, dann wollen wir mal nicht so sein. Schließlich ist es nicht schlecht, wenn es noch Bürger gibt, die ihre Augen offen halten. Nicht wahr, Julie?«

Julie nickte stumm und widmete sich ihren Cremes und Salben, die sie am Präsentationstisch neben der Bühne aufbaute. »Ich will mal nicht so hart mit Ihnen ins Gericht gehen!«

»Das übernimmt auch heute Nacht bestimmt Ihre Frau, oder?« Justus war sich selbst nicht sicher, ob er das wirklich gerade geäußert hatte. Aber angesichts dessen, wie Iris und seine Freunde ihn anstarrten, musste es wohl so sein. Deshalb war es besser, nicht auf eine Antwort zu warten. »Kommt. Dort sind noch vier Plätze frei. Die nehmen wir«, drängelte Justus und schob Erwin an.

Jean presste die Lippen zusammen, als Justus dicht an ihm vorbeistreifte, um zu den Plätzen zu gelangen. Er ging zurück zu Julie. Die beiden tuschelten.

So auch Erwin und Justus.

»Was war denn das?«, meinte Erwin.

»Sorry. Aber ich krieg die beiden einfach nicht aus meinem Kopf, wie er … egal. Blumenwiese! Blumenwiese!«

Es gelang Justus nur mäßig, seine Gedanken zu zerstreuen.

Dass Julie ihn giftig ansah, machte es auch nicht gerade besser.

»Wieso mussten wir uns eigentlich bei dem Schleimer entschuldigen?«, fragte Erwin.

»Das war gut, gell?«, freute sich Iris.

»Was war daran gut? Am liebsten hätte ich den in die Enge getrieben, bis er endlich auspackt.« Erwin redete sich erneut in Rage.

»Genau das ist der falsche Weg. Dann passt er wie ein Luchs auf, dass ihm kein Fehler unterläuft. Man muss die Leute in Sicherheit wiegen und danach um die Ecke schießen. Habt ihr nie *Inspektor Columbo* gesehen? Ihr seid mir vielleicht drei Schmalspurschnüffler!« Iris richtete ihr Kleid und blickte selbstsicher nach vorne.

Erwin überlegte und fand schließlich Gefallen an Iris' Strategie. Was für eine Frau!

Bis auf den letzten Platz war der Saal jetzt gefüllt.

Jean pustete ins Mikrofon, um zu testen, ob es an war.

Julie trat neben ihren Mann.

Die Kurgäste waren begeistert, als es endlich mit der Präsentation losging. Bei einem dreiwöchigen Aufenthalt war man um jede Abwechslung froh, die sich einem bot, egal, ob Diavortrag, Kochkurs oder eben eine Verkaufsveranstaltung für Cremes. Hauptsache, man saß nicht im Foyer und spielte *Fang den Hut*.

Jean kam nach einer knappen Begrüßung umgehend zur Sache und bombardierte die Anwesenden mit seinen Angebotspreisen, die es nur an diesem Abend geben würde.

Selbstverständlich bat Julie Testpersonen auf die Bühne, die sich von der einzigartigen Qualität der Produkte überzeugen konnten. Um sicherzustellen, dass die Auserwählten nur Positives zu berichten hatten, wurden sie überschwänglich von vorneherein mit Gratiscremes zugeschüttet.

Justus durchschaute die Verkaufsstrategie. Bereits vor über zwanzig Jahren hatte er auf etlichen Schulungen diese Vorgehensweise erlernt. Das Prinzip war ganz einfach und hieß: *Wecke den Neid im Kunden.* Man schenkte bei einer Veranstaltung einfach ein bis zwei Personen ein Produkt. Schon ärgerte es die anderen, weil sie nicht zum Zug gekommen waren. *Aber hey! Ich kann es hier und jetzt zu einem supergünstigen Preis erwerben. Zumindest ein Vorteil gegenüber Leuten, die nicht anwesend sind. Somit gehöre ich immer noch zu den Gewinnern.* Und wer ging schon gerne mit leeren Händen nach Hause? Dass diese abgedroschene Masche heute noch funktionierte, dessen war sich Justus nicht bewusst gewesen. Vielleicht lag es am hiesigen Durchschnittsalter. Und wieder bewunderte er Jean ein wenig dafür, mit welcher Schamlosigkeit der sein Programm herunterspulte.

Die Rechnung schien für die beiden aufzugehen. Noch bevor Julie mit ihrem ominösen Gesichtsscanner loslegen konnte, standen auf der anderen Seite der Bühne bereits die ersten Kurgäste an, um sich eine der trotz Rabatt noch völlig überteuerten Cremes zu sichern. Gern auch ein bis zwei Tiegel mehr.

»Das kann nicht sein, dass alles einfach so seinen Lauf nimmt. Da stimmt was nicht.«

»Und was genau, Erwin?« Justus sah seinen Freund fragend an. Der wusste auch nichts anderes zu tun, als weiter ungläubig dem Schauspiel zu folgen.

Eine Frau nach der anderen ging freudig strahlend mit einem Tütchen zurück an ihren Platz. So auch Gertrud Bergen.

»Schau, Erwin«, lachte Willi. »Die alte Bergen. Ob bei der die Creme mit ihren fast achtzig Jahren noch hilft?«

»Ach«, winkte Erwin ab. »Die will sich einfach so ein Schnäppchen nicht entgehen lassen.«

»Willi, wo willst du denn hin?«, fragte Justus, als der aufstand.

»Du, ich glaub, ich stell mich auch mal in die Reihe, bevor nichts mehr da ist. Die Eva freut sich bestimmt, wenn ich ihr …«

»Setz dich sofort hin!«, befahl Justus und ließ keine Widerrede gelten.

»Stopp!«, rief jemand aus dem Hintergrund. »Sofort aufhören!«

Die Stimme kam den Männern bekannt vor.

Auch Iris drehte sich um.

Werner Wirth hatte die beiden großen Flügeltüren aufgetreten und stürmte mit zwei Eimern bewaffnet in den Saal.

»Es liegt ein großer Betrug vor. Lassen Sie sich alle Ihr Geld zurückgeben!«, rief er erregt und lief zwischen den Sitzreihen den Mittelgang nach vorne. Am Seitenaufgang nahm er die drei Stufen auf die Bühne.

Dort stellte sich Julie ihm in den Weg, wurde aber von Werner mit einem der Eimer zur Seite gedrückt.

»Was soll denn das?«, protestierte Jean. »Sie stören die Veranstaltung. Bitte verlassen Sie umgehend den Saal!«

»Nichts da! Ich bin hier der Hausmeister!« Werner stellte die Eimer ab, zog seine Hose nach oben, richtete sich die Schiebermütze und wendete sich zum Publikum.

Claudia von der Rezeption und der Chefarzt, Professor Dr. Jürgen Mahler, hatten mittlerweile auch den Saal erreicht. Werner hatte sie verständigt.

»Meine Damen und Herren, Sie wurden mächtig übers Ohr gehauen. Das, was Ihnen als wertvolle Creme verkauft wird, ist alles andere als hochwertig.«

»Ich wusste es!«, kreischte Erwin und sprang auf.

Justus beobachtete, wie Jean mit Julie Blickkontakt aufnahm und ihr Zeichen gab. Währenddessen packte er das Geld aus der Kasse in sein Jackett und seine Hosentaschen.

»Du bleibst hier. Ich bin gleich wieder da«, flüsterte Justus Iris zu und stand in gebückter Haltung auf.

Iris verstand schnell, was Justus vorhatte, und bemerkte, dass sich Julie auf der anderen Seite der Bühne Stück für Stück zur Treppe bewegte.

»Das ist eine Frechheit!«, versuchte Jean die Flucht nach vorne. »Wir werden Sie anzeigen!« Er wandte sich an das Publikum. »Liebe Kurgäste, lassen Sie sich durch die Hirngespinste eines Hausmeisters nicht verunsichern. Glauben Sie mir, wenn ich Ihnen sage, dass Sie ein sehr hochwertiges Produkt in Ihren Händen halten. Vegan, feinste Öle und …« Jean wurde durch schallendes Gelächter von Werner Wirth unterbrochen.

»Vegan? Dass ich nicht lache! Und was ist das?« Er schnappte sich einen der Eimer, öffnete den Deckel und kippte den klumpigen Inhalt auf die Bühne. Ein Raunen ging durch den Saal. »Da haben Sie Ihr veganes Produkt! Erstklassiges Schweinefett! Und hier ist Ihr feines Öl!« Er griff sich den zweiten Eimer und leerte auch diesen auf den Boden aus. »Bitteschön!«, rief Werner, während er einen Schwall vor Jeans Füße goss. »Billigstes Rapsöl aus einer Großküche.«

Jean fiel fast in Ohnmacht, versuchte aber, die Situation unter Kontrolle zu behalten. »Sie können uns überhaupt nichts beweisen!«

Wieder lachte Werner siegessicher. »Im Keller existieren genügend Beweise. Auf den Kochplatten und den Töpfen sowie den restlichen Eimern, die Sie dort versteckt haben, gibt es sicherlich haufenweise Fingerabdrücke von Ihnen beiden.«

Jean sah keinen anderen Ausweg mehr, als die Flucht zu ergreifen.

Auch Julie schnappte sich ihre Handtasche und bewegte sich schnellen Schrittes von der Bühne.

»Dann haben die überhaupt keine Drogen gekocht?« Erwin wirkte ein wenig enttäuscht.

Justus erahnte als Erster den Fluchtversuch der beiden und erwartete Jean bereits am Absatz der Bühnentreppe.

»Wohin des Weges, Kamerad?«

»Gehen Sie beiseite, oder ich kann für nichts garantieren!« Jean nahm die Fäuste nach oben und begann, wie ein Boxer hin und her zu tänzeln.

»Pass auf, Justus! Der haut zu!«

Diese Warnung hätte Willi lieber für sich behalten.

Da Justus von dem Zuruf seines Freundes abgelenkt war, traf ihn Jeans Faust erstklassig am Kinn und streckte ihn zu Boden.

Justus reagierte umgehend und krallte sich ein Bein seines Gegners, um ihn zu stoppen. Glücklicherweise lief ein Rinnsal aus Rapsöl von der Bühne, wodurch sich eine kleine, glitschige Pfütze gebildet hatte. Jean rutschte weg und legte sich ebenfalls geradewegs in die Horizontale neben Justus.

Julie, nun auf sich allein gestellt, hatte fast schon den Ausgang des Saals erreicht, als sie von Iris eingeholt wurde.

»Wo wollen wir denn so schnell hin, kleine Maus?«

»Geh zur Seite, sonst …!«

»Was *sonst*?«, fragte Iris keck grinsend.

Gerade als Julie mit ihrer Handtasche ausholen wollte, traf sie auch schon Iris' Clutch mitten im Gesicht.

Julie verdrehte die Augen, blinzelte zweimal und ging ohnmächtig zu Boden.

»Schönen Gruß von Louis Vuitton, du Schnepfe!« Iris richtete sich die Haare und zupfte ihr Kleid zurecht. »Hach, das tat gut!«, stieß sie zufrieden aus und stolzierte zurück zur Bühne, um zu sehen, wie es um Justus stand.

Dieser rang eifrig mit Jean, während Werner, Willi und Erwin danebenstanden und ihren Freund anfeuerten.

»Na, macht dir das Spaß, oder soll ich dir einen Klaps auf den Hintern geben?«, frotzelte Justus, während er Jean im Schwitzkasten hatte.

Dieser konnte sich dank des Öls, das sich zwischenzeitlich überall hin verteilt hatte, schnell befreien.

»Ich gebe dir gleich einen Tritt in den Arsch, du Wicht!« Jean trat nach Justus.

Dieser wehrte den Tritt ab und zog an Jeans Standbein, was dazu führte, dass sich der Kurpfuscher mit einem Schlag zurück am Boden befand. Diesen Überraschungseffekt nutzte Justus aus und setzte sich seinem Kontrahenten auf die Brust. Der aber landete einen Glückstreffer. Justus hielt sich die Nase und ließ von ihm ab.

Jean nutzte die Chance und suchte das Weite. Auf allen vieren krabbelte er unter den ersten drei Sitzreihen hindurch.

»Wo ist er hin?« Erwin blickte zu Willi. Da der aber damit beschäftigt war, sich um seinen lädierten Freund zu kümmern, konnte er ihm diese Frage nicht beantworten.

Justus stand mittlerweile wacklig auf beiden Beinen.

Jean richtete sich auf, um loszurennen.

In dem Moment traf ihn unerwartet etwas von der Seite. Auch er machte nun, wie kurz zuvor seine Partnerin, die unschöne Bekanntschaft mit Iris' Clutch. Er taumelte kurz und versuchte, sich an den Stuhllehnen abzustützen. Das Fett an seinen Fingern verhinderte dies, und er ging unsanft zu Boden.

»Jetzt ist Schluss mit dem Kindergeburtstag!«, befahl Iris streng und drückte Jean den Absatz ihres linken Pumps auf die Brust.

Endlich ergab sich Jean und blieb liegen.

Kurz darauf traf die Polizei ein und wurde vom Chefarzt des Kurhotels über die Ereignisse informiert. Das Betrügerpaar wurde abgeführt und Iris und die Männer sowie einige weitere

Kurgäste aufgefordert, sich zu einem späteren Zeitpunkt für eventuelle Fragen zur Verfügung zu halten.

»Hey, Freundchen, warte mal!« Justus schnappte sich einen Tiegel mit Creme und holte die Polizisten, die Jean in Handschellen abführten, ein. »Schau, für dich! Das kannst du im Knast bestimmt brauchen. Damit deine Haut nicht austrocknet.« Justus steckte ihm die Creme in die Innentasche des Jacketts. »Passt ja auch irgendwie. Schwein zu Schwein.«

Jean konnte darüber überhaupt nicht lachen und verließ mit den Beamten den Saal.

Julie wurde von einer Polizistin abgeführt und beschwerte sich über die zu engen Handschellen.

»Das war vielleicht was!«, freute sich Erwin und klopfte Justus auf die Schulter.

Der hielt sich immer noch die Nase und bekam von Willi ein Taschentuch, um die Blutung zu stillen.

»Du kannst ganz schön austeilen, meine Liebe«, sprach Justus näselnd zu Iris.

Sie hob die Tasche wie eine Trophäe in die Luft. »Ja, unterschätze niemals eine Frau und ihre Tasche. Kommt! Jetzt gehen wir in die *Tenne*. Nach einer Schlägerei brauche ich einen Schnaps. Ich lade euch ein.«

»Nach einer Schlägerei? Sag mal, Iris, wie oft kommt denn das bei dir vor?« Justus hielt sich immer noch die Nase.

»Um ehrlich zu sein, war es heute das erste Mal. Aber … hat gutgetan. Ich fühle mich so frei und beschwingt!«, schwärmte sie und schritt voran.

Erwin blieb kurz stehen, blickte Iris nach und schüttelte den Kopf. »Was für ein Teufelsweib!«

»Ich möchte mich aber noch schnell umziehen. Ich stinke wie ein Schwein!«, rief Justus ihr hinterher.

Auch Frau Bergen verließ nun den Saal. Mit so vielen Cremetöpfchen, wie sie tragen konnte.

»Frau Bergen? Wo wollen Sie denn mit dem ganzen Zeug hin?«, fragte Erwin. »Sie wissen schon, aus was die gemacht sind?«

»Ach was! Das darf man nicht so eng sehen. Die Creme zieht gut in meine Haut ein«, verteidigte sie sich. »Wäre doch schade drum. Wo sie jetzt umsonst ist!«

***

In der *Tenne* herrschte reger Betrieb. Schlagerabend! An Kurorten stets ein Garant für eine volle Hütte.

Iris orderte eine Flasche Champagner, was Erwin natürlich dazu brachte zu erwähnen, dass ein Sekt auch durchaus ein würdiger Tropfen für diesen Anlass wäre.

»Sekt ist was für eine Bowle!«, erklärte Iris trocken. »Justus' Nase hört nur bei Champagner auf zu bluten. Nicht wahr, mein tapferer Krieger?« Iris strich mit dem Handrücken über seine Wange.

»Au! Nicht so fest!«, beschwerte er sich und drehte den Kopf schützend zur Seite.

»Ach, stimmt. Da hat dich der Belmont ja zum ersten Mal getroffen.«

»Ein Glückstreffer! Nur, weil mich Willi abgelenkt hat!«

»Jetzt bin ich wieder schuld«, beschwerte sich Willi und schnippte im Takt zu Andrea Berg.

»Und das zweite Mal?«, neckte Iris weiter, während sie vorsichtig mit einem Taschentuch an seiner Nase herumtupfte. »Wer war beim zweiten Treffer schuld?«

»Da hatte ich was im Auge!«

»Jetzt lasst uns endlich anstoßen. Sonst hört die teure Brause auf zu blubbern, bevor sie unten ist!« Erwin erhob das Glas. »Hat irgendjemand einen Trinkspruch parat?«

»Ich!« Iris nahm ihr Glas und blickte in die Runde. »Auf die Freundschaft, Ehrlichkeit und auf das Heute, Hier und Jetzt. Und auf die drei besten Spürnasen, die ich kenne. Mögen sie noch weitere Scharlatane, Bauernfänger und Betrüger zur Strecke bringen. Ich und meine Handtasche, wir sind dabei! Prost!«

»Hört, hört!«

Die Runde trank auf ex und stellte die Gläser ab.

»Eigentlich gebührt der ganze Ruhm einzig und allein Erwin.«

»Ach, Justus, hör schon auf!« Erwin wurde rot im Gesicht. Das lag nicht am Champagner.

»Doch! Das muss jetzt einmal gesagt werden. Wärst du nicht so hartnäckig drangeblieben, wären die beiden längst über alle Berge, und wir würden uns die nächsten Wochen freudig Frittenfett ins Gesicht schmieren.«

»Ha!«, grölte Erwin. »Frau Bergen hat kein Problem damit!«

Alle lachten.

Erwin gestand, dass er zwischendurch selbst nicht mehr daran geglaubt hätte, dass er mit seinem Verdacht richtiglag. Gut, es waren keine Drogendealer, und der Tatbestand reichte allenfalls für die hiesige Heimatzeitung. Aber … sie hatten zusammen einen Fall gelöst. Das war schon was.

Justus machte ein feierliches Gesicht. »Ganz ehrlich, Erwin, scheiß auf das ganze Geld!«

»Das du nicht hast.«

»Richtig, mein Freund. Das ich nicht habe. Was ich aber sagen wollte, war, dass mir das mit euch viel mehr wert ist, als ich dachte. Fast hätte ich das aus den Augen verloren.«

»Jetzt lasst uns nicht sentimental werden«, wiegelte Erwin ab. Er konnte mit solchen Situationen noch nie gut umgehen. »Lasst uns lieber noch mal anstoßen. Komm, Willi. Schenk nach!«

Justus legte seinen Arm um Erwins Schulter. »Danke, mein Freund. Hättest mich auch mir selbst überlassen können. Grund genug hatte ich euch gegeben.«

»Lass stecken! Sonst überlege ich mir das noch mal. Prost!«

»Prost. Du Meisterdetektiv!«

»Apropos, vielleicht mache ich wirklich eine Detektei auf. Wer weiß?«

Willi verschluckte sich. »Das ist nicht dein Ernst. Dafür musst du bestimmt eine Ausbildung oder eine Lizenz haben. Dann benötigst du …«

»Willi!«

Der hörte nicht. Stattdessen redete er sich richtig in Rage: »… sicherlich eine Waffe oder zumindest ein Pfefferspray. Da könnte schließlich jeder kommen und …«

»Willi!«

»Was denn?«

»Das war Spaß. Du glaubst doch nicht, dass ich mich in meinem Alter nachts auf die Lauer lege und für eifersüchtige Frauen deren Ehemänner observiere!«

Willi beruhigte sich und trank einen weiteren Schluck. »Zutrauen würde ich es dir!«

Justus und Iris amüsierten sich köstlich.

»Wie sieht es denn mit dem lädierten Immobilienmakler aus? Hat er die Kraft, ein wenig mit seiner Auserwählten zu tanzen?« Iris rückte dem Ende der Sitzbank entgegen.

»Klar!«, beteuerte Justus lässig. »Ich tanze schließlich nicht mit dem Kinn oder der Nase. Ich lasse mich auch gerne von Ihnen führen, Madame.« Er nahm ihre Hand und begleitete sie auf die Tanzfläche.

Willi und Erwin blieben sitzen und guckten den beiden hinterher.

»Jetzt schau dir die zwei an«, sagte Erwin.

»Wie er das nur immer macht, der Hund!« Willi nippte am Champagner.

»Höre ich da Neid?«

»Ach was! Ich habe doch meine Eva. Gut, da prickelt es nicht mehr so, aber …«

Erwin orderte bei der Bedienung ein Bier, da er nun etwas Richtiges trinken wollte. »Schau bloß, dass da nichts passiert bei dir.«

»Was meinst du denn?«

»Nicht dass sich am Ende die Eva anderweitig umsieht, wenn sie von dir keine Aufmerksamkeit bekommt.«

»Quatsch! Ich mach das schon. Sieh du lieber zu, dass du dich nicht wieder in deiner Wohnung verkriechst, wenn wir zu Hause sind.«

Erwin lächelte. »Nach diesem Urlaub? Bestimmt nicht.«

Erwins Bier kam. Er nahm es der Bedienung ab und hielt es hoch, als er sich erneut an Willi wendete. »Prost!«

Willi kam sich beim Anstoßen mit seinem Champagnerglas komisch vor und bestellte sich auch ein Pils.

»Weißt du, Willi, es war gar nicht so schlecht, diese Reise zu unternehmen. Das Leben ist noch nicht vorbei. Auch, wenn meine Renate nicht mehr da ist. Ich glaube, sie hätte bestimmt nicht gewollt, dass ich überhaupt nichts mehr tue. Es hat schon großen Spaß gemacht, den Belmonts hinterherzuschnüffeln.«

»Na, ein bisschen Glück war auch dabei.«

»Bitteschön, Ihr Bier!« Die Bedienung stellte das perfekt gezapfte Pils auf den Tisch.

»Ach, Fräulein, Sie haben nicht zufällig eine Kleinigkeit zu knabbern da? Nüsschen oder Chips?«

»Salzstangen müssten noch irgendwo sein. Soll ich mal nachsehen?«

Willi und Erwin blickten sich an und verzogen das Gesicht.

»Nein. Lassen Sie nur!«

»Ob da hinter den Kulissen alles mit rechten Dingen zugeht?« Erwin setzte seinen Spürhundblick auf.

»Hör bloß auf, hier herumzuschnüffeln. Die armen Leute! Viel wichtiger wäre es, die Lampe dort oben richtig zu verkabeln.« Willi zeigte nach oben. »Die ist ganz schlecht festgemacht. Das Kabel ist nicht mal isoliert. Die haben das Teil bloß an der Lüsterklemme hängen. Nun guck doch mal!«

»Willi, wenn ich dir verspreche, nicht zu ermitteln, dann lass du bitte die Finger vom Strom.«

Justus und Iris kehrten von der Tanzfläche zurück. Iris sah aus wie aus dem Ei gepellt, Justus hingegen wie nach einer halben Stunde Spinning.

»Justus! Alles klar?« Erwin klang besorgt.

»Natürlich. Warm hier drinnen. Ui, ihr seid umgestiegen. Hat euch der Champagner nicht mehr geschmeckt?«

Willi grinste. »Geht so. Aber die Leute haben uns schon ganz komisch angeguckt. Sah wohl ein wenig suspekt aus. Erwin und ich allein mit der Flasche. Die meinen doch weiß Gott was.«

»Ihr seid aber auch ein hübsches Paar!« Iris leerte ihr Glas, das Justus zuvor aufgefüllt hatte.

Erwin sah in die Runde und lächelte. Die Stimmung war ausgelassen. Keiner von ihnen hätte sich noch vor ein paar Tagen träumen lassen, dass sie an diesem Abend nirgendwo anders sein wollten als genau dort an diesem Tisch. In der *Tenne* bei Schlagermusik ohne Nüsschen.

# Alles aufs Haus

Erwin und Willi hätten an diesem Morgen auch jeder eine Sonnenbrille gebrauchen können. Als die beiden zum Frühstück antraten, saß Justus bereits mit verspiegelten Gläsern vor den Augen am Tisch und döste vor sich hin.

»Guten Morgen. Bist du schon wach oder warst du noch nicht im Bett?«

Justus zuckte regelrecht zusammen bei dieser Begrüßung. »Könntest du bitte ein wenig leiser reden und dich einfach setzen?« Die Feierlichkeiten in der *Tenne* hatten bis in die frühen Morgenstunden angedauert.

Erwin zog sich einen Stuhl zur Seite und setzte sich, während sich Willi auf den Weg zum Buffet machte.

»Kann ich davon ausgehen, dass du noch nicht gepackt hast?«

»Das kannst du, mein Lieber. Kann ich davon ausgehen, dass du bereits seit zwei Tagen auf deinen gepackten Koffern sitzt?«

»Nun übertreib mal nicht! Ich bin nur strukturiert. Ich mag es nicht, am Tag der Abreise diesen Stress am Morgen zu haben.«

Justus nippte an seiner Tasse und musterte Erwin über den

oberen Brillenrand hinweg. »Wir haben bis elf Uhr Zeit zum Auschecken. Jetzt hetz nicht so!«

Willi stellte seinen Teller ab, richtete Tasse und Besteck und schnappte sich die Kaffeekanne. »Heute haben sie die grobe Leberwurst, die ich so mag«, freute er sich und säbelte das Brötchen entzwei. »Wo ist denn deine bessere Hälfte? Habt ihr die Nacht zusammen verbracht? Also, wenn ich nicht verheiratet wäre, die Iris … die ist schon ein Schuss. Da hättest du aber mit mir um sie kämpfen müssen. Ich bin nämlich auch sonst noch gut drauf! Also da!«

»Wo genau, Willi?«

»Na … DA! Du weißt schon, was ich meine. Ich brauche noch nichts einzunehmen. Da gibt es die tollsten Sachen heutzutage.«

»Willi, das sind mir zu viele Informationen am frühen Morgen. Wo nehmt ihr beide eigentlich diesen Elan her? Ich meine, auch ihr habt einiges weggekippt.«

»Ja, Justus. Aber das war nur Bier. Ihr mit eurem Schampus! Der macht einen Schädel. Deshalb ist die Iris auch noch nicht da.«

»Da irrst du dich gewaltig, Erwin. Die ist um sieben bereits zum Pilates und danach zum Schwimmen.«

Willi haute auf den Tisch. »Oh, ich wusste, dass du noch mit zu ihr bist. Und? Habt ihr … du weißt schon.«

Justus nahm die Brille ab. »Willi, wir leben nicht mehr im Mittelalter. Du kannst die Dinge ruhig beim Namen nennen, ohne dass du gesteinigt wirst. Und ich sage es gerne noch mal: Der Gentleman genießt und schweigt.«

»Was alles sagt!«, bemerkte Erwin und nahm noch Kaffee aus der Kanne.

Werner Wirth tauchte im Frühstückssaal mit einem Herrn auf. Die beiden blieben am Eingang stehen und blickten suchend umher.

»Du, Willi, dort am Eingang … Ich glaube, dein Freund sucht dich«, machte Justus seinen Freund auf den Hausmeister aufmerksam.

Willi drehte sich um, sprang umgehend auf und winkte wie wild.

Erwin hielt dies für äußerst übertrieben.

»Werner! Hier sind wir!«

Werner und seine Begleitung kamen näher. Der Hausmeister grüßte in die Runde und gab das Wort an den Herrn neben sich weiter.

»Guten Tag. Ich möchte nicht stören. Mein Name ist Hauptkommissar Schnalzer. Ich bin mit dem Fall Belmont betraut. Dürfte ich mich wohl kurz zu Ihnen setzen?«

Willi sprang freudig auf, zog noch einen Stuhl vom Nebentisch heran und orderte eine weitere Kanne Kaffee.

»Da waren Sie alle ganz schön mutig gestern. So viel Zivilcourage würde sich die Polizei öfter wünschen. Da Sie drei erheblich daran beteiligt sind, dass wir dieses Pärchen dingfest machen konnten, wollte ich Ihnen nicht vorenthalten, um wen es sich bei diesen Personen handelt.«

Erwin war sehr gespannt. Immerhin hatte er gedacht, dass er einer größeren Sache auf der Spur gewesen war. Und er war sich sicher gewesen, dass die Belmonts jetzt schon wieder auf freiem Fuß wären.

»Da ist uns gestern ein richtig großer Fisch ins Netz gegangen. Wir suchen das Pärchen schon seit geraumer Zeit. In Wirklichkeit heißen die beiden Florian und Sandra Kugler. In den letzten Jahren sind sie mehrfach unter falschen Namen in Erscheinung getreten. Leider sind sie immer wieder blitzschnell untergetaucht, bevor wir sie schnappen konnten. Zuletzt waren sie auf Mallorca tätig.«

»Haben sie denn dort auch Cremes verkauft?« Willi war fasziniert von den Belmonts.

»Nein. Cremes haben sie dort nicht verkauft. Diese Fettgeschichte war wirklich in den letzten Jahren ihre geringste Straftat. Auf Mallorca hatten die beiden eine Time-Sharing-Firma. Über die hat das Ehepaar Nutzungsrechte an Ferienhäusern verkauft und horrende Anzahlungen kassiert. Diese Häuser hat es natürlich gar nicht gegeben. Also, gegeben schon, nur waren die Häuser in Privatbesitz.«

Justus war nun auch wach. »Aber, Herr Hauptkommissar, ist es dann nicht komisch, dass die zwei nach solch großen Betrügereien selbst Cremes zusammenpanschen?«

»Nein!«, versicherte der Polizist. »Das ist durchaus üblich. In diesen Kreisen taucht man lieber einmal für ein oder zwei Jahre unter und gibt sich mit kleinen Dingen ab. Wobei die beiden die Sache mit diesen Pflegeprodukten durchaus auch schon im großen Stil betrieben haben. Wir haben im Übrigen heute Morgen einen Mitarbeiter der Metzgerei im Ort festgenommen. Auch er war wohl an der Sache beteiligt.«

»Mensch, Justus. Der Typ aus der *Tenne*. Der, den wir am Hintereingang der Metzgerei gesehen haben.«

Der Kommissar wunderte sich, dass die Männer bereits über Einzelheiten Bescheid wussten. »Darf ich fragen, wie lange Sie schon an dieser Sache dran sind?«

Als Erwin gerade mit stolzer Brust die Wahrheit verkünden wollte, fuhr ihm Justus dazwischen. Er hielt es für besser, dem Mann nicht alle Einzelheiten über Erwins Hobby auf die Nase zu binden.

»Das war reiner Zufall!«, verriet er. »Wir hatten eine Fahrradtour unternommen, da sind die uns über den Weg gelaufen.« Justus trat unter dem Tisch vorsichtshalber nach Erwin, damit der sich nicht genötigt fühlte, die Geschichte nachträglich in allen Einzelheiten auszuschmücken.

Der Polizist war beruhigt. »Ach, und ich dachte schon, ich habe es mit Hobbydetektiven zu tun. Wissen Sie, da kann man schnell an die Falschen geraten. Das überlassen Sie besser der Polizei. Jedenfalls möchte ich mich auch im Namen des Betrugsdezernats recht herzlich bei Ihnen für Ihr mutiges Einschreiten bedanken. Durch Menschen wie Sie ist die Welt ein wenig sicherer.«

»Der Ruhm gilt einzig und alleine Herrn Volz!«, berichtigte Justus.

Erwin wurde rot, ließ es aber gerne zu, im Rampenlicht zu stehen.

»Menschen wie Sie könnten wir bei der Polizei gut gebrauchen. Wären Sie dreißig Jahre jünger, wer weiß?«

Alle lachten.

Justus war stolz auf Erwin. Obwohl er kurz überlegte, ob die Welt einen Polizisten wie Erwin verkraftet hätte.

»Aus was sind denn nun die Cremes?«, erkundigte sich Willi. Er hatte sie tagelang benutzt.

»Genaueres erfahren wir in den nächsten Tagen vom Labor«, führte der Ermittler aus. »Aber wie es aussieht, bestehen sie einfach aus Schweinefett, Rapsöl und synthetischem Lavendelöl von der billigsten Sorte.«

»Ist das nicht alles gesundheitsschädlich?«, fragte Willi besorgt.

»Nein, ist es nicht. Schweinefett ist ein natürliches Fett, das sogar gut in die Haut einzieht. Es wird bereits seit ewigen Zeiten verwendet, es ist billig, jeder Metzger darf es verkaufen. Am Rapsöl ist genau genommen auch nichts auszusetzen. Es ist pflegend und beinhaltet sogar Vitamin E. Und verschiedene Duftöle bekommen Sie für ein paar Euro in jeder Drogerie.«

»Kann man den beiden dann überhaupt etwas vorwerfen?«, meldete sich Erwin zu Wort.

»Natürlich. Alleine die kriminelle Vergangenheit reicht schon für ein paar Jahre. Das mit den Cremes ist zwar keine große Sache, aber immerhin Betrug.«

Der Kommissar erhob sich und klopfte zum Abschied auf den Tisch. Er hatte noch nicht ganz den Saal verlassen, da trabte Chefarzt Professor Dr. Jürgen Mahler samt Gefolge an. In der Hand trug er eine Flasche Sekt. Claudia von der Rezeption ging neben ihm.

»Meine Herren, schön, dass ich Sie alle zusammen erwische. Wir, das Team vom Kurhotel, möchten uns recht herzlich bei Ihnen bedanken. Durch Sie konnte Schlimmeres verhindert werden. Nicht auszudenken, was alles hätte passieren können! Wir waren selbst vollkommen ahnungslos. Da müssen wir wohl oder übel demnächst solche Firmen genauer betrachten, bevor wir sie auf unsere Gäste loslassen.« Er stellte die Flasche auf den Tisch und nahm von Claudia drei Kuverts entgegen. »Wir erlauben uns, Ihnen ein Wochenende bei uns mit allem Drum und Dran zu schenken und würden uns freuen, wenn Sie uns bald besuchen würden. Ihr jetziger Aufenthalt geht natürlich aufs Haus.«

»Yeah!«, freute sich Justus und klatschte als Erster.

Und da jubelte der gesamte Frühstückssaal.

Willi machte sich an die Flasche und ließ den Korken knallen.

Justus zog es vor, mit Kaffee anzustoßen.

Nachdem sich der Chefarzt samt Mannschaft entfernt hatte, kehrte endlich Ruhe ein.

»Für dich, Willi.« Justus überreichte ihm seinen Umschlag. »Da nimmst du mal schön deine Frau mit. Die freut sich.«

Willi nahm dankend an.

»Ach ja, Willi, ich habe auch was Kleines für dich zum Abschied.« Der Hausmeister kramte etwas, das mit einer Schleife verziert war, aus seiner Arbeitsweste.

»Ui. Das ist ein Phasenprüfer. Mit Schleife!«

»Ja. Habe ich selbst gemacht. Ich dachte mir, damit du immer weißt, ob Strom drauf ist.«

»Mensch, das ist nett. Ich halte ihn in Ehren. Komm her!«

Willi drückte Werner und klopfte ihm kräftig auf den Rücken.

Erwin verdrehte die Augen.

Justus fand es rührend.

So hatte Willi sich bisher nur von einem Kerl aus Frankfurt verabschiedet, der wie er mit seinen Eltern zwei Wochen auf demselben Campingplatz auf Norderney verbracht hatte. Er hatte ihn danach nie mehr wiedergesehen. Da waren sie allerdings acht Jahre alt gewesen.

»Also, ich muss dann mal. Im Empfangsbereich warten ein paar neue Bilder darauf, dass sie an die Wand kommen. Kommt gut heim, und Willi: Du hast meine Nummer.«

Willi winkte und hatte glasige Augen.

»Sollen wir dich auch in den Arm nehmen?« Erwin konnte nicht umhin, seinen Freund aufzuziehen.

»Quatsch. Er ist nett, oder?«

Einstimmiges Nicken.

Justus stand als Erster auf. Schließlich musste er noch packen.

Erwin lehnte sich zurück und schwenkte seinen Umschlag zufrieden wie eine Trophäe in beiden Händen.

Willi wirkte unruhig und wippte unter dem Tisch mit dem Fuß.

»Was ist denn los, Willi? Zu viel Schampus?«

Willi überlegte. »Glaubst du, er benutzt Dübel?«

Erwin lachte und erlöste seinen Freund. »Na, hau schon ab!«

# Aufbruchsstimmung

Erwin stand mit seinem Koffer in voller Montur abreisebereit im Flur und klopfte an Justus' Tür.

»Justus, ich trag schon mal meine Koffer nach unten. Ich mach mich besser auf die Suche nach Willi. Nicht dass wir den vergessen.«

»Geh du nur. Ich komm gleich nach.«

Erwin erkannte ein wenig Wehmut in Justus' Stimme. »Ist was?«

»Nö. Eigentlich nicht. Es ist bloß … ich dachte nicht, dass mir der Abschied von hier schwerfallen würde. So erging es mir bisher höchstens vor der Abreise von den Malediven oder den Seychellen. Aber hier? Vom *Kurhotel Erika*?«

Erwin musste schmunzeln. »Tja, vielleicht kommt es viel mehr darauf an, was man aus seiner Zeit macht und mit wem man sie verbringt.«

»Da könntest du recht haben«, lenkte Justus ein und packte weiter. »Wie gesagt, ich komme gleich nach.«

»Gell, nun bereust du es, dass du nicht schon gestern gepackt hast. Jetzt wird es stressig.«

»Es wird doch nicht stressig. Wir haben alle Zeit der Welt. Bis du Willi gefunden hast, bin ich unten. Ach, und Erwin:

Schau nicht nur in Augenhöhe nach ihm, sondern auch ein wenig höher. Könnte gut sein, dass unser Heimwerker schon wieder auf irgendeiner Leiter herumturnt.«

Erwin lachte, fasste den Griff seines Koffers und marschierte damit zum Aufzug.

Justus ging ins Bad, um seinen Kulturbeutel zu packen. Dabei betrachtete er sich im Spiegel, fuhr sich mit der Hand über die Wange und beschloss, sich vor der Abreise nicht mehr zu rasieren. Normalerweise nahm er es sehr genau damit, stets frisch rasiert zu sein. Zumindest seit seine Barthaare angefangen hatten, grau zu werden. Heute war ihm das egal. Zumal er am vorangegangenen Abend eine amtliche Schlägerei gehabt hatte.

»Du bist sechzig und fängst noch mal von vorne an«, sprach er zu seinem Spiegelbild. Justus warf seinen Nassrasierer und das Aftershave in den Beutel und zog den Reißverschluss zu, als es abermals an der Tür klopfte. Justus öffnete und sah in Iris' Augen.

»Na, mein Held?«, grüßte sie lächelnd. »Schon gepackt?«

»Fast.« Er zog sie an sich und schloss die Tür hinter ihr. Sie küssten sich. »War schon schade, dass du heute so früh aufgestanden bist.«

»Tja! Ich musste mich um mein Wurzel-Chakra kümmern.«

»Das hätte ich auch gekonnt.« Justus fuhr ihr durch die Haare.

»Weißt du denn, wo das sitzt?«

»Ich hätte mich einfach auf die Suche begeben. Irgendwo in diesem Körper hätte ich es schon gefunden. Ich könnte doch jetzt noch suchen.« Justus zog Iris Richtung Bett.

»Ich glaube, du machst dich lieber auf den Weg und suchst deine Freunde. Nicht dass die noch was anstellen.«

»Ja, die zwei. Wenn die nicht wären! Fast hätte ich vergessen, wie wichtig es ist, Freunde zu haben.«

»Du sagst das aber sicher nicht, weil dir Erwin Geld leiht, oder?«

»Ach, Unsinn! Deshalb nicht. Ich meine nur, dass man schnell aus der Spur gerät, wenn man nicht ein paar Weggefährten an seiner Seite hat, die auf einen aufpassen.«

Iris nahm seine Hand. »Jetzt hast du noch jemanden, der auf dich aufpasst.«

»Ich habe nichts dagegen.«

»Klar!«, strahlte Iris. »Wenn du mich lässt.« Sie küsste ihn wieder.

»Und du willst wirklich nicht gleich mitkommen?« Justus warf seinen Kulturbeutel in den Koffer und verschloss ihn.

»Nein. Ich fahre morgen in den *Ammersteiner Hof* zurück. Ich habe dort noch einiges zu klären.«

»Glaubst du denn, dass er noch da ist?«

»Das glaube ich nicht nur, das weiß ich sogar. Ich habe ihn vorhin angerufen.«

»Verstehe. Aber nicht, dass du dich am Ende bequatschen lässt und zu ihm zurückgehst.«

»Eifersüchtig?«

»Ich doch nicht! Aber … der kann dir schon einiges mehr bieten als …«

Sie drückte ihren Finger auf seine Lippen. »Pst! Komm, es wird Zeit.«

Justus zierte sich. Zu gerne hätte er die Abreise noch um eine halbe Stunde verschoben. Einen weiteren Versuch, Iris zu einem Schäferstündchen zu bewegen, ließ er sein. Er wollte einen coolen Eindruck hinterlassen und nicht als Jammerlappen im Gedächtnis bleiben, der um ein wenig Zuneigung bettelte. Schließlich würden sie sich in ein paar Tagen wiedersehen, dann könnte er immer noch nach ihrem Chakra suchen.

***

Als Iris und Justus im Erdgeschoss den Fahrstuhl verließen, trafen sie auf Erwin, der aufgeregt auf sie zusteuerte.

»Oh je, das bedeutet nichts Gutes!« Justus kannte den Gesichtsausdruck seines Freundes und die allzu gut durchbluteten Wangen. »Was ist denn los, Erwin? Sind die Belmonts aufgetaucht?«

»Ihr glaubt es nicht. Der ist tatsächlich …« Erwin hielt inne, schnappte sich jeweils von Iris und Justus einen Arm und zog die zwei zur Tür, die zum angrenzenden Park führte. »Seht selbst!«

Iris guckte fragend über Erwin hinweg zu Justus.

Der zuckte lediglich mit den Schultern.

Erwin stieß die Tür auf und deutete mit dem Finger auf die Rasenfläche. »Da, seht ihn euch an. Eigentlich wollten wir uns an der Rezeption treffen!«

Willi thronte grinsend auf dem Aufsitzmäher und tuckerte mit etwa fünf Stundenkilometern über das Grün, während der Hausmeister nebenherlief und Anweisungen gab. Bei näherem Hinhören waren es allerdings mehr Zurufe wie »langsamer« oder »nicht so schnell«, die keinerlei technischen Hintergrund hatten.

Justus amüsierte sich köstlich, was Erwin so nicht stehen lassen konnte. »Was gibt es denn da zu lachen? Kaum schnippt Werner mit dem Finger, schon springt Willi wie ein Geißbock um ihn herum.«

Justus versuchte, seinen Freund zu beschwichtigen. »Nun lass ihn! Du merkst doch, wie viel Spaß er hat. Außerdem glaube ich, dass es Werner mittlerweile bereut, ihm seinen Boliden überlassen zu haben. Guck, wie panisch er ist!«

Bei näherem Hinsehen huschte ein verschmitztes Lächeln über Erwins Gesicht. Allerdings nur kurz. »Trotzdem. Ich finde es verantwortungslos, ihn fahren zu lassen. Wie nah der an der Nordic-Walking-Gruppe vorbeidüst! Ich kann gar nicht hinsehen.«

»Dann schau weg! Ich bring noch schnell den Schlüssel zur Rezeption. Wartet ihr so lange?«

»Bleibt uns nichts anderes übrig«, maulte Erwin. »Wir müssen warten, bis der Herr mit seiner Vergnügungstour fertig ist. Ich fühle mich um fünfzehn Jahre in die Vergangenheit zurückversetzt. Da stand ich auf dem Rummel auch immer dumm herum, bis meine Enkelin endlich vom Karussell runterstieg. Und wehe, der blaue Elefant war besetzt! Das gab vielleicht ein Geschrei.«

Iris stellte sich neben Erwin, während Justus mit seinem Schlüssel im Gebäude verschwand. »Dieses Problem hast du hier schon einmal nicht, Erwin. Willi ist der einzige Fahrgast, und Auswahlmöglichkeit hat er auch keine.«

»Juchhu!«, rief Willi, als er die Zuschauer entdeckte, und winkte wie verrückt.

»Mit beiden Händen das Lenkrad halten!«, hörte man Werner Wirth schreien, während er weiterhin hektisch versuchte, mit Willi Schritt zu halten. So konnte man auch überflüssige Pfunde loswerden.

Willi steuerte auf Erwin zu und kam kurz vor seinen Beinen zum Stehen. »Was für ein Spaß! Habt ihr gesehen, wie das Ding abgeht?«

»Hast du es bald, oder wie lange denkst du, dass du noch an Zeit benötigst?«, fragte Erwin in süffisantem Ton.

»Ich komm ja schon. Außer Werner braucht mich noch?« Willi blickte fragend zu dem schwitzenden Hausmeister.

Der schluckte kurz, atmete ein paarmal tief ein und aus, bevor er etwas äußern konnte. »Ist schon gut, Willi. Jetzt fahre *ich* weiter.« Man konnte förmlich sehen, wie Werner innerlich drei Kreuze machte, dass nichts passiert war. Hätte er doch bloß die Bilder im Eingangsbereich an die Wand gedübelt. Aber Willi hatte unbedingt den Mäher vor seiner Abreise noch mal sehen wollen, und da hatte Werner selbst den Vorschlag gemacht …

»Also, Willi, pass schön auf dich auf! Kommst du dieses Jahr noch einmal her? Ihr habt schließlich den Gutschein!«

»Klar, Werner. Ich stell dir dann meine Frau vor. Die bringe ich mit. Und mein Werkzeug. Ich habe da eine ganz tolle Stichsäge. Akkubetrieben!«

»Ich denke, es reicht, wenn du deine Frau mitbringst.«

»Können wir dann?«, drängelte Justus und drückte die Türklinke nach unten. Er nahm Iris' Hand und führte sie zurück ins Gebäude und zur Rezeption. Der alte Charmeur.

***

»So! Das war der Letzte! Dann ist es wohl so weit.« Justus drückte den Kofferraumdeckel seines Oldtimers sanft ins Schloss. Standesgemäß zum SL steckte bereits seine Ray-Ban in den Haaren. Er hatte nicht vor, sich optisch seinem Bankkonto anzupassen.

»Wir haben wirklich nichts bezahlt«, bemerkte Willi und war immer noch erstaunt. »Der Chefarzt hatte das tatsächlich ernst gemeint!«

»Selbstverständlich!«, sagte Erwin. »Immerhin haben wir den Ruf dieses Hotels gerettet. Nicht auszudenken, was das für Schlagzeilen gegeben hätte, wenn diese Belmonts mit ihren betrügerischen Machenschaften …«

Justus ging dazwischen, da zu befürchten war, dass sich Erwin in Rage redete: »Ja, dank dir und deiner ausgeprägten Spürnase ist alles noch mal gut gegangen.« Justus nahm Iris in die Arme und drückte ihr einen Abschiedskuss auf den Mund.

Willi schüttelte Werner die Hand, bevor er im Fond des SL Platz nahm. Die beiden gaben sich keinen Abschiedskuss. Obwohl es Erwin nicht gewundert hätte.

Justus zurrte die Brille aus seinen Haaren und setzte sie auf seine Nase. »Also, wir sehen uns in den nächsten Tagen. Dann zeigst du mir die Wohnung.«

»Klar. Ruf an, wenn ihr zu Hause angekommen seid.«

»Mach ich. Dir viel Glück im *Ammersteiner Hof*, und pass auf dich auf. Wiedersehen, Werner! Halte immer schön die Augen nach Betrügern offen! Dass uns da keine Klagen kommen!«

Werner lachte und klopfte zweimal auf die Motorhaube.

Justus und Erwin stiegen in den Wagen und schlossen die Türen.

»So schnell ist eine Woche rum!«, bedauerte Justus und steckte den Schlüssel ins Zündschloss.

»Soll ich das Navi starten?« Erwin wartete keine Antwort ab. Stattdessen drückte er am Gerät den seitlich angebrachten Knopf. Da die Anzeige niedrigen Akkustand meldete, kramte Erwin das Ladegerät aus seiner Herrentasche und stöpselte das Navi am Zigarettenanzünder an. »So, da kann schon mal nichts passieren.« Er tippte die Heimatadresse ins Display.

Justus drehte den Schlüssel, und sein Wagen begann zu schnurren. Er betätigte einige Male im Stand das Gas, bis der Motor rund lief.

»Ist das nicht ein himmlischer Klang in euren Ohren? Genießt ihn noch einmal. Das ist unsere allerletzte Fahrt mit dem Schätzchen.«

»Wieso denn das?«, fragte Willi erschrocken von der Rückbank aus.

»Na, weil ich ihn verkaufe. Er steht eh die meiste Zeit nur rum. Außerdem frisst er mir die Haare vom Kopf!«

»Und darauf sollten wir gerade in unserem Alter höllisch aufpassen!«, orakelte Erwin.

Sie lachten.

Justus legte den Gang ein und fuhr vom Hof.

»Kommt, winkt noch mal.« Erwin kurbelte sein Fenster herunter und streckte seine Hand aus dem Wagen.

Willi blieb nur, sich umzudrehen und aus dem Rückfenster zu grinsen.

Justus drückte zweimal auf die Hupe. Im Rückspiegel registrierte er, wie Iris mit dem Hausmeister zurück ins Gebäude ging.

»Was für eine Frau!«

»Ja, Justus. Verbock das bloß nicht, hörst du?«, mahnte Erwin und tippte eifrig weiter.

»Und ihr seid jetzt so richtig zusammen, du und Iris?« Willi streckte neugierig seinen Kopf nach vorne.

Justus setzte an der Kreuzung zur Hauptstraße den Blinker und bremste ab. »Willi, nimmst du bitte den Kopf zur Seite, ich sehe nichts!«

Erwin sah stattdessen aus seinem Fenster und sagte: »Ist frei!« Danach tippte er weiter.

Nachdem auch auf Justus' Seite frei geworden war, bogen sie ab.

»Was heißt schon *zusammen*?« Justus guckte über den Rückspiegel zu Willi. »Wir haben uns gerade erst kennengelernt. Aber ich habe da ein gutes Gefühl.« Er schmunzelte.

»Hört ihn euch an. Ein gutes Gefühl! Wenn die richtige Frau vor einem steht, dann weiß man das. Ein gutes Gefühl hat man bei einer Immobilie oder nachdem man aus einem Reisebüro raus ist.« Erwin drehte sich zu Willi um. »Ich habe doch recht, oder?«

Willi reagierte nicht. Er war zu sehr von Werners Geschenk abgelenkt, dem er in diesem Moment seine gesamte Aufmerksamkeit schenkte.

»Mensch, Willi, pack den Schraubenzieher weg!«

»Das ist ein Phasenprüfer!«

»Wenn Justus scharf bremsen muss, hat einer von uns hier vorne das Teil im Nacken stecken. Dann ist es egal, ob es ein Schraubenzieher oder ein Phasendings ist.«

Für eine kleine Weile war Stille im Wagen.

Schließlich fragte Erwin: »Sagt mal, Männer? Um was wollen wir uns denn als Nächstes kümmern?«

»Was meinst du, Erwin?«

»Findet ihr nicht, dass wir den Fall *Belmont* wunderbar zusammen gelöst haben?«

Justus schaltete hoch. »Und?«

Erwin drehte sich halb um, damit er auch Willi anschauen konnte. »Ich habe gestern noch ein wenig recherchiert. Habt ihr gewusst, dass man neuerdings mit dem Handy in das weltweite Netz gehen kann?«

»Was für ein Teufelsgerät du aber auch hast«, grinste Justus. »Ich weiß, ich werde in spätestens einer Minute diese Frage bereuen und stelle sie trotzdem: Was hast du denn da gefunden?«

Erwin redete ein wenig leiser, um der Sache mehr Dramatik zu verleihen: »Da stand, dass bei uns zu Hause drei Ortschaften weiter der Stadtrat Geld unterschlagen haben soll.«

Justus stierte fragend seinen Nebenmann an. »Und? Was geht uns das an?«

»Sollen wir uns da ein bisschen drum kümmern? Ich hätte auch schon eine Kontaktperson.«

Justus fädelte sich in einen Kreisverkehr ein.

Das Navi meldete sich. »Verlaat de rotonde bij de tweede afslag.«

»Erwin, ich mach alles, was du willst, wenn du nur das Teil da aus dem Fenster wirfst.«

Erwin setzte sich wieder in Fahrtrichtung und lehnte sich zufrieden zurück. »Ich habe mich mittlerweile an das Navi gewöhnt. Es weist uns den Weg. In welcher Sprache … ist egal!«

# Lesen Sie auch von diesem Autor

Die »Herbert«-Reihe:

Ich bin Single, Kalimera

Wie Champagner

Männerferien

Alpengriller

Außerdem:

Das Leben ist kein Zweizeiler

30135408R00153

Printed in Poland
by Amazon Fulfillment
Poland Sp. z o.o., Wrocław